原来萝卜种子虽然撒得稀松，可是萝卜长大了，会要个个相挤。这里的农民每每夸说自己种的萝卜大，或是对外乡人夸说本地的大萝卜，说是曹操八十三万人马下江南，一餐吃不完一只萝卜。

清淡，自然之味，可说是蔬菜的通性；唯有白菜之淡，淡得更纯正，更接近水性之淡。提到淡，总不免想起"淡而无味"的解释，至少是味道很薄。可是，这正是白菜最值得宝贵的性格。古人说，"大味必淡"。这是指"淡"本身没有什么至极或特殊之味，而是一切味的本原。

筠籃盛露桃新笋
鑵火和煙賀苦茶
肯共羊人風味薄
諸君小住看黎花

此予小園家玉詩七言律後
四句書以題此畫

白石老人八十五歲

乡人于此之时，即从事采掘，如发宝藏，虽并不容
易，但乡人能"善观气色"，"格竹"致知。从竹
的年龄与枝叶的方位，知道它盘根所在。循根发掘，
每每能获得"小黄猫"似的笋。我不大了解他们掘
得笋时的喜悦心情，在我则是掘得新笋一株，赛获
黄金万两。吃笋固然快乐，掘笋则更觉趣味无穷。

大约是炎热的夏季吧，园里的麻茎都抽苗出碧绿的嫩叶，家人和邻里的农妇们，赤着足，头上戴竹笠，在太阳微斜的午后，一伙儿嬉嬉笑笑地到野外去采撷。回来时太阳已涨红着脸孔将下山去了。大家忙着把采来的麻叶放到镬里去烹煮。等到灯光在厅堂上灿然时，一碗一碗暗绿而带有黏性的『麻引羹』——乡人这样称呼它，盖『引』，方言谓植物之嫩芽也——便放在我们的面前了。

文化名家系列

舌尖上的中国

文化名家说名吃

马明博　肖　瑶　选编

中国青年出版社

目　录

大味至简

千人千面

清白传家

饕餮江山

零碎时光

鱼羊之鲜

四季味道

大味至筒

萝卜

汪曾祺

　　杨花萝卜即北京的小水萝卜。因为是杨花飞舞时上市卖的，我的家乡名之曰"杨花萝卜"。这个名称很富于季节感。我家不远的街口一家茶食店的屋下，有一个岁数大的女人摆一个小摊子，卖供孩子食用的便宜的零吃。杨花萝卜下来的时候，卖萝卜。萝卜一把一把地码着。她不时用炊帚洒一点水，萝卜总是鲜红的。给她一个铜板，她就用小刀切下三四根萝卜。萝卜极脆嫩，有甜味，富水分。自离家乡后，我没有吃过这样好吃的萝卜，或者不如说自我长大后没有吃过这样好吃的萝卜。小时候吃的东西都是最好吃的。

除了生嚼，杨花萝卜也能拌萝卜丝。萝卜斜切的薄片，再切为细丝，加酱油、醋、香油略拌，撒一点青蒜，极开胃。小孩子的顺口溜唱道：

> 人之初，鼻涕拖，
>
> 油炒饭，拌萝卜。

油炒饭加一点葱花，在农村算是美食，所以拌萝卜丝一碟，吃起来是很香的。

萝卜丝与细切的海蜇皮同拌，在我的家乡是上酒席的，与香干拌荠菜、盐水虾、松花蛋同为凉碟。

北京的拍水萝卜也不错，但宜少入白糖。

北京人用水萝卜切片，汆羊肉汤，味鲜而清淡。

烧小萝卜，来北京前我没有吃过（我的家乡杨花萝卜没有熟吃的），很好。有一位台湾女作家来北京，要我亲自做一顿饭请她吃。我给她做了几个菜，其中一个是烧小萝卜。她吃了赞不绝口。那当然是不难吃的；那两天正是小萝卜最好的时候，都长足了，但还很嫩，不糠；而且我是用干贝烧的。她说台湾没有这种水萝卜。

我们家乡有一种穿心红萝卜，粗如黄酒盏，长可三四寸，外皮深紫红色，里面的肉有放射形的紫红纹，紫白相间，若是横切开来，正如中药里的槟榔片（卖时都是直切），当中一线贯通，色极深，故名穿心红。卖穿心红萝卜的挑担，与山芋（红薯）同卖，山芋切厚片。都是生吃。

　　紫萝卜不大，大的如一个大衣扣子，扁圆形，皮色乌紫。据说这是五倍子染的。看来不是本色，因为它掉色，吃了，嘴唇牙肉也是乌紫乌紫的。里面的肉却是嫩白的。这种萝卜非本地所产，产在泰州。每年秋末，就有泰州人来卖紫萝卜，都是女的，挎一个柳条篮子，沿街吆喝："紫萝——卜！"

　　我在淮安第一回吃到青萝卜。曾在淮安中学借读过一个学期，一到星期日，就买了七八个青萝卜，一堆花生，几个同学，尽情吃一顿。后来我到天津吃过青萝卜，觉得淮安青萝卜比天津的好。大抵一种东西第一回吃，总是最好的。

　　天津吃萝卜是一种风气，50 年代初，我到天津，一个同学的父亲请我们到天华景听曲艺。座位之前有一溜长案，摆得满满的，除了茶壶茶碗，瓜子花生米碟子，还有几大盘切成薄片的青萝卜。听"玩意儿"吃萝卜，此风为别处所无，天津谚云："吃了萝卜喝热茶，气得大夫满街爬。"吃萝卜喝茶，此风确为别处所无。

　　心里美萝卜是北京特色。1948 年冬天，我到了北京，街头巷尾，每听到吆喝："哎——萝卜，赛梨来——辣来换……"声音高亮打远。看来在北京做小买卖的，都得有条好嗓子。卖"萝卜赛梨"的，萝卜都是一个一个挑选过的，用手指头一弹，当当的；一刀切下去，咔嚓嚓地响。

　　我在张家口沙岭子劳动，曾参加过收心里美萝卜，张家口土质于萝卜相宜，心里美皆甚大。收萝卜时是可以随便吃的。和我一起收萝卜的农业工人起出一个萝卜，看一看，不怎么样的，随手就扔进了大堆。一看，这个不错，往地下一扔，叭嚓，裂成了几瓣。"行！"于是各拿一块啃起来，甜，脆，多汁，难以名状。他们说："吃萝卜，讲究吃'棒打萝卜'。"

张家口的白萝卜也很大。我参加过张家口地区农业展览会的布置工作，送展的白萝卜都特大。白萝卜有象牙白和露八分。露八分即八分露出土面，露出上面部分外皮淡绿色。

我的家乡无此大白萝卜，只是粗如小儿臂而已。家乡吃萝卜只是红烧，或素烧，或与臀肩肉同烧。

江南人特重白萝卜炖汤，常与排骨或猪肉同炖。白萝卜耐久炖，久则出味。或入淡菜，味尤厚。沙汀《淘金记》写么吵吵每天用牙巴骨炖白萝卜，吃得一家脸上都是油光光的。天天吃是不行的，隔几天吃一次，想亦不恶。

四川人用白萝卜炖牛肉，甚佳。

扬州人、广东人制萝卜丝饼，极妙。北京东华门大街曾有外地人制萝卜丝饼，生意极好。此人后来不见了。

北京人炒萝卜条，是家常下饭菜。或入酱炒，则为南方人所不喜。

白萝卜最能消食通气。我们在湖南体验生活，有位领导同志，接连五天大便不通，吃了各种药都不见效，憋得他难受得不行。后来生吃了几个大白萝卜，一下子畅通了。奇效如此，若非亲见，很难相信。

萝卜是腌制咸菜的重要原料。我们那里，几乎家家都要腌萝卜干。腌萝卜干的是红皮圆萝卜。切萝卜时全家大小一齐动手。孩子切萝卜，觉得这个一定很甜，尝一瓣，甜，就放在一边，自己吃。切一天萝卜，每个孩子肚子里都装了不少。萝卜干盐渍后须在芦席上摊晒，水气干后，入缸，压紧、封实，一两月后取食。我们那里说在商店学徒（学生意）要"吃三年萝卜干饭"，谓油水少也。学徒不到三年零一节，不满师，吃饭须自觉，筷子不能往荤菜盘里伸。

扬州一带酱园里卖萝卜头，乃甜面酱所腌，口感甚佳。孩子们爱吃，一半也因为它的形状很好玩，圆圆的，比一鸽子蛋略大。此北地所无，天源、六必居都没有。

北京有小酱萝卜，佐粥甚佳。大腌萝卜咸得发苦，不好吃。

四川泡菜什么萝卜都可以泡，红萝卜、白萝卜。

湖南桑植卖泡萝卜。走几步，就有个卖泡萝卜的摊子，萝卜切成大片，泡在广口玻璃瓶里，给毛把钱即可得一片，边走边吃。峨眉山道边也有卖泡萝卜的，一面涂了一层稀酱。

萝卜原产中国，所以中国的为最好。有春萝卜、夏萝卜、秋萝卜、四季萝卜，一年到头都有，可生食、煮食、腌制。萝卜所惠于中国人者亦大矣。美国有小红萝卜，大如元宵，皮色鲜红可爱，吃起来则淡而无味，异域得此，聊胜于无。爱伦堡小说写几个艺术家吃奶油蘸萝卜，喝伏特加，不知是不是这种红萝卜。我在爱荷华韩国人开的菜铺的仓库里看到一堆心里美，大喜。买回来一吃，味道满不对，形似而已。日本人爱吃萝卜，好像是煮熟蘸酱吃的。

萝卜

陈子展

"萝卜菜上了街，药王菩萨倒招牌。"

这是长沙市上常常可以听到的一句俗语，只要是在菜场上有萝卜菜可卖的时候。我们那里说的萝卜菜，是指萝卜嫩苗，连根带叶吃的。这种菜差不多一年四季都有，只有秋末冬初种的，除了嫩苗以外，茎叶不做菜吃，仅仅吃它的根，根就叫作萝卜。

长沙最有名的萝卜，出在离东门三十里的椰梨市。此地白萝卜又圆又大，皮薄肉细，含水分很多，味是甜的，稍微带辣，可以生吃，只有皮的味最辣，那是不能生吃的。每当秋末冬初，乡下农民把萝卜种子播在田里山土里，至了残冬腊月，就可以挖萝卜了。通常一个萝卜只有一只饭碗那么大小。"扯个萝卜，只有碗大的眼"，这句乡人俗语常常比喻小事不足奇怪。"扯过萝卜地土宽"，这也是一句俗语，作为稀松不甚拥挤的比喻。原来萝卜种子虽然撒得稀松，可是萝卜长大了，会要个个相挤。这里的农民每每夸说自己种的萝卜大，或是对外乡人夸说本地的大萝卜，说是曹操八十三万人马下江南，一餐吃不完一只萝卜。可是我在这里住过，只看见十来斤重的萝卜就算顶大的。这种萝卜好吃，价钱却很便宜。我想去年冬天，大约只能卖三四角大洋一担，约合当地双铜元两三千文罢。在从前使用制钱时代，每石萝卜值三百文以上，最低也须三百文，不许还价，所以有"亲戚不亲戚，萝卜三百钱一担"的俗语。

除了"榔梨萝卜"以外，"益阳萝卜"也著名。其实这种萝卜并不一定出在益阳，就是本地出产的，个子虽圆，可是很小，约莫鸭蛋粗细，皮更薄更白，肉更嫩，不过味淡，不甚甜。还有一种白萝卜，生成圆柱形，或者长成头大尾尖的圆锥形，皮厚肉粗，纤维质太硬，不甚好吃，价钱最便宜。人家买了它回去，洗净，切开，晒好，拌盐揉擦，就成了"萝卜干"。倘若再加进一些碎辣椒，腌在一种瓦质的吸水坛里，过六七天就可以吃，藏到几个月，年把，也不会坏，而且味道还很好，这是冬春两季的好菜。《诗经》上说："我有旨蓄，亦以御冬。"旨蓄就是味道好的干菜。"腌萝卜"、"萝卜干"、"阴萝卜"、"萝卜插菜"，都是我们那里准备过冬的好菜哩。

"阴萝卜"的做法，把洗好的萝卜，剖做几块，用小篾丝或用小绳子一串串穿起，挂在当风当太阳的窗前檐下，经过一月两月，风干了，或像腌萝卜一样封在坛子里，或是拌在"腊八豆"里，再过半月一月就好吃了。

"萝卜插菜"虽说是一种便宜货，也可说是一种雅俗共赏的菜，不过雅人偶然拿来换换口味，俗人去用作日常小菜，一年四季都吃，只要他有。这种菜的做法也很简单，把没有老的萝卜菜连根带叶的扯出，晒到两三分干，把它洗好，再晒一个冷干，然后用刀剁碎，腌在大桶大缸里，口子用泥封好，经过半月一月，菜已发酵翻黄，晒干便是。这种菜，做汤吃，炒干吃，饭锅里蒸吃，蒸肉吃，悉听尊便。自然在阔人看来不好吃，贫苦朋友不好吃也得吃的。

用萝卜做的菜，我最爱吃的，只有家常制的"泡萝卜"。湖南人做的"泡菜"，又称"浸菜"，实在比四川泡菜好些，不像四川人欢喜顶酸。还有酱园制的"酱萝卜"更好，"五香萝卜"味道稍差。就是号称云南名产的五香萝卜也不及湖南的酱萝卜鲜嫩香脆，这是我最难忘的乡味里的一种。至于把萝卜、猪肉或鸡肉都切成小方块，拌豆瓣酱炒成的"酱丁"，也算是一种可口的东西，不过萝卜的味道不大显然了。

我在南京读书的时候，早上吃粥，有酱制的白萝卜和胡萝卜做菜，又咸又臭，简直不能下咽。只有一种红皮白肉、小而圆的萝卜，凉拌生吃，鲜甜可口，那倒是我很欢喜的。南京冬秋两季少雨，天气干燥。我初来此地，嘴唇枯涸，皮坼出血，有时还觉喉咙梗痛。一个江北同学劝我吃小贩出卖的绿萝卜，又称"天津萝卜"，我吃了果然好些。不过起头吃它的时候，味道有点辣，吃不惯，久而久之非吃不可，辣了更舒服。但从回湖南一直到今，看见这种萝卜不吃，也不发瘾了。

湖南人相信萝卜菜是一种"卫生菜"，吃了百病消除。北方人又相信萝卜可以免喉病，辟煤毒。我不曾读过中国旧医书，不知道本草一类的书上说过萝卜有什么效用。也不曾研究食物化学，对于萝卜作过化学分析，晓得它的成分怎样。我只知道用萝卜解决炭烟气的毒，这个发明是很古的。记得是在元好问的《续夷坚志》里有一个这样的故事：说是某年冬季，某地有一个石窑，有许多人民逃躲兵灾，藏居里面。后来被乱兵知道了，攻打这座石窑，窑里四五百人通通被烟火熏死。其中有一个老头子从意识迷迷蒙蒙里，摸得一只生萝卜，因为气闷口渴难过，放在口里吃了，刚好把萝卜吃完，人就清醒起来了。他又拿只萝卜给老兄，老兄也活了，再拿许多萝卜给那些同难的人，因此四五百人都活了转来。元老先生还说到北方每每有因炭烟熏死的，但在临睡之前，削萝卜一片投在火里，烟气就不会毒人。又说，倘怕临时找不到生萝卜，预先把萝卜晒干，研成末子，也可投急。

　　可见萝卜这东西虽然很平凡，使用得当，却可以救人性命，何况它差不多成了平民必需的日常食品呢！

　　世上果有爱吃萝卜，当做卫生菜的么？我以为总比吃些于人无补的国药党参之类要好。

藕的吃法

周作人

报上说到玄武湖的莲花的用处，题曰《冬天吃藕》，有云："藕可做丸子，炒藕丝，切了块烧在粥饭中。"藕在果品中间的确是一种很特别的东西，巧对故事里的"一弯西子臂，七窍比干心"，虽似试帖诗的样子，实在是很能说出它的特别地方来。当作水果吃时，即使是很嫩的花红藕，我也不大佩服，还是熟吃觉得好。其一是藕粥与蒸藕，用糯米煮粥，加入藕去，同时也制成蒸藕了，因为藕有天然的空窍，中间也装好了糯米去，切成片时很是好看。其二是藕脯，实在只是糖煮藕罢了，把藕切为大小适宜的块，同红枣、白果煮熟，加入红糖，这藕与汤都很好吃，乡下过年祭祖时，必有此一品，为小儿辈所欢迎，还在鲞冻肉之上。其三是藕粉，全国通行，无须赘说。三者之中，藕脯纯是家常吃食，做法简单，也最实惠耐吃。藕粥在市面上只一个时候有卖，风味很好，却又是很普通的东西，从前只要几文钱就可吃一大碗，与荤粥、豆腐浆相差不远。藕粉我却不喜欢，吃时费事自是一个原因，此外则嫌它薄的不过瘾，厚了又不好吃，可以说是近于鸡肋吧。

1951.3.6

藕与莼菜

叶圣陶

　　同朋友喝酒，嚼着薄片的雪藕，忽然怀念起故乡来了。若在故乡，每当新秋的早晨，门前经过许多人：男的紫赤的胳膊和小腿肌肉突起，躯干高大且挺直，使人想起健康的感觉；女的往往裹着白地青花的头巾，虽然赤脚，却穿短短的夏布裙，躯干固然不及男的那样高，但是别有一种健康的美的风致；他们各挑着一副担子，盛着鲜嫩的玉色的长节的藕。在产藕的池塘里，在城外曲曲弯弯的小河边，他们把这些藕一再洗濯，所以这样洁白，仿佛他们以为这是供人品味的珍品，这是清晨的画境里的重要题材，倘若涂满污泥，就把人家欣赏的浑凝之感打破了；这是一件罪过的事，他们不愿意担在身上，故而先把它们洗濯得这样洁白，才挑进城里来。他们要稍稍休息的时候，就把竹扁担横在地上，自己坐在上面，随便拣择担里过嫩的"藕枪"或是较老的"藕朴"，大口地嚼着解渴。过路的人就站住了，红衣衫的小姑娘拣一节，白头发的老公公买两支。清淡的甘美的滋味于是普遍于家家户户了。这样情形差不多是平常的日课，直到叶落秋深的时候。

在上海，藕这东西几乎是珍品了。大概也是从我们故乡运来的。但是数量不多，自有那些伺候豪华公子硕腹巨贾的帮闲茶房们把大部分抢去了；其余的就要供在较大的水果铺里，位置在金山苹果吕宋香芒之间，专待善价而沽。至于挑着担子在街上叫卖的，也并不是没有，但不是瘦得像乞丐的臂和腿，就是涩得像未熟的柿子，实在无从欣羡。因此，除了仅有的一回，我们今年竟不曾吃过藕。

这仅有的一回不是买来吃的，是邻舍送给我们吃的。他们也不是自己买的，是从故乡来的亲戚带来的。这藕离开它的家乡大约有好些时候了，所以不复呈玉样的颜色，却满披着许多锈斑。削去皮的时候，刀锋过处，很不爽利。切成片送进嘴里嚼着，有些儿甘味；但是没有那种鲜嫩的感觉，而且似乎含了满口的渣，第二片就不想吃了。只有孩子很高兴，他把这许多片嚼完，居然有半点钟工夫不再作别的要求。

想起了藕就联想到莼菜。在故乡的春天，几乎天天吃莼菜。莼菜本身没有味道，味道全在于好的汤。但是嫩绿的颜色与丰富的诗意，无味之味真足令人心醉。在每条街旁的小河里，石埠头总歇着一两条没篷的船，满舱盛莼菜，是从太湖里捞来的。取得这样方便，当然能日餐一碗了。

而在上海又不然，非上馆子就难以吃到这东西。我们当然不上馆子，偶然有一两回去叨扰朋友的酒席，恰又不是莼菜上市的时候，所以今年竟不曾吃过。直到最近，伯祥的杭州亲戚来了，送他瓶装的西湖莼菜，他送给我一瓶，我才算也尝了新。

向来不恋故乡的我，想到这里，觉得故乡可爱极了。我自己也不明白，为什么会起这么深浓的情绪？再一思索，实在很浅显：因为在故乡有所恋，而所恋又只在故乡有，就牵系着不能割舍了。譬如亲密的家人在那里，知心的朋友在那里，怎得不恋恋？怎得不怀念？但是仅仅为了爱故乡吗？不是的，不过在故乡的几个人把我们牵系着罢了。若无所牵系，更何所恋念？像我现在，偶然被藕与莼菜所牵系，所以就怀念起故乡来了。

所恋在哪里，哪里就是我们的故乡了。

藕

程巢父

一九六六年二月，全国文艺界人士纷纷涌向兰考。我有意在郑州打尖，为的是尝尝河南的面食，其次是观观市容，逛逛书店。饭馆里有一道炒塘菜，价同鱼肉，一问，原来就是炒藕片。那橱窗里的几节样品，皮面已生锈斑。想不到敝桑梓的这种平常物事，一入豫境，便成稀贵。我甫出楚里，自不屑顾。其时我尚属单身，黄河鲤鱼倒是吃得起；但在那"继续革命"的年代，又是去追怀焦书记，碍于两位共事者同行，怕被目为"资产阶级生活方式"，或有朝一日被举发，说"去兰考……居然如何如何"，便不敢作如是之奢想。幸亏那顿饭免了那道郑州名菜，几个月后同行者中便有一位成了"头儿"，将我"揪出"；未曾一膏馋吻，倒少了一桩罪状的把柄，可谓遗憾中之大幸！

　　要说北方人吃藕，也不能小看。某年，保定府的一位朋友请我吃饭，他亲手做的一盘凉拌藕于我印象极深。他将藕切薄片，入开水锅略余一下捞起，用白醋、糖、盐、生姜丝及小麻油合拌，不掺色醋、酱油，其色莹白如玉，酸甜咸皆合度，脆嫩清香，异常可口。这种吃法应属凉拌菜里的熟拌，至于生拌，则未尝试。我想，除了仲夏初长成的嫩藕适合生拌外，别的季节的藕生拌效果是不会好的。杜甫《陪郑广文游何将军山林》十首之第七，词曰：

　　　棘树寒云色，茵陈春藕香。脆添生菜美，阴益食单凉。……

　　这是写士大夫游赏园林中的一顿野餐。藕入夏始长成小节可食，经秋、冬、春三季，随时可以采挖。诗云"春藕"，应是最为老熟的藕，不能生吃，揣测是"熟拌"。因是野餐布在食单上的冷盘，故仍称生菜。

　　藕的吃法有知堂翁的《藕与莲花》及《藕的吃法》两文所举，此不赘。我所熟悉的吃法是湖广熟食的几种。家常的炒藕丝、炒藕片，是最常见的。其中一种作料断不可少，即生姜。切丝切末均可，最好在爆油时先下姜，再下藕；边炒边点水，使藕中黏液渗出，增其醇厚。还可以加入青椒丝或红青椒丝，以添色味。这道菜要炒得脆甜清淡，方称佳善。或者多加醋炒成醋熘藕，也是别具风味的一种吃法。我想山西朋友是会欢迎的。

　　另一种吃法则是切片夹肉裹以面粉糊或团粉糊油炸,馆子里叫炸藕夹,也叫藕合。藕片须厚薄适中。夹肉用丸子肉或饺子馅均无不可。调面糊(或团粉糊)须稀稠合度,裹糊才恰到好处。"穿衣"太厚则蠢笨难看,不易炸透;太薄则挂不住浆,藕被炸干,失其酥甜。小时候,邻室的安伯母正在堂屋里做此菜,我走过她顺手递给我两片。热"夹"现吃,那真是鲜美绝伦!几十年里,安伯母慈祥的样子总是跟藕夹一起存在我的印象里,鲜明而深刻。近年卤炸店里亦卖此品,售价颇昂。亲手做过便知奥妙,其实用不了多少肉,一枚饺子的馅也就够夹一片藕合了,成本并不太高。而且店卖品都是冷的,殊无风味。我每次请客,常备此菜。俟客人开餐饮酒品尝冷菜时,便烧油开炸。端上桌都是新炸的热合,食者赞不绝口,往往追加三四。还有不夹肉的素炸藕,是改切片为直剖,长不过一寸,粗不过小指。这是寺庙里斋食的一种,传到民间,便起了一个俗世的诨名,叫"炸鸡腿"。虽是素菜,却比关东菜炸里脊还要好吃。

　　藕炸品的另一种吃法是素炸藕圆子。这得有擂钵,别的工具都不能替代。将洗净去皮的整节藕在擂钵里擂成藕泥,漉去汁液,加葱、姜、盐,挤成丸子即可入锅油炸。有一年春节,朋友请客,别的菜皆类同各家,无甚特色,唯独一盘炸藕圆香酥爽口,顷间还是斯文的吃客,顿时都成老饕,片刻即将满盘藕圆分啖罄尽。桌上盛赞:"好吃,好吃!"厨下则忙坏了他的老母和太太,迭番加炸,累添不置。去年菜场里有卖此物者,与油价等。以生意经故,水分过大。我常买回,午间重炸,则恰到好处。儿子很是欣赏,屡吃不厌。

　　藕的又一吃法是加入排骨煨汤。这是武汉及鄂中一带的家常菜。小康差赠之户，几乎没有一家不在一月中煨一两次排骨藕汤的。其特点是浓香鲜甜，富有营养，功在补中益气，祛燥清火。鄙人居鄂，于此菜之烹调略有经验，容述于右：选肉厚之猪胸骨切块入砂锅，烧开后小火煨一小时。将新鲜色白老藕刮皮洗净切块（内壁最好不沾水）入汤，先猛火，滚开后小火煨半小时即成。汤中须加生姜片，盛起后可撒入葱花、胡椒粉。以肉烂（不脱骨）藕酥为度，汤呈稀牛奶色，诱人食欲。纵使鸡汤鲜美，也不能替代甚或盖过之。社会上公款吃喝有年，海鲜高档宴席也使那些贪饕俗恶之辈吃倒了胃口；今年我听说排骨煨藕汤也登上公私筵席了，这在湖北各类餐馆酒楼的历史上是从未有过的事。

还有一种春天长出的藕芽，是细茎状的萌芽藕，呈手指粗细，颇长，农家将之扎成把卖。可加辣椒丝素炒，脆嫩可口。在春蔬青黄不继之时，是家常下饭的好菜。元明之际的一位写汉诗造诣颇高的色目人丁鹤年，在其《竹枝词》里写道，"却笑同根不同味，莲心清苦藕芽甜"，即咏此物。

明遗民张宗子之《咏方物二十首》中有《花下藕》一题，词曰：

花气回根节，弯弯几臂长。雪腴岁月色，璧润杂冰光。

香可兄兰雪，甜堪子蔗霜。层层土绣发，汉玉重甘黄。

他在总题下有自批小注云："自是老饕，遂为诸物董狐。"董狐者，古良史也。其词状藕颇切，可堪赏玩。其云"兰雪"指茶而非花。

梅尧臣与欧阳修交笃，尝于异地买藕相赠，其《宿邵埭闻雨因买藕芡人回呈永叔》云：

秋雨雁来急，夜舟人未眠。乱风灯不定，暝色树相连。寒屋猛添响，湿窗愁打穿。明朝持藕使，书此寄公前。

记得七十年代，京中友人想吃南藕，给我写信，我托人带去一袋泥藕，保鲜护湿，未失浆液。他说味道特好，感谢不迭。梁朝刘孝威的《谢东宫赉藕启》云：

色华玉树，味夺琼浆。根出杨池，闻之憧约。子为灵散，得自庄篇。楚后江萍，秦公海枣。凡厥永羞，莫敢相辈。

近人李审言《愧生录》卷一之三十四，"子为灵散，得自庄篇"案：司马彪《庄子注》（《庄子·徐无鬼》释文引）："芡与藕子合为散，服之延年。"古人引用书注，并以本书名之，故云"得自庄篇"。

南宋诗人杨万里的《咏菱》诗云："鸡头吾弟藕吾兄。"鸡头是芡的俗名；不知道他是遵信庄注还是自然就爱芡、藕二物，但不管怎么说，他都算得上是一位爱食藕者。

早年汉口的水果商贩，在每年伏天要卖一次白菱藕。那藕洗得莹白晶洁，嫩得不须削皮，几乎给人望之能减三分暑、啖之则添七分凉之感。嚼来清甜无渣，确是上品！记得卖这种藕的时令，前后不过一周，年年如此。珍妃当年所爱吃的生藕，我想一定就是这种白菱藕了。

莲子

梁实秋

有莲花的地方就有莲子。莲子就是莲实，又称莲的或莲菂。古乐府《子夜夏歌》："乘月采芙蓉，夜夜得莲子。"

我小时候，每到夏季必侍先君游什刹海。荷塘十里，游人如织。傍晚辄饭于会贤堂。入座后必先进大冰碗，冰块上敷以鲜藕、菱角、桃仁、杏仁、莲子之属。饭后还要擎着几枝荷花莲蓬回家。剥莲蓬甚为好玩，剥出的莲实有好几层皮，去硬皮还有软皮，最后还要剔出莲心，然后才能入口。有一股清香沁入脾胃。胡同里也有小贩吆喝着卖莲蓬的，但是那个季节很短。

到台湾好多年，偶然看到荷花池里的莲蓬，却绝少机会吃到新鲜莲子。糖莲子倒是有得吃，中医教我每日含食十枚，有生津健胃之效，后因糖尿病发，糖莲子也只好停食了。

一般酒席上偶然有莲子羹，稀汤洸水一大碗，碗底可以捞上几颗莲子，有时候还夹杂着一些白木耳，三两颗红樱桃。从前吃莲子羹，用专用的小巧的莲子碗，小银羹匙。我祖母常以小碗莲子为早点，有专人伺候，用沙薄铫儿煮，不能用金属锅。煮出来的莲子硬是漂亮。小锅饭和大锅饭不同。

考究一点的酒席常用一道"蜜汁莲子"来代替八宝饭什么的甜食。如果做得好，是很受欢迎的。莲子先用水浸，然后煮熟，放在碗里再用大火蒸，蒸到酥软趴烂近似番薯泥的程度，翻扣在一个大盘里，浇上滚热的蜜汁，表面上加几块山楂糕更好。冰糖汁也行，不及蜜汁香。

莲子品质不同，相差很多。有些莲子格格生生，怎样煮也不烂，是为下品。有些莲子一煮就烂，但是颜色不对，据说是经过处理的，下过苏打什么的，内行人一吃就能分辨出来。大家公认湖南的莲子最好，号称湘莲。我有一年在重庆的"味腴"宴客，在座的有杨绵仲先生，他是湘潭人，风流潇洒，也很会吃。席中有一道蜜汁莲子，很够标准。莲子短粗，白白净净，而且酥软异常。绵仲吃了一匙就说："这一定是湘莲。"有人说："那倒也未必。"绵仲不悦，唤了堂倌过来，问："这莲子是哪里来的？"那傻不愣登的堂倌说："是莲蓬里剥出来的。"众大笑。绵仲红头涨脸地又问："你是哪里来的？"他说："我是本地人。"众又哄堂。

茄子

梁实秋

　　北方的茄子和南方的不同，北方的茄子是圆球形，稍扁，从前没见过南方的那种细长的茄子。形状不同且不说，质地也大有差异。北方经常苦旱，蔬果也就不免缺乏水分，所以质地较为坚实。

　　"烧茄子"是北方很普通的家常菜。茄子不需削皮，切成一寸多长的块块，用刀在无皮处划出纵横的刀痕，像划腰花那样，划得越细越好，入油锅炸。茄子吸油，所以锅里油要多，但是炸到微黄甚至微焦，则油复流出不少。炸好的茄子捞出，然后炒里脊肉丝少许，把茄子投入翻炒，加酱油，急速取出盛盘，上面撒大量的蒜末。味极甜美，送饭最宜。

我来到台湾，见长的茄子，试做烧茄，竟不成功。因为茄子水分太多，无法炸干，久炸则成烂泥，客家菜馆也有烧茄，烧得软软的，不是味道。

在北方，茄子价廉，吃法亦多。"熬茄子"是夏天常吃的，煮得相当烂，蘸醋蒜吃。不可用铁锅煮，因为容易变色。

茄子也可以凉拌，名为"凉水茄"。茄煮烂，捣碎，煮时加些黄豆，拌匀，浇上三合油，俟凉却加上一些芫荽即可食，最宜暑天食。放进冰箱冷却更好。

如果切茄成片，每两片夹进一些肉末之类，裹上一层面糊，入油锅炸之，是为"茄子盒"，略似炸藕盒的风味。

吃炸酱面，茄子也能派上用场。拌面的时候如果放酱太多，则过咸，太少则无味。切茄子成丁，如骰子般大，入油锅略炸，然后羼入酱中，是为"茄子炸酱"，别有一番滋味。

谈白菜

李锐

　　每到冬季，北京家家户户都要贮存大白菜。今年冬贮大白菜的工作，已经圆满结束，销售五亿多斤，比去年增加四千七百万斤。难怪外国记者称道："这个城市堪称'世界白菜之都'。"

　　曾见过齐白石一幅斗方：一棵肥硕的白菜配两枚鲜红辣椒。题曰："牡丹为花之王，荔枝为果之先，独不识白菜为菜之王，何也？"白石大师勤奋一生，不失农家本色，深知白菜性格，才写得出这样深切的颂词。

　　对于这个称赞，天下白菜确也当之无愧。白

菜即菘。《本草》曰："菘性冬晚凋，四时常见，有松之操，故曰菘。"除不择时地，易于生长之外，比一般蔬菜，白菜还易于高产，又便于保存，"盖易具而可常享"（苏轼《菜羹赋》）也。然而齐白石的称颂，当有另一层深意。

人们大体都有这样的经验，不论什么佳肴美味，不要说天天吃，就是连续多餐几次，也会腻的。如果吃得过分，不是"甘脆肥脓，命曰腐肠之药"（见枚乘《七发》，意思是美味酒肉乃烂肠毒药）吗？白菜却百吃不厌，多吃了绝不会倒胃口，更不要说"烂肠"了。这是什么缘故呢？

仔细想一想，其故大概就在一个"淡"字。同水一样，白菜的性格——味道是淡的。也即是"有自然之味"（《菜羹赋》）。清淡，自然之味，可说是蔬菜的通性；唯有白菜之淡，淡得更纯正，更接近水性之淡。提到淡，总不免想起"淡而无味"的解释，至少是味道很薄。可是，这正是白菜最值得宝贵的性格。古人说，"大味必淡"。这是指"淡"本身没有什么至极或特殊之味，而是一切味的本原。"淡者水之本原也，故曰天一生水，五味之始，以淡为本。"（《管子》"水地篇"注）这种本味，可以同一切味相谋、相济，而不相侵、相扰；它平淡无奇，不自命不凡；它平易近人，不巧言令色；正像"水善利万物而不争"（《老子》），水善于辅助万物，而不跟万物相争。

至于五味，甜、酸、苦、辣、咸，究竟以何者为上？何者能算"大味"呢？恐怕访遍九州，也得不到一个完满的答案。江浙人做菜喜欢放糖；湖南、四川人要辣（川人是麻辣，尤重花椒）；城里人口轻，乡下人口重；苦瓜则只有南方几省熟悉（我在大别山种过苦瓜，皖人不识为何物，北京人早已熟识，是南方人来多了之故）；看来只有酸，如泡菜的市场比较广阔，天南地北，男女老少，都爱吃一点，然而绝不能多吃，否则就会倒牙。因此很显然，五味之病，就在厚重，即至极、过分；"五味令人口爽（伤）"（《老子》），它的优点也就是它的缺点，反而不如淡薄无味而能持久不厌了。

这就是白菜的辩证法：淡薄才会浓厚，无味才会甘美，清淡、自然、平常才会淡而不厌，久而不倦。

古人很懂得"淡"的道理："道之出口，淡乎其无味。"（《老子》）人们都熟悉"君子之交淡如水"这句话。此话来自《礼记》："故君子之接如水，小人之接如醴。君子淡以成，小人甘以坏。"唯其淡如水，水散于五味，无不相调。米酒虽甜，日子一久，就发酸，败坏了。孔子讲这段话的开首，还有这样三句话："君子不以辞尽人。故天下有道则行有枝叶，天下无道则辞有枝叶。"这就是说，要"听其言，观其行"；不要上当受骗，光听说得好，就以为行为亦如是。天下有道，由于言行一致，德厚为先，自然潜移默化，遐迩复戴，社会风尚无不受其影响。否则，无非虚辞绞绕，好话说尽，坏事做尽，天下无道。历史总是无情的：花言巧语，哗众取宠，弄权玩术，文过饰非，虽能高论惑人，愚弄一时，终不能长久的。

注：这是六十年代初闲居时写的一篇旧文，无意发表，当年也无处发表，一九八二年底，北京冬贮大白菜工作圆满结束时，从旧档找出，添了一个开头，以应《随笔》约稿。

莼菜

钟敬文

当我将离粤北来之际，颉刚先生给我设席饯行，在筵上他告诉我说："钟先生此时到杭州，还赶得及吃到西湖特产的莼菜呢。"

我是个生长在贫寒家庭里的子弟，对于饮食之事，从来未大考究过，只要不粗恶到不堪入口的东西我都能享用。但他那时的话，却很打动了我的心。因为我立刻在脑子里记起了《晋书》里所载的一段佳话：

张翰，字季鹰，齐王同辟为东曹掾。因

　　见秋风起，乃思吴中菰菜莼羹鲈鱼脍，曰，"人生贵得适志，何能羁宦数千里，以要名爵乎！"遂命驾而归。

　　当时和后代的人，都称赞他会见机于未然，后来不致受祸。但我却爱他这种独往独来，不为外物所拘束的精神。我自幼就喜欢历史上这个故事，骤然听到自己将可以在西子湖边吃到那故事中被人艳称的莼菜，自然不免相当地高兴了。

　　我到这里的第二天，同事许君请我在一家酒楼上喝酒。他以我是新到此地的客人，要教我尝一尝本地风光的菜色。于是我便吃到了西湖特产的莼菜。不知是否不新鲜的缘故，或者是烹制得不得法，我觉得这有名的菜色，似乎没有什么特别可喜的味道。当时虽没有说出口，但心里觉得此次来时，在福州某酒馆中所吃的芦笋，还要比此更为佳美有韵味。不久毅先生请我和承祖君吃饭，席上也有此品；然风味似较第一次所吃的稍为佳胜。转觉得前次所感味到的，有些不很正确了。倘湖山于我有情，明年莼菜初上市时，饱餐这新品之后，感觉到的不知复将如何？

　　关于莼菜的说明，可惜此刻手头无书可参检，只能引出《辞源》中一条简略的记叙于下：

　　蔬类植物，江浙湖泽中产生尤多。叶椭圆形，有长柄，茎及叶背，皆有黏液被之。可以为羹。夏日开红紫花。亦作莼，一名水葵。

　　又《西湖快览》植物门中也有几句说："莼产西湖，自春徂夏，取之不竭。

今湖上各酒家，皆有制汤供饮，值亦不昂。"在古书的记载上，我所记忆的如《齐民要术》云："四月莼生，茎而未叶，名雉尾莼，芽甚肥美。"《宋书》五行志载晋庚义在吴时，吴中童谣曰："宁食上湖荇，不食上湖莼。"清王士祯有《采莼曲》四首，其第三首云：

　　采莼临浅流，采莲在深渚，
　　欢似莼心滑，那识莲心苦！

　　这些零碎的记述，自然都不能教我们满意；然在无法中，随便抄出这一点，也许可略使未见过和未吃过它的人知道点梗概。将来如有机缘，让我来写详细的《莼菜考》或《西湖莼菜记》吧。

　　因在此吃莼菜，颇联想起故乡中的一二种野菜。我的故乡，是在南海之滨的一个僻县里；虽然是块略濒于波浪之国的地方，但田园的风调，却未曾全失去。许多普通的植物如薯、麻、瓜、豆之类，在那里也一样生长着。大约是炎热的夏季吧，园里的麻茎都抽茁出碧绿的嫩叶，家人和邻里的农妇们，赤着足，头上戴竹笠，在太阳微斜的午后，一伙儿嬉嬉笑笑地到野外去采撷。回来时太阳已涨红着脸孔将下山去了。大家忙着把采来的麻叶放到镬里去烹煮。等到灯光在厅堂上灿然时，一碗一碗暗绿而带有黏性的"麻引羹"——乡人这样称呼它，盖"引"，方言谓植物之嫩芽也——便放在我们的面前了。煮这种野菜时，常和以螃蟹、虾或其他的海味。然在农家则多没有这种配合，只干把它和水煮着吃而已。

　　种豆之目的，本来只在收成其实，但不知它的叶也正是一种很好的野菜。

我们家乡的豆类，有绿、红、白等称呼；还有一种所谓"雪豆"的，结实的时节必在严寒的冬天。把"雪"为名，原因也许就在此。虽然我们那里，所谓雪这东西，客气点可说是不容易有。否则呢，简直也可谓全没有这种别致的"怪物"。上面所说的各种豆类的叶都可以作蔬，每到了西风扇凉，天日清朗的秋天，常常有些农家妇孺，把它采撷了装在小竹篮里，提着上街叫卖。我们家里所吃的，大都是我的嫂子们自己赴田野里采回来的。烹煮时多和以猪肉。我特别爱吃这种野菜。在家时，往往到了那时节，便要央求嫂子们出去采摘。我幼年时是很怕羞的男孩子，但为了自己爱吃的缘故，有时不能不忸忸怩怩地，杂在她们那些少妇少女们的群中，上清旷的田野去同采撷这种野菜了。

几年来漂泊地在外面过着日子，故乡的野菜是无缘再尝味了。有时心里想到了，虽免不了同张季鹰一样的叹息，但我哪里能像他那样去住自由呢。最近二三年来，故乡日陷于兵戈扰攘之中，不要说田野里的麻豆，会给无情的炮火烧炙死，恐连种植它的农夫们，也多半已死亡或流离失所！我也知道这是大时代中不容易闪躲的现象；并且年来一切如重涛叠浪似的悲感，已把我锐利而脆弱的神经刺激得麻痹破碎了，但我仍然不免有些戚然，当我无意地想起了这今昔悬殊的景况。在理论上，在事实上，我都能够承认牺牲少数，以成全多数的作为是对的，但我有时总要觉得一两个人的被残杀——姑无论是"罪该万死"，抑或是"无妄之灾"——和十数以至千百人的被残杀，在质地上是一样的可悲可怜，虽然在数量上有着个很大的差异。我自己僭妄地把这种观念，戏呼为"生命的平等观"。这自然是太迂远了的见解，要把它应用到事实的舞台上，是很缺乏存在的可能性的。

但我私意以为在绝对地主张牺牲少数以成全多数，或牺牲现在以希望将来的朋友，稍微理解一下这平庸人迂腐的意见，也许非全无益处的。这自然仅仅是"我以为"，若果谓这种浅薄的人道主义，在他们脑里是绝对没有一角小小安放的余地，有了它一分在事实就不免受一分的累，那我只好自己收拾回这种不但无益而且有害的意见了。

前面所说的一段话，离开故乡的野菜也已太远了，更莫论到题目上所标示的"莼菜"。然这有什么关系呢？反正也不过在此谈些闲天罢了。

末了，我希望生长或久住在这吴越旧地一带的朋友，肯来谈一谈他们所熟悉的莼菜；我当此将搁笔的俄顷，无限高兴地在预备着听闻那怪有情味的叙述呢。

1928 年 10 月 12 日，于杭州

偶忆《四时幽赏录》中，有一段《湖心亭采莼》文字，附录于此，想亦读者所高兴的吧。文云："旧闻莼生越之湘湖；初夏思莼，每每往彼采食。今西湖三塔基傍，莼生既多且美。菱之小者，俗谓野菱，亦生基畔；夏日剖食，鲜甘异常，人少知其味者。余每采莼剥菱，作野人芹荐；此诚金波玉液，青精碧荻之味，岂与世之羔烹兔炙较椒馨哉！供以水蘌，啜以松醪，咏思莼之诗，歌采菱之曲，更得呜呜牧笛数声，渔舟欸乃相答。使我狂态陡作，两腋风生。若彼饱膏腴者，应笑我辈寒淡。"

编集时附记

夏令冬瓜第一蔬

洪丕谟

1998年7月，天气发疯一样的热。7月13日，气温依旧高达35摄氏度以上，下午4点多钟，包惟嘉欲购法华镇路新建高层二室一厅，请我和王珍帮看风水，以作为购房时的重要参考。看了12楼03室，又看9楼03室，看好下楼，已经是时针划到了6点钟。小包请我们在新华路影城附近一家新开的私人餐馆就餐，我们推辞不过，便一起坐进了古色古香古木古桌椅的餐馆。席间点菜，清蒸鲈鱼之外，我要多点蔬菜，餐桌上便有了清人眼目的扁尖夜开花、咸肉冬瓜汤……

暑月夏天，餐桌上有了清香清凉的冬瓜，便顿觉消了暑气，开了胃口，长了精神。因此我便以为，把冬瓜封为"暑天第一蔬"，大概不致大错。

的确，从冬瓜的作用看，本草书上说它性味甘淡寒凉，有着清热消暑、利尿解毒的良好作用。《本草再新》指出冬瓜能够"清心火，泻脾火，利湿去风，消肿止渴，解暑化热"。《随息居饮食谱》也说，冬瓜"清热，养胃生津，涤秽治烦，消痈行水，治胀满，泻痢霍乱，解鱼、酒等毒"，"亦治水肿，消暑湿"。

冬瓜是葫芦科植物一年生攀援草本冬瓜的果实。成熟后的瓠果大多数长成为椭圆形，长约 30 厘米至 60 厘米，直径 25 厘米至 35 厘米。冬瓜果皮淡绿色，表面附有一层白色的蜡质状粉末，果肉青白肥厚，无论是做菜做汤，都臻一流。

冬瓜浑身是宝，除了做菜的瓠果，冬瓜皮、冬瓜子、冬瓜瓤、冬瓜藤、冬瓜叶，也都有的可吃，有的入药，并且具有较强的利尿消肿、清暑除湿作用。比如冬瓜子补肝明目；冬瓜皮煎汤，去皮肤风剥黑斑，润肌肤。冬瓜瓤则又另有作用，崔禹锡《食经》说："补中，除肠胃中风，杀三虫，止眩冒。"还有冬瓜藤，《本草再新》说是："活络通经，利关节，和血气，去湿追风。"《随息居饮食谱》还有冬瓜藤治病一法："秋后齐根截断，插瓶中，取汁服，治肺热痰火，内痈诸证。"再如冬瓜叶，《本草纲目》指出："主消渴，疟疾寒热。又焙研敷多年恶疮。"《海上名方》还用冬瓜叶嫩心拖面饼吃，说是可以治疗积热泻痢。

在菜肴里，冬瓜是一种能上能下，既能够做成如夜香冬瓜盅、冬瓜鳖裙羹等上等菜肴的佳品，又能够清炒、放汤，进入千家万户的大众化菜肴。

冬瓜鳖裙羹是湖北荆州传统名菜，至今已经有一千多年的悠久历史。《江陵县志》记载，宋仁宗召见江陵张景时，亲切地问："卿在江陵有何贵？"张答："两岸绿杨遮虎渡，一湾芳草护龙洲。"又问："所食何物？"张答："新粟火米鱼子饮，嫩冬瓜煮鳖裙羹。"眼下，要是有人顺道去荆州古城，不妨上聚珍园菜馆，一尝那里的美味佳肴冬瓜鳖裙羹。

还有广西名菜冬茸火鸭羹，四川名菜冬瓜燕，浙江名菜冬茸白兰。冬瓜燕因为把冬瓜切成犹如燕菜般的细丝，然后加进高级清汤，再撒上火腿丝而成，所以叫冬瓜燕。冬茸白兰则先要把冬瓜削成兰花形状，接下来再嵌进虾茸，放温油里滑熟捞出，再加高级清汤进行烩制。

还有冬瓜皮入菜，家庭主妇们惯常爱把冬瓜刮掉茸毛，洗净白霜，然后切成碧绿生青、爽脆可口的冬瓜皮丝，这时无论配炒毛豆，还是辣椒丝，还是肉丝，都不失为下里巴人的夏天时令好菜。

最妙的是冬瓜粥，做时把冬瓜子炒研成为粉末，再行入粥。清朝黄云鹄《粥谱》"冬瓜粥"条说："散热，宜胃，益脾。子益气，醒脾，炒研入粥。"当然，不用冬瓜子炒研，用冬瓜切片，同样可以入粥，这就要看我们家庭主妇的本事了。

冬瓜除了做菜，入药，还可以做成冬瓜糖，供人口福。做法是先把冬瓜去皮，切成为狭长的柳条块，接下来再用糖水煮熟，经晾干后，就成为美味的冬瓜糖了。笔者因为历年来一直患有高脂血症，甘油三酯严重偏高，所以不好吃糖，当然也自然与冬瓜糖没有缘分了。

在菜品中，冬瓜能上能下，既能入宴，也能走进平常百姓家里，这大概与它的本性清淡自在，不无关系。我想，一个人要是在嗜欲上清淡了，那他也一定能够在人生的征途上能上能下，不汲汲于富贵，不戚戚于贫贱。

一个人做人要是做到如此地步，如此境界，也就可以说是入于品位的了。

1998 年 7 月 16 日

苦瓜的味道

李锐

　　每年夏秋两季，从苦瓜上市，家里餐桌上就离不开苦瓜，有时还晒些苦瓜干，冬天可以煮汤吃。这不仅是童年养成的饮食习惯，苦瓜于我还有一种如对老友的感情。

　　我十七岁以前在长沙度过，苦瓜同冬瓜、黄瓜一样，是夏秋家常便菜，且当"盐果子"吃。所谓"盐果子"，就是黄瓜、苦瓜、菜瓜以及生姜、梅子等，用盐腌渍后，晒干，保存在瓷罐中，给孩子们当果子吃，母亲每年都要做许多。这是平江老家传来的，湖南好些县大概也有此传统。

腌制苦瓜，一切两半，除去内瓤，里面还塞进一些晒干了的紫苏、梅丝、甘草末等，吃起来特有滋味。

离开学校尤其到延安以后，漫长的岁月中，就同苦瓜告别了。但在延安，也还有吃苦瓜的经历，我在《忆六如老伯》文中曾经写到。李六如是我父亲的同乡至交，在延安时，"每年总要去看望他一二次。延安生活苦，每次必留餐，'打牙祭'。他种了苦瓜，有时还杀鸡，苦瓜、辣椒炒鸡，这是道地的家乡菜"。据古书记载，苦瓜早就传到北方，也传到京师。但我的印象，北京人过去似很少有吃苦瓜的习惯。一九三四、一九三五、一九三七这三年的暑假，我都在北平，记得市面没有见过苦瓜。一九五二年从湖南调到北京，大概一九五四年左右，才偶然买到苦瓜了。北京有湘菜馆，是抗战结束以后的事。一九四九年后，北京的湖南人就显著多了起来，这大约是苦瓜进入北京蔬菜市场的主因吧。两广和江西、四川人也吃苦瓜，似不如湖南人吃得多。一九八〇年我还在电力部时，一次去书记处开会，散会时走过院子，见高木架上竟爬满了苦瓜，而且长而粗，我兴奋地摘了好几条。后来知道，这是胡耀邦种的。苦瓜的瓜期类似黄瓜、丝瓜，也许下架还要晚一些。少年时我上街买过菜，苦瓜、黄瓜都不到一分钱一斤（十六两），猪肉是两角钱一斤。可是，现在苦瓜初上市，前几年要两三元一斤，最便宜也要五角钱；今年一上市就六元一斤，比猪肉还贵。我很不解其中之理，猪肉同苦瓜之间的价格差，太不合乎价值规律。人民大会堂的宴席上，我吃过苦瓜，没有吃过黄瓜，苦瓜的身份在首都特别高一些，是否因其有"食疗"作用呢？

我查了一下《辞海》和有关书籍，苦瓜俗称"锦荔枝"、"癞葡萄"，还有凉瓜、癞瓜、红羊等名称，香港叫菩提瓜，原产印尼（一说印度），明以前古籍均无记载，《本草纲目》已有著录，这就是说，至迟到明万历以前（十六世纪）就已经引进了，不知道是否郑和下西洋带回的。苦瓜富蛋白质、维生素，尤富维 C，每百克含八十四毫克，居瓜类之冠。苦瓜无处不入药，瓜、藤、叶、花、根均为良药。中医认为苦瓜味苦性寒，有清热消暑、明目解毒之功；可治中暑发热、牙痛、肠炎、便血等；外用擦拭可治痱子和疗疮、痈肿等症。近年又传苦瓜制剂可以治糖尿病，已有医院和研究所进行实验论证，写出专文，疗效甚高。在蔬菜中，苦瓜含粗纤维多，含碳水化合物极低，这大概都对糖尿病人有好处。

现在要谈到"如对老友的感情"之由来了。一九五九年庐山下来之后，我先到北大荒劳动，后又在北京闲住两年，一九六三年尾才算有个着落：下放安徽磨子潭水电站当文化教员。这是大别山中的一座小水电站，职工百来人。我孤身一人，在食堂吃饭，也自备一小煤油炉，偶尔做点可口的饭菜。杨恽《报孙会宗书》所言："君子游道，乐以忘忧；小人全躯，说以忘罪。"人是能够渐渐适应并且习惯任何环境的。一九五九年后，我早已习惯一切自理的生活程式，这时也就想起久违的苦瓜来了。安徽人从来没有听说过什么苦瓜，湖南的大姐给我寄来苦瓜籽，于是自己种将起来。水电站职工家家都有菜地，弄一小块土地是很方便的事。秦失其鹿，召平做不成东陵侯了，只得在长安城东种瓜，他种的是甜瓜，我种的却是苦瓜。种瓜得瓜，一九六四年的夏天，我就吃到自己种的苦瓜了。种苦瓜一次上足底粪就行，不必常去侍弄，瓜一爬架，多得吃不完，我的饭量也增加了。

苦瓜之苦，大概有其特异的一种苦味素，绝非"咸得还苦"之苦（《尔雅》："苦，大咸也"），也不是黄瓜尖头碰到的那种不堪入口之苦，更不是俗话中说的"叫苦不迭"、"含辛茹苦"、"哑巴吃黄连"那种苦了。"自古瓜儿苦后甜"，苦瓜之苦有种清香气，回味无穷，确实有种"苦后甜"的味道。晚饭后，散步到自己的瓜地，摘下几根苦瓜，这真是"黄连树下操琴，苦中作乐"。我这个自种自吃苦瓜的生活，在水电站也就传为佳话，人们对此颇感兴趣，但谁都不愿认真当菜吃，有的人尝了一口马上吐掉。我却乐得忘乎所以，竟作起诗来（载《龙胆紫集》）：

> 长沙寄我苦瓜籽，淮上无人识苦瓜；
>
> 半口犹嫌瓜太苦，岂知其味苦殊佳。

而且用大张有光纸写好，贴在墙上，僵卧斗室，日夕相对，又是一种自得其乐。用毛笔书写大字，这还是小学时练《麻姑坛记》的经历。来到水电站当语文教员，山中会写毛笔字的人太少，于是春节期间我就包写了家家户户的春联，也作了不少春联，还记得为公家作的两副："堵塞一切漏水，培育四周山林。""掌握水文规律，确保大坝安全。"自己房门口贴过一副："山居浩气更风发，窗外涛声代鸡鸣。"平时也常换一换墙上贴的诗幅。毛主席的诗词，最喜欢《忆秦娥·西风烈》那一首，前程未卜，苍凉悲壮，感人至深；也写过庐山仙人洞那首："暮色苍茫看劲松，乱云飞渡仍从容。"感到这也是诗人的一种特殊心境。

山中方七日，世上已千年。当我颇为自得其乐地在深山中悠游岁月时，平地一声雷，史无前例的大风暴来临，"横扫一切牛鬼蛇神"。我自己知道"当之无愧"，批斗一起，在劫难逃。可是，水电站的职工对我这个文化教员很少恶感，庐山之事也不知其详，发起言来，劲头不够。运动年代总有尖端人物，于是就地取材，从我墙上的"毒草"，从我种苦瓜写苦瓜诗批斗开来："你这是要自己不忘记苦，对党严重不满"；"你这是说新社会苦，对现实不满"；"你想为自己翻案，吃苦瓜是卧薪尝胆，准备翻案"……有个文化高的干部，硬说我门联上写"浩气"，是认为真理仍在自己这一边，党整我整错了。还有人指出，什么"暮色苍茫"，什么"乱云飞渡"，"这是你对新社会的阴暗观察，充分反映了你思想何等反动"！批苦瓜和苦瓜诗不要紧，那是自作自受；批到毛主席头上来了，可不得了。于是我赶紧把主持批斗会的人拉到一边，又连忙回到房间把《毛主席诗词》翻给他看，才算没把"苦瓜诗"扯得太远去了。

这个小水电站孤处深山之中，区政府所在石糟小镇离此五里地，也只有那么几十家小铺子。当时值得戴高帽游行的牛鬼蛇神，记得不过一二人。我终于被水电站小学的几十个小学生押着，到石糟游了一趟，没有一个大人参加。我想，当年屈大夫"冠切云之崔嵬"，不是以戴高帽为荣吗？又想起大革命时当童子团，见到过街上土豪劣绅戴高帽被农民牵着游街的场面，《湖南农民运动考察报告》中写过的，真不料自己也要过这把瘾了。浮想联翩，想入非非。心中稍觉委屈的是，只够格让小孩子押着，小小高帽也只尺把长，同我的身份太不相称。五里地是河边山路，没有行人，镇子上人也少，更无人围观。游罢归来，此种复杂的心情，还写过一首打油诗。

我们湖南有句谚语，把做令人切齿的事、树敌，叫做"种苦瓜籽"，意思是以为以后有苦吃的；在修辞学，大约属于比喻一类。我这一回真是的的确确因种苦瓜籽而有苦瓜吃，而作苦瓜诗，而因此挨批挨斗挨"游团"，而吃了另一种同苦瓜之味不同的苦了。

一九九四年六月

来今雨轩吃茄鲞

韩小蕙

　　"鲞"字看着并不算太难写，但要念出它的正确发音，我想可能全中国也没多少人能做到，无他，在于我们根本用不到它。关于这个字，《现代汉语词典》上介绍的是：音 xiǎng（上声），意为"刨开晾干的鱼"。我们又不是渔夫，这辈子也不打算做渔夫，所以这个字跟我们没关系。

　　但我一提《红楼梦》，就又没有人不知道这个字了。刘姥姥初进荣国府，大观园里陪着贾母、王夫人、凤姐等吃饭。吃到一道异常美味可口的菜，贾母说是茄子，刘姥姥不信，说："别哄我了，茄子跑出这个味儿来，我们也不用种粮食，只种茄子了。"众人皆点头证实真的是茄子，这时，凤姐不无炫耀地介绍了它的做法："把才下来的茄子把皮刨了，只要净肉，切成碎钉子，用鸡油炸了。再用鸡肉脯子合香菌、新笋、蘑菇、五香豆腐干子、各色干果子，都切成钉儿，拿鸡汤煨干了，拿香油一收，外加糟油一拌，盛在磁罐子里封严了。要吃的时候儿，拿出来，用炒的鸡瓜子一拌，就是了。"

这一番话，把个村妇盲愚刘姥姥听得摇头吐舌，连连直叫"佛祖"……这道菜，就是"茄鲞"，《红楼梦》里没介绍它的来历出处，不知道是古代中国的传统美食，还是曹雪芹自己编出来的？

我初读《红楼梦》这一段时，还是在上个世纪七十年代，那时全社会还普遍贫穷，整天吃的是窝头、白菜、土豆、雪里蕻。茄子倒也有，大街上的市价是二分钱一斤，算是最便宜的低档菜。家家差不多都是用清水大锅熬，顶多搁上三五毛钱肉，再搁点宽粉条，就算是好菜了。因而，我对这"茄鲞"垂涎三尺，一下子就过目不忘，当时虽然也念不出"鲞"字来，但我相信它一定是非常非常好吃的东西。

后来多少岁月都过去了，经历的多少大事小事、人生困顿也都给尘封了，奇怪的是，茄鲞却没有，脑子里老模模糊糊记得《红楼梦》里的这道菜，菜名早忘了，只记得是茄子做的。

好玩的是，正应了那句谚语"人是三节草，三穷三富过到老"，编小说都不能想到的是，九十年代末的突然有一天，我竟然在北京中山公园的来今雨轩，与这出土文物似的茄鲞不期而遇。

谁都知道中山公园始建于辽金时代，原名兴国寺，元代改称万寿兴国寺，明代改建为社稷坛，清代沿用，是皇帝祭祀土地和五谷之神的场所。来今雨轩建于一九一五年，初为公园董事会俱乐部，以后改为饭庄。"来今雨轩"典出自杜甫的"旧雨来今雨不来"，寓意故交（旧雨）新友（新雨）欢聚一堂之意。

那天是帮某出版社弄一部书，会后公款酬饭。一落座就听主人说今天有一道名菜，是什么，他没说出来，只说"那个，那个……"（后来我私心猜度，一定是他也念不出"鲞"字来——一笑。）这年头，因为已经不缺吃，大家都对山珍海味习以为常了，所以也没人关心没人感兴趣没人打听，无所谓。

不料菜一上来，就有所谓了——先声夺人，先见光彩，"未成曲调先有情"。但见盘子就不同，前面上菜的盘子都是今世的，瓷是细瓷好瓷，可图案无非花卉，一看就知道是今天批量生产的。这一次盘子不同，瓷略发黄发暗，上面画的是明清侍女，线条很洗练，三笔两笔的，就活脱脱一位裙钗，与《红楼梦》以及"三言二拍"里面的插图风格一个模样。再定睛细看，这么多侍女捧在中间的，是一大堆糊状物质，仔细识认，有瓜子仁儿、花生仁儿，还有肉丁儿，余者，就搞不明白了。大家一看这架势，知道是名菜来了，纷纷举箸。味道果然好，说不出是一种什么异香，反正香气扑鼻，到嘴里，软软滑滑，细细腻腻，口感特不同，引逗得你吃了还想吃。大家赞不绝口，主人得意有了面子，遂唤来服务小姐，叫介绍是什么菜名。

小姐也得意，说是："好吃吧！这就是《红楼梦》里刘姥姥吃的'茄鲞'，叫我们来今雨轩的师傅给琢磨出来了，现在是我们这儿的看家名菜，大家吃吃像不像？"

我们上哪儿吃过《红楼梦》的茄鲞去，能知道是什么味儿？要想知道像不像，只能往上回去三百年，问王熙凤去。可是在座的都是厚道人，纷纷乱点头，连称："像！像！是好吃！是好吃！"

小姐高兴了，感慨说："到底是有学问的人，说出话来就是有水平，我们来今雨轩最愿意接待文化人了，诸位请看看我们墙上的字画，见不见档次？"

当然见档次了，一溜儿全是名人，启功的、李可染的、黄胄的、崔子范的、爱新觉罗家族的，都是大幅的立轴，密密地挂满了三面墙，给人一种书香满室的愉悦。这些年来老是"食文化"、"食文化"的，吃点儿什么都说是文化。其实呢，叫我说吃是次要的，而环境、情趣、学识、对话等等这些吃饭时的氛围，应该是非常重要的。记得有篇文章上介绍，说台湾有一家"聪明人餐馆"，是专门招待文人雅士和各种科学家、学者、高层管理人员等等知识分子的，当时读了拍案叫绝，煞是羡慕。我想象，在那种场合吃饭，肯定是一边果腹，一边长修养、见地、学识的，一不小心，没准就弄成个硕士、博士的也未可知！

茄鲞

逯耀东

茄鲞，非曹雪芹所创。当时以茄子干制的茄鲞，南北皆有。丁宜曾《农圃便览》即载有茄鲞一味："立秋茄鲞，将茄子煮半熟，使板压扁，微拌盐，腌二日，取晒干，放好葱酱上，露一宵，磁器收。"丁宜曾字椒圃，山东日照人。科举屡试不第，转而从事农田经营，留心农事，摘录前人有关农桑著述，并记录其故乡日照县西石梁村的农事见闻，于乾隆十七年撰成此书，二十年刊刻。此时或即曹雪芹困居西山，撰写《红楼》之时。当然，曹雪芹肯定没有看过《农圃便览》。不过，丁宜曾所记的茄鲞，行于鲁南，是一味流行民间的乡村俚食，和刘姥姥在大观园吃的茄鲞不同。

其实，茄鲞一味，基本上是茄子干制久贮，以便随时食用，因为大陆各地生产是有季节性的。当时京朝大吏出京巡视或上任，不似今日朝发暮至，往往一路行来要很长的时间，所经并非尽是通都大邑，可能宿于荒村小驿。随行厨师，多备此物，大人传膳，厨师自坛中取出，配以当地所取的鸡或其他肉类，或炒或拌，立即上桌，可饭可粥，也可以佐酒。所以当时将茄鲞称为"路菜"，是一种旅途中风餐露宿之食。

茄鲞原是普通的家常之食，南北皆有。但经曹雪芹粗菜精撰，素食荤烹之后，其中增加些江南的特产，不仅成为细致的"南食"，《红楼梦》的大观园中又多了一道美味。《红楼梦》四十一回叙茄鲞的制作："把才下来的茄子把皮刨了，只要净肉，切成碎钉子，用鸡油炸了。再用鸡肉脯子合香菌、新笋、蘑菇、五香豆腐干子、各色干果子，都切成钉儿，拿鸡汤煨干了，拿香油一收，外加糟油一拌，盛在磁罐子里封严了。要吃的时候儿，拿出来，用炒的鸡瓜子一拌，就是了。"

此处茄鲞的制作过程有三个阶段，首先是对茄子的处理，但省略一般制茄鲞的晒干阶段，也就是戚蓼生序本的"切成头发细丝儿，晒干了"，直接用鸡油炸干。不过削茄子用竹刀，而非另本谓的"刨"。第二阶段是对配料的处理，然后以糟油拌和，置于瓷罐封严。最后吃时自罐中取出，和炒过的鸡瓜相拌即可。鸡瓜即鸡的小里脊，或谓鸡瓜是鸡爪，但鸡爪如何炒拌。而且用鸡爪相拌，将精致的菜肴变粗了，除非将鸡爪去骨，焯水爆炒，或堪一用，不过菜的颜色就不好看了。

　　至于配料，新笋、五香豆腐干、糟油皆江南产。新笋或是春笋，康熙皇帝最欢喜吃江南产的春笋，每次下江南必食此味。曹雪芹的祖父曹寅深体康熙心意，每次向北京进贡"燕来笋"，也就是"笋菜沿江三月初"，燕子归巢时破土而出的春笋。曹雪芹嗜笋，《红楼梦》饮食中有鸡皮酸笋汤、鲜笋火腿汤、鸡髓笋等味。至于五香豆腐干，乾隆时苏州、扬州、杭州的五香豆腐干是当时名食，尤以扬州最著名。李斗《扬州画舫录》载扬州南贮草坡姚家的最好，时称姚干。清林苏门《邗上名目饮食诗》云："晚饭炊成月正黄，家藏兼味究可尝，会当下箸愁无处，小菜街头卖五香。"指的就是扬州五香豆腐干。茄鲞以糟油拌后封存。糟油俗称糟卤，其制法将八角、丁香等作料，分别炒制，以纱布包妥，置于原坛黄油中，加适当盐或糖，封存二三月即成。糟油宜用于清淡的菜肴，炒拌皆可，现以江苏太仓的糟油最著名。茄鲞经糟油拌后，就成为道地的"南味"了。

　　不过，曹雪芹这样的茄鲞，配料凌驾主料。夏曾传《随园食单补证》说："《红楼梦》茄鲞一法，制作精矣。细思之，茄味荡然。富贵之人失其天真，即此可见。"的确，数年前，厨下存太仓糟油半瓶，于是将茄子焯水晒成鲞，切拇指大块，与制成的配料以糟油同拌，置冰箱中三数日，取出，与爆炒鸡里脊同扣，其味如刘姥姥细嚼了半日茄鲞，笑道："虽然有点茄子香，只是还不像茄子。"只是台湾的茄子，瘦长而少肉，制作茄鲞不易。

笋

梁实秋

　　我们中国人好吃竹笋。《诗·大雅·韩奕》：
"其簌维何，维笋及蒲。"可见自古以来，就视
竹笋为上好的蔬菜。唐朝还有专员管理植竹，《唐
书·百官志》："司竹监掌植竹苇，岁以笋供尚食。"
到了宋朝的苏东坡，初到黄州立刻就吟出"长江
绕郭知鱼美，好竹连山觉笋香"之句，后来传诵
一时的"无竹令人俗，无肉使人瘦。若要不俗也
不瘦，餐餐笋煮肉"，更是明白表示笋是餐餐所
不可少的。不但人爱吃笋，熊猫也非吃竹枝竹叶
不可，竹林若是开了花，熊猫如不迁徙便会饿死。

　　笋，竹萌也。竹类非一，生笋的季节亦异，所以笋也有不同种类。苦竹之笋当然味苦，但是苦的程度不同。太苦的笋难以入口，微苦则亦别有风味，如食苦瓜、苦菜、苦酒，并不嫌其味苦。苦笋先煮一过，可以稍减苦味。苏东坡是吃笋专家，他不排斥苦笋，有句云："久抛松菊犹细事，苦笋江豚那忍说？"他对苦笋还念念不忘呢。黄鲁直曾调侃他："公如端为苦笋归，明日春衫诚可脱。"为了吃苦笋，连官都可以不做。我们在台湾夏季所吃到的鲜笋，非常脆嫩，有时候不善挑选的人也会买到微带苦味的。好像从笋的外表形状就可以知道其是否苦笋。

　　春笋不但细嫩清脆，而且样子也漂亮。细细长长的，洁白光润，没有一点瑕疵。春雨之后，竹笋骤发，水分充足，纤维特细。古人形容妇女手指之美常曰春笋。"秋波浅浅银灯下，春笋纤纤玉镜前。"（《剪灯余话》）。这比喻不算夸张，你若是没见过春笋一般的手指，那是你所见不广。春笋怎样做都好，煎炒煨炖，无不佳妙。油焖笋非春笋不可，而春笋季节不长，故罐头油焖笋一向颇受欢迎，唯近制多粗制滥造耳。

　　冬笋最美。杜甫《发秦州》云，"密竹复冬笋"，好像是他一路挖冬笋吃。冬笋不生在地面，冬天是藏在土里，需要掘出来。因其深藏不露，所以质地细密。北方竹子少，冬笋是外来的，相当贵重。在北平馆子里叫一盘"炒二冬"（冬笋、冬菇）就算是好菜。东兴楼的"虾子烧冬笋"，春华楼的"火腿煨冬笋"，都是名菜。过年的时候，若是以一蒲包的冬笋一蒲包的黄瓜送人，这份礼不轻，而且也投老饕之所好。我从小最爱吃的一道菜，就是冬笋炒肉丝，加一点韭黄木耳，临起锅浇一勺绍兴酒，认为那是无上妙品——但是一定要我母亲亲自掌勺。

笋尖也是好东西，杭州的最好。在北平有时候深巷里发出跑单帮的杭州来的小贩叫卖声，他背负大竹筐，有小竹篓的笋尖兜售。他的笋尖是比较新鲜的，所以还有些软。肉丝炒笋尖很有味，羼在素什锦或烤麸之类里面也好，甚至以笋尖烧豆腐也别有风味。笋尖之外还有所谓"素火腿"者，是大片的制炼过的干笋，黑黑的，可以当作零食啃。

究竟笋是越鲜越好。有一年我随舅氏游西湖，在灵隐寺前面的一家餐馆进膳，是素菜馆，但是一盘冬菇烧笋真是做得出神入化，主要的是因为笋新鲜。前些年一位朋友避暑上狮头山住最高处一尼庵，贻书给我说："山居多佳趣，每日素斋有新砍之笋，味绝鲜美，盍来共尝？"我没去，至今引以为憾。

关于冬笋，台南陆国基先生赐书有所补正，他说："'冬笋不生在地面，冬天是藏在土里'这两句话若改作'冬笋是生长在土里'，较为简明。兹将冬笋生长过程略述于后。我们常吃的冬笋为孟宗竹笋（台湾建屋搭鹰架用竹），是笋中较好吃的一种，隔年秋初，从地下茎上发芽，慢慢生长，至冬天已可挖吃。竹的地下茎，在土中深浅不一，离地面约十公分所生竹笋，其尖（芽）端已露出土壤，笋箨呈青绿。离地表面约尺许所生竹笋，冬天尚未露出土表，观土面隆起，布有新细缝者，即为竹笋所在。用锄挖出，笋箨淡黄。若离地面一尺以下所生竹笋，地面表无迹象，殊难找着。要是掘笋老手，观竹枝开展，则知地下茎方向，亦可挖到竹笋。至春暖花开，雨水充足，深土中竹笋迅速伸出地面，即称春笋。实际冬笋春笋原为一物，只是出土有先后，季节不同。所有竹笋未出地面都较好吃，非独孟宗竹为然。"附此志谢。

说笋之类

王任叔

近来常在小菜之间，偶然拨到几片笋，为了价昂，娘姨不能多买，也就在小菜里略略掺和几片，以示点缀。但这使我于举箸之时，油然地想到了故乡，不免有点"怀乡病"了。

我之爱笋，倒不是为的它那"挺然翘然"的姿势。日本学者之侮蔑中国，真可说是"无微不至"。鲁迅先生的《马上支日记》，有这样的一节话：

安冈氏又自己说——

　　笋和支那人的关系，也与虾正相同。彼国人的嗜笋，可谓在日本人以上。虽然是可笑的话，也许是因为那挺然翘然的姿势，引起想象来的罢。

　　会稽至今多竹。竹，古人是很宝贵的，所以曾有"会稽竹箭"的话。然而宝贵它的原因是在可以做箭，用于战斗，并非因为它"挺然翘然"像男根。多竹，即多笋；因为多，那价钱就和北京的白菜差不多。我在故乡，就吃了十多年笋，现在回想，自省，无论如何，总是丝毫也寻不出吃笋时，爱它"挺然翘然"的思想的影子来。

　　我是不很佩服我们东邻的所谓"文化艺术"的。也许由于我的浅尝，无法理解他们的伟大。但自明治维新以来，日本没有一个文学者，能及得上我们的鲁迅先生。这也许和日本资本主义的发展始终脱不了封建势力的束缚有点关系，在文化艺术的领域上，只看到他们风气的流变：自自然主义而至理想主义，而至"左翼运动"，大半都停留在表面上，不可能有更深入的发掘。安冈秀夫的话，也许多少受到弗洛特学说的影响，然而以此作为侮蔑中国民族性的刻画，确实是可观了。

　　因为爱吃笋，就想到乡间掘笋的故事，真所谓"一粥一饭，当思来之不易"。我家老屋后门，就有一大块竹山。中国人固然有以竹为箭，用于战斗；但最古时候，还有用蒲的。《左传》所谓"董泽之蒲，可胜既乎"。那说来，真是"草木皆兵"了。这可见中国民族是最坚忍善斗的。不过世界上杀人武器，既已通行枪炮，以竹为箭，成了我们孩子时代的玩意。古风杳渺，乡之人也早没有见竹而思战斗的积习了。他们欢喜培竹，一则为图出息，二则为图口舌，三则如遇我辈文人雅士，聊供消暑纳凉，吟诗入画罢了。

我没有"赋得修竹"的才能，更没有写松竹梅岁寒三友图的本领。但却时常跟着长工去掘过笋。笋而必须掘，那已可见并不是一定"挺然翘然"的了。大概城市里人，想象特别丰富，虽然在植物学书上，也看到过"块根"、"块茎"之说，但一入乡间，也不免有刘姥姥进大观园之慨。五四时候，一般青年激于义愤，以大写壹字的资格——因为有别于寻常戏子，他们以大写壹字自居，而将寻常戏子比之为小写一字——入乡演剧宣传，一看满地的"田田荷叶"，均皆惊奇不置。一经询问之下，始知为常吃的芋艿，不免大失所望。他们全以为芋艿该如橘子李子，是结在树上的。人之智愚不肖，不能以书本为标本，于此已可概见了。入冬之时，竹山里的笋，其未"挺然翘然"，怕也出于安冈秀夫自己的想象之外吧。

掘笋功事，非专家不办。大抵冬霜既降，而绿竹尚"秀色可餐"——这说来，自然是好吃的民族了——土地坚实异常；冬笋则必裂地而出。据说是人间春意，先发于地。竹根得春气之先，便茁新芽，是即为笋。笋伏处土中，日趋茁壮。乡人于此之时，即从事采掘，如发宝藏，虽并不容易，但乡人类能"善观气色"，"格竹"致知。从竹的年龄与枝叶的方位，知道它盘根所在。循根发掘，每每能获得"小黄猫"似的笋。我不大了解他们掘得笋时的喜悦心情，在我则是掘得新笋一株，赛获黄金万两。吃笋固然快乐，掘笋则更觉趣味无穷。

这也许由于我"得之也难，则爱之也深"。希望成于战斗，地下的"小黄猫"，是人间的大希望。我于此而体念到人生的意味。大抵我的掘笋方法，专看地上裂缝。因笋有成竹而为箭的使命，所以特别顽强，不论土地如何结实，甚至有巨石高压，它必欲"挺身而出"，故初则裂地为缝，终则夺缝怒长。即有巨石，亦必被掀到一旁。大抵冬笋是它尚未出于地面之称，并非与毛缝笋为不同种类。一为毛笋，只需塌地斩断，不劳你东搜西寻了。所以一做羹汤，也就觉得鲜味稍杀。

在绿竹丛中黄草堆里，要寻到所谓笋的"爆"，实在困难。我家"长工""看牛"之类，又常和我取笑，当我转过背去，就用锄向地上一掘，做成个假的"爆"，并且作出种种暗示，叫我向那爆裂处走去。一待我发现这个，便用力地掘，弄得筋疲力尽，还是一无所得，而他们却挂锄站立一旁，浅浅微笑了。"绝望之为虚妄，正与希望相同"，而我则不作如是想，大抵每一早晨，我非掘得一二株笋，是不愿回家的。

然而，有时，于无意之间，与姊妹嬉顽于竹林深处，或采毛莨咀嚼，或筑石为城，翻动乱石，忽见"小黄猫"出现眼前，那真大喜过望，莫不号跳回家，携锄入山。真有"长镵长镵白木柄，吾生托子以为命"之慨了。

不过乡人之于竹，有"笋山"与"竹山"之分。我家就有一大竹山，一小笋山。竹山专用以培竹。笋山大都邻近居处，便于采掘。竹山则专有管山人司值，禁止一切人等偷掘冬笋。竹山每年一度壅培，即用管山人所饲之牛的"牛粪"。壅培之时，大概在秋末冬初。这事在富农的我家，仿佛是个节日，我也曾跟长工雇工，参与这种盛会。目的不在去闻牛粪香味，而在管山人的一顿好小菜。壅山之日，主人与管山人同至山地数竹，将每一竹上用桐油写上房记；我则跟随在瘦长的父亲的身后，看着他提着一竹筒黑油，用毛笔沾油作书的有趣情景。这在乡间叫作"号竹"。父亲号竹的本领，极其高妙，笔触竹竿，如走龙蛇，顷刻即就。有时是"明房"两字，有时则为"王明房"。这打算自然不同于竹上题诗。竹既有号，则偷儿便无所用其技了。固然伐竹之时，可将它记号刮去。但被刮过的竹，背到村里，人们也就侧目而视。这大概就是张伯伦所谓"道德的效果"吧！

我是不大明白父亲那种爱竹心理的。但每当秋夏之交，父亲又率长工上山去了，将竹山上的老竹删去一批，背到村前溪滩，唤筏工，锁竹成筏，专等老天下雨，溪水高涨。大概秋雨一阵过后，父亲就背上粿囊，上城去了。同时，筏工也撑着竹筏，顺水而下。有时，父亲且与做长板生意的合作，让竹筏上载着许多木头剖成的长板，舳舻接尾地浩浩荡荡流着出去。乡下孩子所见甚少，每遇此情此景，是觉颇为"壮观"的。

背着粿囊上路的父亲，不到一月左右，也就捎着"凤仙袋"喜气洋洋地回来了。母亲自然是慰劳备至，首先为他招呼面水脚水。父亲本不喝酒，但在这一次餐桌上，母亲总为他烫下几两黄酒，姑且小饮几杯，说是赶赶寒气，而我所欣喜的则又是借此也有一顿好小菜吃。

自掘笋以至壅竹卖竹，这情景在今天想来，宛然如画。叹童时之不可复回，慨"古风"之未必长存，我虽泄气，却还欣然。然而脚踏实地，父亲时代乡人们的艰苦奋斗精神，那确实是如笋如竹，挺然翘然，不可一世的！

我们兄弟之间，已没有人步父亲后尘，过这艰苦奋斗的生活了。

我在海外流浪，已十余年于兹，故乡山色，是否一仍旧观，亦无法想象。我本无所爱于故乡，但身处孤岛，每天总可碰到些失却家乡流浪街头的难胞。他们惦念着祖宗的遗业，他们忘不了自己的土地。他们也许时时做着家园的梦，牛的梦，犁头的梦，甚至闻着牛粪的气息，然而他们的故乡呢？这使我于悲悯他们的境遇之后，略觉骄矜，我的故乡依然还是我们的！但不知有谁负起捍卫这乡邦的责任？一九二七年，二兄在世，故乡是曾经吼过来的。亡友董挚兴的血，怕还未必干了吧，但我的故乡在今天是否也在吼呢？

父亲在日，尝告我曰：昔者尚书太公与崇祯皇帝闲谈，皇帝询及吾乡情况，尚书太公以十四字作答："干柴白米岩骨水，嫩笋绿茶石板鱼。"是这样世外桃源的故乡，怕已未必再见于今日了。我也不愿我的故乡，终于成为桃源。能斗争，才能存在；能奋发，才能进步。旧的让它死去，新的还须创造。失了乡土的同胞，我亦正与之同运命。而挺拔自雄却寒御暑的笋竹的英姿，该是我们所应学取的吧！

吃笋之余，有感如右，非为怀旧，借以自惕云耳。

千人千面

开封灌汤包子

古清生

七朝古都的开封府，最辉煌也北宋，最落魄也北宋，因为金人一击把它打成了南宋。宋朝的词人，抒愁情时必拍栏杆，拍却雕栏无数，词人还往南渡，金兵大举入关，此恨千古悠悠。我读宋词，多感内中有脂粉气弥漫，读宋代科技史，始知北宋重理工。唐是失之太监，野史家如是说。科技兴盛，工业发达，商业繁荣，北宋何有灭之天理？盖一词以蔽之，兵临城下，王朝更迭，贯穿华夏五千年文明史。

我是从郑州出发去开封的，坐的火车。联系了开封宣传部、团委及旅游局，便已至午时，该操练美食课目的时候了。人不好吃，天诛地灭，我以为比其正宗说法来得正确。有关自私，确乎不能完全成立，至少人还能为爱情牺牲自己吧。开封有两大名吃，鲤鱼焙面和灌汤包子，皆为皇家经典美食。或许是东道主未知身边坐有一民间美食家，居然没有上鲤鱼焙面，给我留有印象的是蟹黄鱼丸与灌汤包子。关于蟹黄鱼丸，我另篇讲述，此说灌汤包子。

灌汤包子就是包子里面有汤。应该说，我是先认识武汉的四季美汤包而后结识灌汤包子的。去开封以前，我尚不知有灌汤包子一说。席间摆谈，知为灌汤包子是皇家食品，估计灌汤包子还是在前，四季美汤包在后。皆因四季美汤包落脚大武汉，享誉武汉三镇，商业大埠，南北东西交通枢纽，占了一个好地盘。看起来包子也一样，置身于好的位置，就能声名远扬，成为掌门包子。

吃开封灌汤包子，看是一个重要的过程。灌汤包子皮薄，洁白如景德镇细瓷，有透明之感。包子上有精工捏制皱褶32道，均匀得不行。搁在白瓷盘上看，灌汤包子似白菊，抬箸夹起来，悬如灯笼。这个唯美主义的赏析过程，不可或缺。吃之，内有肉馅，底层有鲜汤。唯要记住，吃灌汤包子注意抄底，横中一吃，未及将汤汁吸纳，其汤就顺着筷子流至手上，抬腕吸之，汤沿臂而流，可及背心。吃灌汤包子烫着背心，在理论上是成立的。所以，吃灌汤包子必须全神贯注，一心在吃，不可旁顾。

灌汤包子有了形式美，内容精美别致，肉馅与鲜汤同居一室，吃之，便就将北国吃面、吃肉、吃汤三位一体化，一种整合的魅力。吃灌汤包子，汤的存在列第一位，肉馅次之，面皮次次之。汤如诗歌，肉馅为散文，面皮为小说。因为小说什么都包容，散文精粹一点，诗歌乃文中精华了。故此，吃罢灌汤包子，率先记住了汤之鲜，肉馅随汤进入味觉感知面，肉馅球状，饱浸汤汁的鲜肉泥。面皮除去嚼感，几乎可以忽略。南人吃北国之体验，面退居末位，未知北人是否列面为第一。

从吃而领悟到哲学的意境，在我们人界从思想始祖至今均无二样，心灵美是为重要，设若内容与形式主义同美，当是至美境界，美人与霓裳相得益彰，造化万千世界，恰给了人间恒久记忆，不可以分离。诚然，灌汤包子是精致主义佳构，如宋词的精细化写作，已然脱离了民间的粗鄙化虎咽牛饮，与翰林院为同宗，翰林院，应类同今时的社科院吧。

吃罢灌汤包子，再游览开封城的山陕甘会馆、铁塔、龙亭和清明上河园。铁塔实为琉璃塔，甚是精湛，美食美景美人，与古城开封同在。

狗不理

老烈

话说清朝咸丰年间，北京天津之间廊坊附近的武清县高家庄，有一位高老头，世代务农，五十几岁喜得贵子，希望这孩子长命百岁，取个小名叫狗子。这狗子十四岁到天津一家包子铺当学徒，学手艺，心灵手巧，勤劳肯干，出师后就自己开了个小包子铺。他创造了半发面的包子皮儿，吃起来软和，还有一股麦香，剁肉做馅的时候加点水，汤多肉嫩，谓之水馅，香而不腻。渐渐地这家包子铺的名声可就传开了，街坊邻里、三村五巷没有不上他这儿来买包子的，生意越做越红火，眼看着发了起来。

有一天，高家庄乡亲到天津办事，听说狗子发了财前来看望："狗子，狗子，我来啦！"谁知狗子正忙得不可开交，未曾听见。这位乡亲心中不悦，没再打招呼，回了武清逢人就讲："狗子不理咱。"天长日久，狗子和他的包子铺便成了远近闻名的"狗不理"。

不过，事有蹊跷，还一种"版本"——"苟不理"。那说法是：到了天津，倘若（苟）没去（不理）最有名的那家包子铺吃一顿，你就算白去了一趟。"狗不理"者乃"苟不理"之误也。我倒倾向于这种说法。有一句歇后语大家都知道："肉包子打狗——有去无回。"世上哪有狗不吃包子的道理。敌后打游击年代，当过侦察员、武工队的人都会记得，夜里到敌占区找人接头，最怕狗叫，那等于给敌人去报信，所以，哪管自己吃不上饭，怀里总要揣着几个包子，或几块肉骨头，它一叫，便抛过一两个去，狗受了贿，只顾哼哼地去吃，一声不吱。

且不去考证这家包子铺叫"狗不理"还是"苟不理"，要害之所在是包子好不好吃。说实话，这几年的"苟不理"可不怎么样，尽管扩大营业面积，进行豪华装修，增加花色品种，龙凤包、珍珠包、海鲜包、什锦包、五丁包、金针包、三皇包，等等等等，并非传统包子主料的鸡、鱼、虾蟹的味道加重了，"苟不理"赖以起家软皮水馅香而不腻的特色淡薄了，这却怎么说？北方风味小吃都讲究一个"热"字，都一处的烧卖，馅饼周的馅饼，烤肉季的烤，东来顺的涮，无一而非热气腾腾。"苟不理"的包子更得"顶气儿"上，揭开笼屉捡包子最见手上功夫，不怕烫，烫不着，端到桌子上客人先得吹一吹才敢沾嘴边，那才叫"苟不理"。如今可倒好，不说一盒盒的"包子快餐"都温吞吞，即使在楼上雅座单间，把包子翻个过儿看看底儿，酱色汤水都透出来啦，须知，"狗不理"和"麦当劳"不是一门子亲戚，中外有别。至于吹嘘"吃不了兜着走"，那就是跟"狗不理"开玩笑了。提着二斤凉包子回去"全家福"那像嘛话！

　　说一千道一万，最最希望的是，保住传统特色，坚持地方风味。让顾客知味停车，闻香下马，永远记着：不到"狗不理"就白来一趟天津卫。

煎馄饨

梁实秋

馄饨这个名称好古怪。宋程大昌《演繁露》："世言馄饨，是虏中浑沌氏为之。"有此一说，未必可信。不过我们知道馄饨历史相当悠久，无分南北到处有之。

儿时，里巷中到了午后常听见有担贩大声吆喝："馄饨——开锅！"这种馄饨挑子上的馄饨，别有风味，物美价廉。那一锅汤是骨头煮的，煮得久，所以是浑浑的、浓浓的。馄饨的皮子薄，馅极少，勉强可以吃出其中有一点点肉。但是作料不少，葱花、芫荽、虾皮、冬菜、酱油、醋、麻油，最后撒上竹节筒里装着的黑胡椒粉。这样的馄饨在别处是吃不到的，谁有工夫去熬那么一大锅骨头汤？

北平的山东馆子差不多都卖馄饨。我家胡同口有一个同和馆，从前在当地还有一点小名，早晨就卖馄饨和羊肉馅和卤馅的小包子。馄饨做得不错，汤清味厚，还加上几小块鸡血几根豆苗。凡是饭馆没有不备一锅高汤的（英语所谓"原汤"stock），一碗馄饨舀上一勺高汤，就味道十足。后来"味之素"大行其道，谁还预备原汤？不过善品味的人，一尝便知道是不是正味。

馆子里卖的馄饨，以致美斋的为最出名。好多年前，《同治都门纪略》就有赞赏致美斋的馄饨的打油诗：

　　　　包得馄饨味胜常，

　　　　馅融春韭嚼来香，

　　　　汤清润吻休嫌淡，

　　　　咽来方知滋味长。

这是同治年间的事，虽然已过了五十年左右，饭馆的状况变化很多，但是它的馄饨仍是不同凡响，主要的原因是汤好。

可是我最激赏的是致美斋的煎馄饨，每个馄饨都包得非常俏式，薄薄的皮子挺拔舒翘，像是天主教修女的白布帽子。入油锅慢火生炸，炸黄之后再上小型蒸屉猛蒸片刻，立即带屉上桌。馄饨皮软而微韧，有异趣。

馄饨民俗

林斤澜

西南有"抄手"，华南有"云吞"，名目怪异，实物可又全国普及，通称馄饨。看字形似从"乾坤初开"的混沌那里来，来头偌大，不敢想象。但女娲老祖宗补天的石子，都可以含在贾二爷口中出世，世界上什么事没有！

久住北京的作家，当知道当年的东安市场有一家馄饨侯，可列入"著名作家"一级。那馄饨怎样？来到楠溪江吃过本地馄饨的，不妨先比较馄饨皮，那位不和饺子皮差不多乎？本地土话形容"薄"，爱说和馄饨皮一样。形容馄饨皮呢，有"映灯光"三个字，这三个够不够"啧啧"？不信请到馄饨摊上，看看那一个挨一个挤着的馄饨小姐，穿着半透明一层皮，映着红喷喷香喷喷一身肉，慢着，香喷喷如何映得出来？实是那隐约肉色看好，阿谁也还联想如何如何耳。

馄饨侯的馄饨汤，酱油少许，星星绿色卧底，漂起一二点子当是香菜，还竟有韭香末子顶替的时节！若稍稍和主人进行美食讨论，称答"原汤化原食"。这是开原始玩笑了。

本地馄饨在汤头上实行"礼多人不怪"，卧底有酱油麻油猪油或多或少，味精一小堆一小堆，醋与胡椒粉须问好胃口。此外，随汤开先后投入物资计有：肉松或红烧肉末，蛋皮细丝，紫菜，榨菜，高档的竟撒上橘红的虾籽，带来江河湖海的"鲜美"……还有一样原本先投，这里特意留到最后卖个关子，窃以为这位原是担任升华的角色。

唐达成虽非本地人，却有过在本地上中学的机缘，不妨把这个关子考他一考。达成练达，以容光焕发，神游物外夺关而走。

这样东西本地叫亨菜，实是蒿子嫩尖。天保佑本地四季包括落雪时节，蒿子一律生长冒尖。

须知乾坤大事，也可以换汤不换药，对付千秋。和乾坤初开的混沌同音的馄饨，汤中捞食者，若无视汤头，成何体统！

本地馄饨不但有摊，还有担。串街走巷，敲梆为号。半上午尤其半下午，本地有吃点心的古老习惯。怎见得古老，这一吃的名目古意透彻："借力。"届时忽然梆声四起，或徐或疾，疾者负重过路，徐乃站位作业。

馄饨不但是"借力"的名色之一，夜间活动，另有名堂。本地临睡前，又有一吃称呼"夜厨"，有以为和早中晚三"厨"比较，这一"厨"性质特殊。俗云马无夜草不肥，马犹如此，人何以堪！

午夜犹有梆声笃笃如佛国木鱼，开门只见火苗吐舌如梦中如迎春篝火。说到火这里，不能不交代这担子的模样。

担可竹制，也可木造，或竹木合成。一头一灶一锅，挂一竹梆。灶是口大膛浅的灶头，架木柴充分燃烧，可收急效不宜持。另一头是多个不等的小抽屉，这一抽屉放皮，那抽屉储存成品。各样汤头作料，各有一屉半屉之地。两头之间本是扁担地方，却过街楼一般搭天桥分房间连接两头，码着海碗，立着高矮瓶子，盛着肉馅。操作时节，一只手这房间那房间，一只手拉这抽屉关那抽屉，遂生魔术的魅力。

如若馄饨一元一碗，参观馄饨担子并操作足值一角。

楠溪江边有民俗馆，尚在草创，实物不齐。建议搜罗井井有序色色有异的馄饨担当然必要。

馄饨   车前子

馄饨这个名字，像是外来语，如沙发、雷达之流。馄饨，有的地区说云吞（像是高山流水自然景观），有的地区叫抄手（像是事不关己高高挂起）。苏州与北京在馄饨的问题上没有分歧（比如苏州人把豆泡说成油豆腐，北京人把油豆腐叫为豆泡；苏州人把莲菜说成藕，北京人把藕叫为莲菜；这就是分歧），既不说云吞，也不叫抄手，就叫馄饨，这多少让我这个飘在北京的人感到亲切（一般的写法是"漂在北京"，但我觉得北京水少风大，特别改成"飘"）。

"馄饨侯"是北京的"中华老字号"，它的"红油馄饨"、"酸汤馄饨"在苏州吃不到，苏州也有家"中华老字号"的馄饨店，名"绿杨馄饨"，却只有一种馄饨，就是"鸡汤馄饨"——通常的说法是"鸡丝馄饨"。"鸡丝馄饨"听起来不好听，我不知道苏州人为什么不在这里避讳，如果在面店里，你买面四碗，这"四"的声音就被避讳掉，服务员端面上桌的时候，他绝不会说"你好，四碗来哉！"他一定会这样吆喝：

"两两碗来哉！"

二二得四，苏州人的算术一向很好，所以小学里上算术课，逢到"乘法口诀"这一单元，老师都是跳过去的。当然也有麻烦，老师提问，在乘法里"四"是怎么得来的，我们说完了"一四得四"，就会说"两两碗得四"，一时间整个教室成了面店。

所谓"鸡丝"，就是鸡肉丝，所谓"鸡丝馄饨"，就是馄饨汤里漂着些鸡肉丝。这鸡肉丝是店家对馄饨汤的证明：我鸡肉丝都给你了，这鸡汤还会是假的吗？

"绿杨馄饨"的"鸡丝馄饨"除了馄饨汤里有鸡肉丝之外，还有蛋皮。想要有青头的，就再加一把葱花。葱是小葱。

20世纪80年代中期，吴趋坊里有一家个体馄饨店，卖的馄饨叫"泡泡馄饨"。"泡泡馄饨"的皮子极薄，肉馅极少——透过极薄的皮子，肉馅只是微红一点，像是被绸衫云遮雾罩的胸脯。这家个体馄饨店破破烂烂，桌子椅子也都摇摇晃晃的，生意却分外红火，等着泡泡的人一波又一波地翻滚在两棵泡桐树下。

这家个体馄饨店门口有两棵泡桐树，四五张桌子就东倒西歪地丢在树下。有一年春天我正吃着馄饨，一朵紫盈盈的泡桐花大概闻到了香气，也来凑热闹，"噗"地掉进我手中的馄饨碗——泡汤了。

饺子

梁实秋

"好吃不过饺子，舒服不过倒着。"这是北方乡下的一句俗语。北平城里的人不说这句话。因为北平人过去不说饺子，都说"煮饽饽"，这也许是满洲语。我到了十四岁才知道煮饽饽就是饺子。

北方人，不论贵贱，都以饺子为美食。钟鸣鼎食之家有的是人力财力，吃顿饺子不算一回事。小康之家要吃顿饺子要动员全家老少，和面、擀皮、剁馅、包捏、煮，忙成一团，然而亦趣在其中。年终吃饺子是天经地义，有人胃口特强，能从初一到十五顿顿饺子，乐此不疲。当然连吃两顿就告饶的也不是没有。至于在乡下，吃顿饺子不易，也许要在姑奶奶回娘家时候才能有此豪举。

饺子的成色不同，我吃过最低级的饺子。抗战期间有一年除夕我在陕西宝鸡，餐馆过年全不营业，我踽踽街头，遥见铁路旁边有一草棚，灯火荧然，热气直冒，乃趋就之，竟是一间饺子馆。我叫了二十个韭菜馅饺子，店主还抓了一把带皮的蒜瓣给我，外加一碗热汤。我吃得一头大汗，十分满足。

我也吃过顶精致的一顿饺子。在青岛顺兴楼宴会，最后上了一钵水饺，饺子奇小，长仅寸许，馅子却是黄鱼韭黄，汤是清澈而浓的鸡汤，表面上还漂着少许鸡油。大家已经酒足菜饱，禁不住诱惑，还是给吃得精光，连连叫好。

做饺子第一面皮要好。店肆现成的饺子皮，碱太多，煮出来滑溜溜的，咬起来韧性不足。所以一定要自己和面，软硬合度，而且要多醒一阵子。盖上一块湿布，防干裂。擀皮子不难，久练即熟，中心稍厚，边缘稍薄。包的时候一定要用手指捏紧。有些店里伙计包饺子，用拳头一握就是一个，快则快矣，煮出来一个个的面疙瘩，一无是处。

饺子馅各随所好。有人爱吃荠菜，有人怕吃茴香。有人要薄皮大馅，最好是一兜儿肉，有人愿意多羼青菜。（有一位太太应邀吃饺子，咬了一口大叫，主人以为她必是吃到了苍蝇蟑螂什么的，她说："怎么，这里面全是菜！"主人大窘。）有人以为猪肉冬瓜馅最好，有人认定羊肉白菜馅为正宗。韭菜馅有人说香，有人说臭，天下之口并不一定同嗜。

冷冻饺子是不得已而为之，还是新鲜的好。据说新发明了一种制造饺子的机器，一贯作业，整洁迅速，我尚未见过。我想最好的饺子机器应该是——人。

吃剩下的饺子，冷藏起来，第二天油锅里一炸，炸得焦黄，好吃。

吃饺子杂谈

唐鲁孙

　　从前北方人拿饺子当主食，南方人拿饺子当点心，自从抗战军兴，前后方民众来了个大流徙，在饮食习惯方面，于是有了绝大的变化。年轻的一代因为长居川黔云贵，对于辣椒都有了偏嗜，拿面食当主餐的人也渐渐多了起来。现在台湾无论哪个县市，大街小巷随处可见饺子馆，足证饺子已经成为社会上最大众化的食品了。

　　饺子有蒸煮之分，所以煮的叫水饺，蒸的叫蒸饺。满洲人管水饺叫煮饽饽，黄河两岸有的地方叫扁食，最特别的是山东菜管煮水饺叫"下包"，外乡人初履斯土，听说"下包"时常被弄得莫名其妙。

当年北方乡间民情淳朴，生活节约，除了逢年过节才吃一顿白面饺子外，平素多半是吃荞麦面、高粱面、豆面、带麸皮的黑面包的饺子。至于谈到饺子馅儿，有荤有素。荤馅儿除了猪牛羊肉之外，还有鸡肉、虾仁、鱼肉、三鲜等；荤馅儿还有配上大白菜、小白菜、菠菜、韭菜、韭青、大葱、茴香、西葫芦、冬瓜、南瓜、荠菜、扁豆的，有的人甚至拿萝卜缨儿、掐菜须做馅儿的。虽然属于废物利用，却别具一格，偶或吃一次，倒也另有风味。素馅儿是白菜、菠菜、粉丝、豆腐、金针、木耳、冬笋，等等，要是加入鸡蛋、金钩、韭黄那就成为花素了。另外有用南瓜、鸡鸭血、金钩做馅儿的，亦荤亦素也非常香腴适口。

包饺子，分拌馅儿、和面、擀皮、包捏、煮熟五部曲，在北方有句俗语是："舒服不过倒着，好吃不过饺子。"饺子之人人爱吃，我想不外是饺子馅儿种类繁多，变化多端，所以才能让人多吃不厌。饺子好吃不好吃，端视馅儿拌得好不好来决定。饺子馅儿要分剁、切、擦三种，何者应剁，何者应切，何者用刨子擦，都有一定之规的，总之松腻粗细适中（如用绞肉味道就差了）方属上乘。调配料如果调配得当，饺子入口，觉得咸淡恰好。用油多寡更为重要，要能松腴柔润，不结不腻，才算高手。和面虽然不算什么难事，可是用水多少也非常重要，面要和得软硬适度，那就看揉面用水多寡得当不得当了。饺子皮分压跟擀两种，压皮快而不圆，擀皮虽圆而慢，自然擀皮的饺子比压皮来得整齐美观，不过包捏手艺到家，饺子煮熟，吃起来是不容易分别擀皮压皮的。

包饺子又叫捏饺子，饭馆做的多半跟家庭包法不同，叫"挤"，一挤一个，手法非常之快。北方还有个老妈妈论，三十晚上包饺子，接财神的时候无论男女老幼，都要包上三两只。说是包几只饺子，可以把小人嘴捏住，可免小人胡说八道，招惹些是是非非出来。吃财神饺子里面要包小钱，恐怕饺子捏不牢，破了会漏财，于是财神饺子都捏上花边，虽然费点事，可是绝不至于饺子咧嘴散馅儿露财。

煮饺子一锅不能煮太多，如果饺子在锅里翻不过身来，不但不容易煮熟，而且易粘易破。熟馅儿点一次水，就可以煮熟，生馅儿可能要点两三次水，馅儿才能煮熟，那要看馅儿的大小、皮的厚薄而定，所以煮饺子也是有门道的呢！

北方人吃饺子讲究薄皮大馅儿才能解馋。笔者认为馅儿的大小无关宏旨，反而馅子填得太多，失去了皮跟馅儿中和的滋味，倒是边窄、皮薄是吃饺子的唯一条件。假如边宽皮厚，再加上口淡，就难以下咽了。笔者虽是有名馋人，但是向不挑嘴，有一年在国外有位东北朋友请我吃水饺，每个饺子大有两寸，皮子厚逾铜板，馅子更是大如肉丁馒头的肉粒，我当时真想把"好吃不过饺子"这句话改为"最难吃不过饺子"，所以从此增加了几分戒心，凡是不十分熟识的人请我吃饺子，我总是逊谢不遑的。

北方新郎新娘拜完天地入洞房，首先要由家人包几只饺子给新郎新娘吃，这种饺子用一根筷子填馅儿，饺子包起来非常小巧，煮熟也不过像大蚕豆一般，北方人叫它子孙饽饽，大概是最小的饺子了。

饺子的馅儿，以笔者个人爱好来说，荤馅儿以冬笋猪肉馅儿最好吃，冬笋切细粒与肉末同炒做馅儿，味宜稍淡，笋粒越细方不致把饺子皮戳破，此为冬令饺子中妙品。素馅儿以菠菜、小白菜各半，摊鸡蛋切碎，上好虾米也切碎。虾米多用不妨，取其鲜咸，可少用调味料。有韭菜胡萝卜时分别加入少许提味配色，比一般馆店加豆腐粉条、金针、木耳，真所谓食唯韭薤，味清而隽也。

谈到最会吃饺子，那就不能不佩服逊清贝勒载涛啦。有一年数九天下大雪，他忽发雅兴，到东安市场东来顺，要吃羊肉白菜饺子，指明羊肉要用后腿肉，等饺子上桌他尝了一口，立刻大发雷霆，指责跑堂不照吩咐去做。敢情灶上看见一块羊里脊又细又嫩，就把那条里脊剁了馅儿了，谁知那位美食专家舌头真灵，居然吃出不对劲儿来，真可谓神乎其技了。

南方人吃饺子似乎没有北方人来得讲究，可是有一次在上海怡红酒家吃过一次灌汤水饺，一盉两只，现煮上桌，齑脍融浆芬濡不腻。可贵处五羊面点一律使用澄粉，而灌汤饺是用纯粹面粉而不用澄粉，又是水煮而不上蒸笼，虽然价格比一般面点高一倍，实在还是难能可贵的。后来在上海、广州、香港各地广东酒楼，就没见有这种灌汤饺出售了。

南北筵席的点心，很少有用水饺的，偶或用鸡汤煮小水饺，饺子皮大多厚而且硬，不能适口。倒是酒席上的蒸饺（北方叫烫面饺）南胜于北，吃过几回颇为不俗的蒸饺。在上海老伴斋吃过一次翡翠蒸饺，据说是扬州富春茶社主人陈步云的传授，后加以改良的。他把小青菜剁碎成泥，和糖为馅儿，碧玉溶浆，其甘如饴。汉口大吉春有一种豌豆泥蒸饺，他家本来是不轻易做来奉客，那位白案子师傅，来自安徽宣城旧家，是老板的亲家，碰他酒后兴足才一展身手。笔者倒是碰巧躬逢其盛，骨润芳鲜，确属妙馔。现在武汉旧友有时餐叙，谈到汉口大吉春的豌豆泥蒸饺，还不禁馋涎欲滴呢！北平北城有个推车卖烫面鼓的，他有一种三鲜馅儿饺子，珍洁精芳，特别鲜美，可惜要尝珍味，必须依车进食，方能尽情恣享。

去岁年尾大扫除，偶检旧箧发现了旧藏广东省造三分六厘小银角子十余枚，系当年在大陆吃财神饺子，包饺子所用小银钱。儿孙辈对于吃包有小银钱的财神饺子极有兴趣，于是把十几枚小钱，全部包在饺子里，吃出多寡虽然不同，可是人人有份儿，皆大欢喜，于是把所知包饺子的一鳞半爪写出来。我想，要吃饺子，而自己不太会做的朋友，能按上面所说五部曲琢磨一下来做，必定可以有一餐适口充肠饺子来吃了。

我在奥斯陆包饺子

铁凝

　　有一年六月，我在挪威参加第二届国际女作家书展。我的朋友、挪威汉学家易德波这期间一直做我的翻译并照顾我。易德波是一位诚实的中年女性，六十年代末开始学习汉语。她和她的丈夫——一位妇科医生以及三个儿子，住在奥斯陆近郊他们自己的房子里。

　　我曾经几次在易德波家吃饭，临近回国，我想我应该对这好客的一家表示感谢。倘若请他们全家去餐馆、酒店吃饭，未免过于客气，而且也太贵——我窃想。最重要的是那些地方仍旧是他们习惯了的口味，并不新奇。要是在她家做一次中餐呢，当然会大受欢迎。可是我观察过易德波厨房的器皿和灶具，她的平底锅和电炉盘都不适合中国菜的烹饪。再说，奥斯陆也没有为我特意准备中国菜的原料和调料。这时我忽然想起我家夏天常吃的一种饺子。

每年夏季，西红柿最多的时候，我们喜欢做西红柿馅的饺子，可以说，这是我的发明。西红柿饺子的主料是西红柿、鲜猪肉、鸡蛋、葱头。这些东西也是西菜烹制中常用的，不必担心超级市场没有。假使要做北方人吃惯了的猪肉白菜馅，不但白菜没有，就是中国大葱我又到哪儿去找呢？于是，我决定为易德波全家做一次西红柿饺子。

饺子这种中国北方的大众食品，一直令外国人不可思议，不必说各种馅的调制，单是擀饺子皮的过程就令他们感到美妙。而中国人感到美妙的，则是包饺子本身所体现出的家庭亲情，一种琐碎、舒缓的温暖。我愿意把这种情绪带给易德波全家，我愿意我们共同享受东方这古老的热闹。当易德波九岁的小儿子听了我要包饺子的宣布之后，一天拒绝吃饭，耐心等待着晚餐的中国饺子。

我从超级市场买回原料，如我猜测的那样，主料都有，只差海米没买到。但易德波及时向我提供了鲜虾仁，这岂不更好？

我开始了我的制作：先把西红柿洗净，放在盆内用开水烫过（便于剥皮），剥掉皮，挤出汁和籽，再把西红柿剁碎。当我刚刚拿起一个西红柿，把汁和籽挤进洗碗池，手下就飞速地伸过一只小碗，是易德波站在了我的身后，好让我把西红柿汁挤进这小碗，她说这是好东西啊，扔进洗碗池太可惜了。结果我挤了多半碗西红柿汁，易德波小心翼翼将它藏进了冰箱。

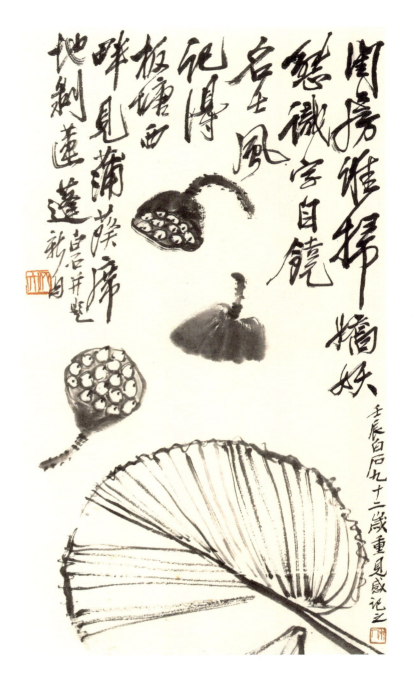

闺房谁扫揥墙妖
慈微字自镜
启坐风
记得
板塘西
畔见蒲葵席
地剥莲蓬 新句
启并题

壬辰白石九十二岁重见感记之

我小时候，每到夏季必侍先君游什刹海。荷塘十里，游人如织。傍晚辄饭于会贤堂。入座后必先进大冰碗，冰块上敷以鲜藕、菱角、桃仁、杏仁、莲子之属。饭后还要擎着几枝荷花莲蓬回家。剥莲蓬甚为好玩，剥出的莲实有好几层皮，去硬皮还有软皮，最后还要剔出莲心，然后才能入口。有一股清香沁入脾胃。

菊花开也池塘初肥
君不饮计已非
白石

蟹不一定要大闸的，秋高气爽的时节，大陆上任何湖沼溪流，岸边稻米高粱一熟，率多盛产螃蟹。在北平，在上海，小贩担着螃蟹满街吆唤。

九十五岁白石老人

"每届中秋，府第朱门皆以月饼果品相馈赠。至十五月圆时，陈瓜果于庭以供月，并祀以毛豆、鸡冠花。是时皓魄当空，彩云初散，传杯洗盏，儿女喧哗，真所为佳节也。"清朝京城中秋的风情和闹猛，在这里可以看出一个大概。

大约为了『保鲜』，从近海或内海刚捞上的鱼虾（兹不论及鱼），有的就在海滩就地用传统的烹调方法（一般是『蒸』）煮熟后放在特制的竹筐内，由渔人快步挑至鼓楼前鱼摊贩卖。这种『蒸』熟后的海虾，其色白，其触须、虾眼以及甲壳，似都发出一种清新的海鲜味。

她没有因为当着一个外国人表现出如此的"抠门儿"有什么不好意思，我不禁问自己：假使一个外国人在我家厨房烧茶，我能够无顾忌地面对她去表现我的"抠门儿"吗？

半碗西红柿汁并没有太高的经济价值，它却是北欧一个知识分子家庭节俭品德的体现。节约一定是他们的习以为常，因此易德波才十分坦然。有了这碗储进冰箱的西红柿汁，我的包饺子过程似乎才完整起来，才真正有了一种家庭的亲情。那时我指挥着易德波和她的丈夫，他们摊鸡蛋、剥葱头，虔诚地为我打着下手，那时厨房里似乎不存在外国人和客人，我已加入了这个家庭，与他们一道过着真实的日子。

我成功地制作了西红柿饺子，易德波全家吃得满面是汗。她的小儿子一边吃一边数数儿，最后告诉我说，他吃了三十六个。

易德波的节俭给我留下了比饺子本身更深的印象，但我仍然没有忘记请读者也来试一试西红柿饺子。饺子的形式万变不离其宗，但它的内容却可以不断丰富。丰富你的菜谱，便是丰富你生活的情致吧。此外，当你偶然地主持过一个家庭的烹饪，你还会获得一个了解这家庭的新视角。

附：西红柿饺子馅的制作

原料：西红柿一千克，鲜猪肉馅五百克，鸡蛋二个，葱头一个，海米二十五克，香油五十克，菜油、盐、白胡椒粉、味精少许。

制作：将西红柿洗净，放入盆内用开水烫过，剥皮，挤出汁和籽，把西红柿剁成丁（不要太碎）；

鸡蛋摊成饼，切丁；

葱头切成丁，入油锅煸炒，加白胡椒粉、盐；把西红柿放进肉馅用力搅拌，使水分充分吸收，然后加酱油，再搅拌，最后放入葱头、鸡蛋、海米丁、香油、盐、味精，搅匀即可。

特点：颜色新鲜，口感清爽，营养丰富，实为夏季欲吃饺子者的理想选择。

大雪飘，饺子包

周涛

今天雪下得很大，雨转雪，空气中弥漫着湿气，没有一丝风，雪便在空中一路吸收了湿润，粘成了大朵儿的片、团、絮，降落下来，覆盖住这个被雨下湿了的世界。

凄清的宁静外加了温馨的悠扬。

似有音乐，雨滴和雪落；又似无声，夏日和冬季在深秋时的会晤、交接，仿佛两个换岗哨兵的注目敬礼，却没有一句话。

我读着一本使我愉悦的书，我沉浸在雨雪般

的思绪里面，没有人来惊扰我。在我读书的时辰，厨房里隐约传来剁肉馅的声响，传进我的耳朵时，变成了有节奏的，使人舒适的遥远处伐木的斧斤声。

等我读得感到有些累的时候，一盆剁好的馅放在饭桌上，等我包。馅是鲜嫩的羊肉、黄萝卜、洋葱剁成的，肥瘦相宜、红白相间，搅拌在盆里，丰厚而诱人食欲。油黄鲜亮的一盆，已经把原来毫不相干的动物和植物浑然凝为一盆，散发着与窗外的弥天飞雪相和谐的香味。

我宁静、专注地包起来，并沉浸其中。

擀好的皮一叠一叠的，像面粉的耳朵，全都等着包纳一部分内容。好似被子在床上等着睡觉的人，衣服等待肉体，不然一切就不圆满，就没有生命。

我是非常认真的，而且熟练。对每一个饺子，都认真到类似创造。是我赋予它们适量的内容，也是我让那些馅躺在各自合适的外壳里，还是我把它们像蚌一样合拢，然后放在两只手当中一捏，它们成形了。

在撒了薄粉的方形秫秸板上，它们站立起来，一排排挺立如小锡兵，陈列整齐。它们每一个都有公鸡似的冠子，每一个都有我的指纹和手印，挺胸凸肚，士气高昂，等待着为我慷慨献身，"赴汤蹈火"。

我觉得我有点像创世者。

我给了内容以形式，给了形式以内容，并且我赋予了它们形体。它们的皮肤是光洁的，不粘手的，它们的形态是富足的和吉祥的，它们有内脏，有五脏六腑，假如谁再能吹一口气，它们就活了。

我在创造它们的时候全神贯注，每一个都是我亲手造成，如同上帝当初造人一样，虽然都是"捏造"。

我甚至觉得上帝造人也没有我这么认真。我沉浸在大自然雨雪纷飞的伟大旋律中，我的心情也暗合着这旋律，一切浑然和谐，天衣无缝。我迷醉在这简单的手工劳作中，手眼并用，心游万仞。

谁也不知道我想到了些什么，我内心的天空和窗外的世界一样湿润，一样雨雪纷飞。一些人，一些事物，一些片断，一些有趣的际遇，一些耐人寻味的话语，一些表情，一些笑容和眼神……都来到我心里，让我猜测、回味、解释，这些全都和我的生命发生了关系，全都深深地进入了我，然而它们不知道。

思绪的雨和雪纷扬飘飞，包容了难以想象的时间和空间，然而手和眼只盯着饺子。专注之下，暗藏着一个何等天马行空的心灵！

每一个饺子里都包进了一小段时间。

同时时间在窗外谁也包不住地纷扬……

这时，我感受到了幸福。

独享的，幸福。

我说："幸福不是躲在远方的一座城堡，而是撒在你生命周围的一些肉眼不易看到的碎金。它一开始就被上帝弄碎了，随手撒向人间，却诱骗一代代的人们去寻找那份完整。灾难正好相反，它从来都是完整的。"

窝窝头的历史

周作人

北方杂粮以玉米为主，玉米粉称为棒子面，亦称杂和面。因为俗称玉米为棒子，故得此名。南方人不懂，故有误解。从前的小说上，说穷苦妇女流着眼泪，把棒子面一根根往嘴里送。玉米面中掺和豆面在内，故称杂和，其实这如三七比例的掺入，就特别显得香甜，所以不算是什么粗粮，不过做成窝窝头，乃有似黑面包，普通当作穷人的食粮罢了。南方如浙东台州等处，老百姓也通常吃玉米面，却称作六谷糊。光绪丁酉年距今刚刚一周甲，我住在杭州，一个姓宋的保姆是台州人，经常带来吃，里边加上白薯，小时候倒觉得是很好吃的。普通做了饼来吃，便是所谓窝窝头，乃是做成圆锥形，而空其中，有拳头那么大，因为底下是个窝，故得是名。老百姓吃这东西，大概起源很早，历史上找不着记录，当起于有玉米的时候了。本来这些事用不着努力去找它的缘起，现在不过如偶尔找到一点记录，知道有什么时代，已经有过，那也未始不是很有意思的事吧。

窝窝头起源的历史是不可考了，但我们知道至少在明朝已经有这个名称，即是去今有三百多年的历史了。李光庭著《乡言解颐》卷五，载刘宽夫《日下七事诗》，末章中说及"爱窝窝"，小注云，"窝窝以糯米粉为之，状如元宵粉荔，中有糖馅，蒸熟外糁自粉，上作一凹，故名窝窝。田间所食则用杂粮面为之，大或至斤许，其下一窝如旧而复之。茶馆所制甚小，曰爱窝窝，相传明世中富有嗜之者，因名御爱窝窝，今但曰爱而已"。照这样说，爱窝窝由于御爱窝窝的缩称，那么可见窝窝头的名称在明朝那时候已经有了。这也就是说，农民用玉米面做这种食品，用这个名称，也已经很久了。

天下事无独有偶，窝窝头的故事还有下文。北海公园有一家饭馆名叫"仿膳"，是仿御膳房的做法的意思。他们的有名食品里边，便有一种"小窝窝头"，据说是从前做来"供御"的，用栗子粉和入，现在则只以黄豆玉米粉加糖而已。所以北京市面上除真正窝窝头以外，还有两种爱窝窝与小窝窝头，留下一点历史的痕迹。"窝窝头"极是微小的东西，但不料有这么一段有意思的历史，可见在有些吃食东西上如加以考究，也一定有许多事情可以发现的。

窝头

梁实秋

窝窝头，简称窝头，北方平民较贫苦者的一种主食。贫苦出身者，常被称为啃窝头长大的。一个缩头缩脑满脸穷酸相的人，常被人奚落："瞧他那个窝头脑袋！"变戏法的卖关子，在紧要关头停止表演向围观者讨钱，好多观众便哄然逃散，变戏法的急得跳着脚大叫："快回家去吧，窝头煳啦！"（煳是烧焦的意思）坐人力车如果事前未讲价钱，下车付钱，有些车夫会伸出朝上的手掌，大汗淋漓地喘吁吁地说："请您回回手，再赏几个窝头钱吧！"

总而言之，窝头是穷苦的象征。

到北平观光过的客人，也许在北海仿膳吃过小窝头。请不要误会，那是噱头。那小窝头只有一时高的样子，一口可以吃一个。据说那小窝头虽说是玉米面做的，可是羼了栗子粉，所以松软容易下咽。我觉得这是拿穷人开心。

真正的窝头是玉米做的，玉米磨得不够细，粗糙得刺嗓子，所以通常羼黄豆粉或小米面，称之为杂和面。杂和面窝头是比较常见的。制法简单，面和好，抓起一团，翘起右手大拇指伸进面团，然后用其余的九个手指围绕着那个大拇指搓搓捏捏使成为一个中空的塔。所以窝头又名黄金塔。因为捏制时是一个大拇指在内九个手指在外，所以又称"里一外九"。

窝头是要上笼屉蒸的，蒸熟了黄澄澄的，喷香。有人吃一个窝头，要赔上一个酱肘子，让那白汪汪的脂肪陪送窝头下肚。困难在吃窝头的人通常买不起酱肘子，他们经常吃的下饭菜是号称为"棺材板"的大腌萝卜。

据营养学家说，纯粹就经济实惠而言，最值得吃的食物盖无过于窝头。玉米面虽非高蛋白食物，但是纤维素甚为丰富，而且其胚芽玉米糁的营养价值极高，富有维他命 B 多种，比白米白面不知高出多少。难怪北方的劳苦大众几乎个个长得比较高大粗壮。吃粗粮反倒得福了。杜甫诗，"百年粗粝腐儒餐"，现在粗粝已不再仅是腐儒餐了，餍膏粱者也要吃糙粮。

我不是啃窝头长大的，可是我祖父母为了不忘当年贫苦的出身，在后院避风的一个角落里砌了一个一尺多高的大灶，放一只头号的铁锅，春暖花开的时候便烧起柴火，在笼屉里蒸窝头。这一天全家上下的晚饭就是窝头、棺材板、白开水。除了蒸窝头之外，也贴饼子，把和好的玉米粉抓一把弄成舌形的一块，往干锅上一贴，加盖烘干，一面焦。再不然就顺便蒸一屉榆钱糕，后院现成的一棵大榆树，新生出一簇簇的榆钱，取下洗净和玉米面拌在一起蒸，蒸熟之后人各一碗，浇上一大勺酱油麻油汤子拌葱花，别有风味。我当时年纪小，没能懂得其中的意义，只觉得好玩。现在我晓得，大概是相当于美国人感恩节之吃火鸡。我们要感谢上苍赐给穷人像玉米这样的珍品。不过人光吃窝头是不行的，还是需要相当数量的蛋白质和脂肪。

自从宣统年间我祖父母相继去世，直到如今，已有七十多年没尝到窝头的滋味。我不想念窝头，可是窝头的形象却不时地在我心上涌现。我怀念那些啃窝头的人，不知道他们是否仍像从前一样地啃窝头，抑是连窝头都没的啃。前些日子，友人贻我窝头数枚，形色滋味与我所知道的完全相符，大有类似"他乡遇故人"感。

贫不足耻贫乃士之常，何况劳苦大众。不过打肿脸充胖子是人之常情，谁也不愿在人前暴露自己的贫穷。贫贱骄人乃是反常的激愤表示，不是常情。原先穷，他承认穷，不承认病，其实就整个社会而言，贫是病。我知道有一人家，主人是小公务员，食指众多，每餐吃窝头，于套间进食，严扃其门户，不使人知。一日，忘记锁门，有熟客来排闼直入，发现全家每人捧着一座金字塔，主客大窘，几至无地自容。这个人家的子弟，个个发愤图强，皆能卓然自立，很快地就脱了窝头的户籍。

北方每到严冬，就有好心的人士发起窝窝头会，是赈济穷人的慈善组织。仁者用心，有足多者。但是嗟来之食，人所难堪，如果窝窝头会，能够改个名称，别在穷人面前提起窝头，岂不更妙？

面条

梁实秋

面条，谁没吃过？但是其中大有学问。

北方人吃面讲究吃抻面。抻（音 chēn），用手拉的意思，所以又称为拉面。用机器轧切的面曰切面，那是比较晚近的产品，虽然产制方便，味道不大对劲。

我小时候在北平，家里常吃面，一顿饭一顿面是常事，面又常常是面条。一家十几口，面条由一位厨子供应，他的本事不小。在夏天，他总是打赤膊，拿大块和好了的面团，揉成一长条，提起来拧成麻花形，滴溜溜地转，然后执其两端，上上下下地抖，越抖越长，两臂伸展到无可再伸，就把长长的面条折成双股，双股再拉，拉成四股，四股变成八股，一直拉下去，拉到粗细适度为止。在拉的过程中不时地在撒了干面粉的案子上重重地摔，使沾上干面，免得粘了起来。这样地拉一把面，可供十碗八碗。一把面抻好投在沸滚的锅里，马上抻第二把面，如是抻上两三把，差不多就够吃的了，可是厨子累得一头大汗。我常站在厨房门口，参观厨子表演抻面，越夸奖他，他越抖神，眉飞色舞，如表演体操。面和得不软不硬，像牛筋似的，两胳膊若没有一把子力气，怎行？

面可以抻得很细。隆福寺街灶温，是小规模的二荤铺，他家的拉面真是一绝。拉得像是挂面那样细，而吃在嘴里利利落落。在福全馆吃烧鸭，鸭架装打卤，在对门灶温叫几碗一窝丝，真是再好没有的打卤面。自己家里抻的面，虽然难以和灶温的比，也可以抻得相当标准。也有人喜欢吃粗面条，可以粗到像是小指头，筷子夹起来卜愣卜愣的像是鲤鱼打挺。本来抻面的妙处就是在于那一口咬劲儿，多少有些韧性，不像切面那样的糟，其原因是抻得久，把面的韧性给抻出来了。要吃过水面，把煮熟的面条在冷水或温水里涮一下；要吃锅里挑，就不过水，稍微黏一点，各有风味。面条宁长勿短，如嫌太长可以拦腰切一两刀再下锅。寿面当然是越长越好。曾见有人用切面做寿面，也许是面搁久了，也许是煮过火了。上桌之后，当众用筷子一挑，肝肠寸断，窘得下不了台！

其实面条本身无味，全凭调配得宜。我见识简陋，记得在抗战初年，长沙尚未经过那次大火，在天心阁吃过一碗鸡火面，印象甚深。首先是那碗，大而且深，比别处所谓二海容量还要大些，先声夺人。那碗汤清可鉴底，表面上没有油星，一抹面条排列整齐，像是美人头上才梳拢好的发蓬，一根不扰。大大的几片火腿鸡脯摆在上面。看这模样就觉得可人，味还差得了？再就是离成都不远的牌坊面，远近驰名，别看那小小一撮面，七八样作料加上去，硬是要得，来往过客就是不饿也能连罄五七碗。我在北碚的时候，有一阵子诗人尹石公做过雅舍的房客，石老是扬州人，也颇喜欢吃面，有一天他对我说："李笠翁《闲情偶寄》有一段话提到汤面深获我心，他说味在汤里而面索然寡味，应该是汤在面里然后面才有味。我照此原则试验已得初步成功，明日再试敬请品尝。"第二天他果然市得小小蹄髈，细火焖烂，用那半锅稠汤下面，把汤耗干为度，蹄髈的精华乃全在面里。

　　我是从小吃炸酱面长大的。面自一定是抻的，从来不用切面。后来离乡外出，没有厨子抻面，退而求其次，家人自抻小条面，供三四人食用没有问题。用切面吃炸酱面，没听说过。四色面码，一样也少不得，掐菜、黄瓜丝、萝卜缨、芹菜末。二荤铺里所谓"小碗干炸儿"，并不佳，酱太多肉太少。我们家里曾得高人指点，酱炸到八成之后加茄子丁，或是最后加切成块的摊鸡蛋，其妙处在于尽量在面上浇酱而不虞太咸。这是馋人想出来的法子。北平人没有不爱吃炸酱面的。有一时期我家隔壁是左二区，午间隔墙我们可以听到"呼噜——呼噜"的声音，那是一群警察先生在吃炸酱面，"咔嚓"一声，那是啃大蒜！我有一个妹妹小时患伤寒，中医认为已无可救药，吩咐随她爱吃什么都可以，不必再有禁忌，我母亲问她想吃什么，她气若游丝地说想吃炸酱面，于是立即做了一小碗给她，吃过之后立刻睁开眼睛坐了起来，过一两天病霍然而愈。炸酱面有起死回生之效！

　　我久已吃不到够标准的炸酱面，酱不对，面不对，面码不对，甚至于醋也不对。有些馆子里的伙计，或是烹饪专家，把阳平的"炸"念作去音炸弹的"炸"，听了就倒胃口，甭说吃了。当然面有许多做法，只要做得好，怎样都行。

北京炸酱面

刘齐

　　北京的炸酱面很有名，我从小就知道。那时我在沈阳读书，家里常吃炸酱面。本来母亲做的已经不错了，我们吃得也快活，但幼年在北京住过的父亲仍不满意，认为没有北京的地道。我心想，北京人跟毛主席紧挨着，又有长城又有天安门，还能吃到比我们这个更棒的炸酱面，好事都让他们赶上了，难怪户口那么金贵。

　　长大看电视剧《四世同堂》，那里面有几个北京老爷子一起吃炸酱面，吃得踢里秃噜的，我在电视外面都替他们香得不行。各种书里也有不少赞誉，给人的总印象，北京除了烤鸭涮羊肉等菜肴名震中外，主食方面最拿得出手的，就是堂堂炸酱面。说它是主食，似乎不妥，因为它还配有许多小花样，不就菜也能吃得很好，故应叫主副兼备的吃食。据说，老北京人对炸酱面格外青睐，平时舍不得惊动它，重要时刻才肯拿来派用场。炸酱面在北京众多面条中风头最健，简直可以评为京面。

现在我也有了北京户口，走大街穿小巷，上商店入公厕，都有自豪感。北京的风光养我眼，北京的伙食养我身，我特别感激。但对北京的炸酱面却再也不敢钦佩，确切地说，不敢钦佩炸酱面里的那个酱。

面是没的说，手擀的，筋筋道道的，一碰到牙，牙就高兴。菜码也无可挑剔，黄瓜丝、水萝卜丝、其他丝，外加豆芽、豆瓣等等，赤橙黄绿，清凉可人。还有老醋，还有辣油，还有白嫩爽滑的蒜瓣，万事俱备，千军待发，只欠那个酱了。那个酱却不争气，黑乎乎的，齁咸齁咸的。酱上泛一层令人难堪的浮油，酱里面藏一些令人更难堪的肥肉丁，而且冰凉呆滞，好像搁了一百年，是慈禧手下的小太监炸出来的。

如果我只在一家饭馆遇到这种酱，我会要求自己看主流，识大节。问题是不少饭馆都是这种酱，其中一些店铺还理直气壮地挂着"老北京炸酱面"或"正宗北京炸酱面"的大招牌，小伙计特意穿着老式服装，用朴素而精致的青花瓷碗盛酱，用谦卑而骄傲的京腔高喊"来了您哪"、"慢用了您哪"——面对这一切，我变得十分困惑，主流观就有些动摇。

炸酱面以酱成名，兵熊熊一个，将（酱）熊熊一窝，酱的责任极其重要。历史也悠久，几千年以前，古人还没发明涤棉、味素、塑料盆呢，就已经做得一手好酱了。一千四五百年以前，北魏一个老干部贾思勰，给"齐民"

也就是平民百姓，写了一本流芳千古的实用性名著，里边专门有一节讲怎样做肉酱。贾先生特意嘱咐说，要割取刚宰杀的新鲜肉，去掉肥肉，剁得细碎一些。如若与肥肉混在一起，会使酱变得油腻（"取良杀新肉，去脂，细锉"，"合脂令酱腻"，出自《齐民要术·作酱等法第七十·肉酱法》）。

我们家乡的现代人在做酱方面更有两下子。前一段，我在锦州沈阳一些默默无闻的小馆子吃炸酱面，酱都是现吃现炸，热腾腾的，香喷喷的。花样也多，有鸡蛋酱、肉酱等等。肉酱里不但有肉（是新鲜的瘦肉丁），还有青辣椒，有时有豆腐干、豆腐泡。酱往往也是东北大酱、甜面酱或豆瓣酱的复合体，多样香，不像北京那些店，仅由当地黄酱独霸一方。

我无意以家乡的好处来贬低北京炸酱面，我只是为它着急，就像为一个不思进取的名家惋惜一样。北京多好啊，名胜古迹比炸酱面里的菜码还多，老北京话的意味比手擀的面条还长，怎么那个酱就那么徒有其名，让人泄气呢?

或许这些年，我仍像一个初入皇城的外地人那样，只在北京的表面打转转，一直没有发现真正的好酱，而该酱矜持地躲在三进四进的深宅大院、十层二十层的高楼大厦里，与一些熟知其妙的人物悄悄欢乐。

或许，被前人无数次夸奖过的那个酱，原本就是我现在所见的模样，只是今人发展太快，口味太刁，已经吃不出多好的滋味了。

请您试一试新法炸酱面

唐鲁孙

北方人喜欢吃炸酱面，那是最普通的面食，本不足为奇。可是近几年来江浙湖广的朋友，似乎也对炸酱面发生了兴趣，就是台省同胞近来下小馆，不叫米粉贡丸，而叫打卤、炸酱面的也数见不鲜！

不久以前白中铮兄在万象版写了一篇《炸酱面》，区区为了凑热闹也谈了打卤面。最近有一位读者斐伯言来信说，他照我们所说如法炮制，打卤、炸酱居然做得都非常成功。以云南蒙自人做炸酱、打卤面，请北方朋友吃，结果颇得好评，所以特地写信来问，炸酱面还有别的做法没有，下回约朋友小叙也好再露一手。

做炸酱面可以随人喜好，加上配料，不过有两样配料，以我个人的口味来说，还是不加为是，一是花生米，二是豆腐干。肉丁炸酱加上花生米软硬夹杂，非但有碍咀嚼，甚至互不相侔，也不对味。肉末加豆腐干，夺味不说，似乎跟面一拌，那面总觉着不是炸酱面了。说句良心话，对于这种非驴非马的炸酱，深感实在无法消受。可是武汉三镇，上溯皖南苏北，炸酱面里真有不少加豆腐干的，还愣说是北平做法，那真是天晓得了。

舍间在炸酱面吃腻了的时候，研究出一种新法炸酱，不用肉丁肉末，而用虾米和鸡蛋。渤海湾青岛烟台沿海一带有一种小虾米，北平海味店称它"小金钩"，只有两三分长，通体莹赤，虽然体积细小，可是虾皮褪得非常干净。别看虾小，鲜度极高，吃的时候用滚水泡上半天，虾肉才能回软。鸡蛋另外炒好打散，葱姜煸锅将酱炸透，然后把鸡蛋虾米一块儿下锅炒好，拿来拌面。吃这种面宜于吃不过水的锅挑，面条不能太细，酱要炸得稀一点，若是酱太干，面太细，挑在碗里拌不开，就不好吃啦。小金钩鸡蛋炸酱，既经济又省事，喜欢吃炸酱面的朋友不妨试试。

另外一种是卤虾炸酱。关东卤虾是全国闻名的，东北的卤虾小菜、卤虾油，不但长江流域、珠江流域各大城市有的卖，就是远至云贵四川，大点的土产店也不时有关东卤虾油出售。至于关东的卤虾酱，恐怕除了东北，只有平津才能买得到呢！

喜欢吃鱼虾，对海鲜有研究的朋友有人认为，不论江湖河海，凡是能吃的鳞介类,热带的不如温带的,温带的不如寒带的。越往北,肉越细味越鲜。证之松花江白鱼的肥嫩,哈尔滨大螃蟹的鲜腴,都非亚热带地区水产所能比拟。这种论调似乎是言之有据,颇有道理。福建虾油也是颇有名气的,广东虾酱更是粤省特产,油也好酱也好,要是跟关东卤虾一比,那就味道各有不同了。梁均默(寒操)生前是我们一群馋人所公认老饕中大佬,他对饮馔的品评没有地域观念,只要好吃,不分中西,不论南北,他都列为珍品上味。用关东卤虾炸出酱来拌面,他认为比岭南虾酱鲜醇味永,不过关东卤虾,北人嗜咸,所以用来炸酱,似乎口味略重了些。广东有一种罐头什锦仔姜,又叫生姜藠头,甘醋渍露,酸里带甜,加上一点藠头汤来拌面,丹醴湛溢,爽口增香,的确别有一番滋味。

来台三十年,早几年在市面上还可以买到香港九龙"冠益厂"出品的虾酱,后来慢慢由缺货而断档了,取而代之的是澎湖的虾酱。最近走遍各超级市场,就是澎湖虾酱也绝迹了,要想吃卤虾酱拌面,只有期诸大陆省亲,再行寻觅啦!

另外有一种吃法是黄鱼红烧之后,除骨剔刺用鱼肉来拌面,虽然不是炸酱面,可是鲜腴适口,比一般炸酱尤有过之。平津一带在端午前后,黄鱼就大量上市了,天津平素就讲究吃熬鱼贴锅子,到了黄鱼季,少不得要大吃几顿来解馋。北平到了黄鱼季,一定要接姑奶奶回娘家,好好吃顿红烧黄鱼。因为到人家做儿媳妇,每逢有好吃的,必定是先敬老,后让小,什么吃食都不能痛痛快快大吃一顿,所以自己的父母就以吃黄鱼为借口,把女儿接回娘家,大快朵颐一番。这种大锅大量的红烧黄鱼,汁稠味厚,去骨择刺,把剔出来的黄鱼的蒜瓣肉,掺入少许猪油渣,加少许虾子油回锅再烧，拿来拌面，鲜美温淳，清腴而爽，比起炸酱又别是一番滋味。台湾近海、金门黄鱼尤以鲜美驰名遐迩，价钱又非常廉宜，凡我同好不妨换换口味，做顿黄鱼面吃，必定觉得不错呢！

打卤面

唐鲁孙

　　一天三餐，南方人以大米为主，北方人以面食杂粮为主。吃面食的，除了馒头烙饼之外，还是以吃面条的时候居多，吃面条不外乎炸酱或打卤。前几天白铁铮兄写了一篇"炸酱面"，今天就谈谈打卤面吧！

　　打卤面分"清卤"、"混卤"两种，清卤又叫"汆儿油"，混卤又叫"勾芡卤"，做法固然不同，吃到嘴里滋味也两样。北平的炸酱面，前门外的一条龙、东安市场的润明楼、隆福寺的灶温，酱都炸得不错。至于混卤，拿北平来说，大至明堂宏构的大饭庄子，小至一间门脸儿的二荤铺，所勾出来的卤，只要一搅和就澥，有的怕卤澥，猛这么一加芡粉，卤自然不澥，可是也没法拌啦。

打卤不论清混都讲究好汤，清鸡汤、白肉汤、羊肉汤都好，顶呱呱是口蘑丁熬的，汤清味正，是汤料中隽品。汆儿卤除了白肉或羊肉、香菇、口蘑、干虾米、摊鸡蛋、鲜笋等一律切丁外，北平人还要放上点鹿角菜，最后撒上点新磨的白胡椒，生鲜香菜，辣中带鲜，才算作料齐全。

做汆儿卤一定要比一般汤水口重点，否则一加上面，就觉出淡而无味了。既然叫卤，稠糊糊的才名实相符，所以勾了芡的卤才算正宗。勾芡的混卤，做起来手续就比汆儿卤复杂了，作料跟汆儿卤差不多，只是取消鹿角菜，改成木耳黄花，鸡蛋要打匀甩在卤上，如果再上火腿、鸡片、海参，又叫三鲜卤啦。所有配料一律改为切片，在起锅之前，用铁勺炸点花椒油，趁热往卤上一浇，刺啦一响，椒香四溢，就算大功告成了。

吃打卤跟吃炸酱不同。吃汆卤，黄瓜丝、胡萝卜丝、菠菜、掐菜、毛豆、藕丝都可以当面码儿。要是吃勾芡的卤，则所有面码就全免啦。吃汆儿卤，多搭一扣的一窝丝（细条面），少搭一扣的帘子扁（粗条面），过水不过水，可以悉听尊便。要是吃混卤面条则宜粗不宜细，面条起锅必须过水，要是不过水，挑到碗里，黏成一团就拌不开了。混卤勾得好，讲究一碗面吃完，碗里的卤仍旧凝而不澥，这种卤才算够格，这话说起来容易，做起来可就不简单啦。

先曾祖慈生前吃打卤面最讲究，要卤不澥汤才算及格。我逢到陪他老人家吃打卤面就心情紧张，生怕挨训，必须面一挑起来就往嘴里送，筷子不翻动，卤就不太澥了。有一次跟言菊朋昆仲在东兴楼小酌，言三点了一个烩三鲜，并且指明双卖用海碗盛，外带几个面皮儿，敢情他把东兴楼的烩三鲜拿来当混卤吃面，真是一点不瀣。可是换个样儿，让灶上勾碗三鲜卤吃面，同样用上等黑刺参而不用海茄子，依然是照瀣不误，令人怎么样也猜不透。言氏弟兄当年在蒙藏院，同是有名的美食专家，对于北方吃食，他们哥儿俩算是研究到家了。

有一年夏天，散了早衙门，大家一块儿到什刹海荷花市场消夏，又提到吃打卤面的事。言三说："北平大小饭馆勾出的卤都爱瀣，还没在哪家饭馆里吃过令人满意的混卤呢！"在座有位孙景苏先生住在积水潭，他说在他住所附近有个二荤铺，每天一早总要勾出几锅羊肉卤来，是专门供应下街卖豆腐脑的浇头，如果头一天带话，他可以留点卤下杂面吃。笔者当时因为天气太热，挤在湫隘的小屋里吃打卤面，似乎吃非其时。奚啸伯叔侄昆仲嘴馋好奇，听了之后过不几天，就向大家报告。孙老的品鉴的确非虚，人家勾出来的卤，除了凝而不浊外，而且腴润不濡，醇正适口，调羹妙手，堪称一绝。又过了不久，齐如老跟徐汉生两位也去品尝过一番，同样认为这种羊肉卤是别家饭馆做不出来的美味，可惜荷花市场还没落市，就碰上卢沟桥七七事变啦。大家从此奔走南北，浪迹天涯，朵颐福薄，只有徒殷结想而已。

茄子素卤。平素茄子卤倒是常吃，可是茄子素卤只听说有这种吃法，可没试过。北大刘半农兄生前是最喜欢搜奇访胜的，他听说宣武门外下斜街明代古刹长椿寺，有两件古物，一是明朝正德皇帝生母皇太后的喜容，一是元代紫银沙金合铸的一座三尺多高的浮屠。因为舍间平素跟长椿寺有来往，寺里住持方丈寿全老和尚跟笔者又是方外交，于是规定时间，半农兄又约了三位考古专家一同前往。他们认为从这幅喜容发现若干前所未见的小服饰，可算此行不虚。同时中午寿全大师准备了茄子素卤吃面，茄子是附近菜园子里现摘现吃，小磨香油是戒台寺自己榨的，加上铺派（伺候长老的杂役）手艺高，吃这样的茄子素卤，比各大饭馆荤的三鲜卤要高明多啦。

来到台湾几十年，合格够味儿的卤固然没有喝过，似乎打卤面已经变成"大鲁面"，连名儿都改啦（十之八九是受了鲁肉饭的影响）。前几天在高雄一家平津饭馆吃饭，跑堂的小伙子，说的一口纯正国语，问他打卤面怎么改成大鲁面了，他说近几年上的饭座台省同胞居多，叫大鲁面听了顺耳，这叫入乡随俗。您想各省口味的饭馆，都入乡随俗南北合了，菜还能好得了吗？

兰州拉面（节选）

古清生

到了兰州，我住在新闻大厦。

兰州最有名的去处便是夜市。这个夜市离黄河铁桥不远，而这座黄河铁桥也快一百年了，颇像《廊桥遗梦》中的那座廊桥。此时明亮的月亮贴在蓝天最高的圆顶上，夜市也是一片灯火辉煌，街上的人拖着长长的影子移动。不知道为什么，兰州总是给我一个巨大的玻璃蒙古包的感觉。夜市是小吃夜市，仿佛是全体西域人民都到这里来品尝西部完全风味。它确实好，坐在小吃摊前，晚风柔凉地在后面轻轻吹拂，炉火温温地在前面给暖，吃着并且喝着，汗就悄悄地出来了，晚风就把它带走了。间或也好像能听到黄河的涛声。

夜市以清真为主，兰州拉面算此地为最正宗的一味了。兰州拉面，一块七元一碗，全兰州城统一价，我通常是要双份牛肉的，付双份牛肉的钱。兰州拉面我这一回是作了彻底的考证，兰州拉面的历史已经有八十五年，正宗的兰州牛肉拉面，是回族人马保子于 1915 年始创的。当时马保子家境贫寒，为生活所迫，他在家里制成了热锅牛肉面，肩挑着在城里沿街叫卖。后来，他又把煮过牛、羊肝的汤兑入牛肉面，其香扑鼻。大家都喜欢他的牛肉面，他突出一个清字。接着他开了自己的店，不用沿街叫卖了，就想着推出免费的"进店一碗汤"，客人进得门来，伙计就马上端上一碗香热的牛肉汤请客人喝，爽且醒胃。马保子的清汤牛肉面名气大振，马保子经营到 1925 年，由其子马杰三接管经营。马杰三继续在清字上下工夫，不断改进牛肉拉面，直到后来名震各方，被赠与"闻香下马，知味停车"的称誉。识别兰州拉面的正宗与否，要一看有没有进店免费一碗汤，正宗必有汤赠，那牛羊肝的汤是明目的，西域人多目光如炬，显然与喝此汤有关；二看牛肉拉面的汤是否清，汤浊就不是正宗的了。

久之，似也没有人管它正宗与否，生意这么好，我估计兰州一碗拉面，足可以消费掉甘肃生产的麦子。而且我可以判定，20 世纪以前的烧烤时代可能在 21 世纪开始终结，饮食文化进入一个全新的水煮时代。

我爱武汉的热干面

董宏猷

平生第一次使劲地坐火车，是在二十年前"大串联"的时候。那时节才十六岁，正是长出翅膀想飞的年龄，而且坐火车又不要钱，天南地北地跑了大半个中国。平生第一次出远门，除了想娘，就是想热干面了。想娘，是在夜里想的，而在白天，得三餐有饭下肚，于是每当肚子又瘪了时，便想起武汉的热干面来。

我所想念的热干面，似乎比现在的热干面要实在。作料的差异便更大了。在我的记忆中，那时热干面的作料，除了酱油、胡椒、味精、葱花以外，一是用的香麻油，而且勺用的也不是现在这种像掏耳朵的挖耳勺似的匙子；二是芝麻酱，的确是地地道道的芝麻酱，又稠又香，而不是像现在一些熟食店里的芝麻酱——那简直是水一般的"芝麻糊"或者"芝麻羹"，掺假太厉害。此外，那时的热干面，一般都还配有切成丁的大头菜或者榨菜，脆生生地爽口；有的还配有切成小米粒丁般的虾米。

信中，也时常提起吃面的事儿。果然，在外转悠了几个月后，一回到武汉，便扑向热干面直吃了个碗朝天。

平生第二次想念热干面，是下放到农村后。在农村，早上是要弄饭吃的，而不仅仅是吃一点"早点"点缀点缀。城里的伢们便有些不习惯了。久而久之，思乡、思家、思念亲人的情感，又凝聚到热干面上。当然，随着时光的流逝，从热干面进而推而广之，扩大到"四季美汤包"、"老通城豆皮"这些武汉的传统小吃来。更有甚者，旧曲翻新，将《我爱祖国的蓝天》这首歌的词儿，改成了《我爱武汉的热干面》："我爱武汉的热干面，二两粮票一角钱，老通城豆皮闻名四海，小桃园的鸡汤美又鲜。汪玉霞的月饼大又圆，我一口咬了大半边……要问武汉人爱什么？我爱蔡林记的热干面。"

我还清晰地记得，当冬夜风寒，油灯将尽，大家都偎在被子里，一人唱歌，众人齐和；唱了一遍，笑够了，又唱第二遍……当年，这首歌曾在下乡知青中广泛流传，它凝聚了一代人的多少情感，升华为家乡、亲人的象征……

据说武汉小吃有着悠久的历史，武汉的热干面，是可以和北京的炸酱面、涮羊肉、天津的狗不理包子、耳朵眼炸糕以及新疆的羊肉串等传统食品媲美的。究其原因，除了价廉物美，有其地域性特色外，更重要的是，它经过了消费者长期的、严格的筛选，终于长存而成为传统。

我爱武汉。我爱武汉的热干面。我愿武汉有更多更好的"热干面"……

清白传家

天下第一的豆腐

周作人

豆腐，这倒真可以算是天下第一，不但中国发明最早，至今外国还是没有，而且将来恐怕也是不会有的。在日本有豆腐，这是由中国传过去的，主要还是因为用筷子吃饭，所以传得进去，若是西洋各国便没法吃，大概除了杏仁豆腐（其实却并不是豆腐）外，我想无论怎样高手的大司务做不好一样豆腐的西菜来吧。在中国这是那么普遍，它制成各种的花样，可以做出各种的肴馔，我们只说乡下的豆腐的几样吃法。第一是炖豆腐，豆腐煮过，漉去水，入砂锅加香菰笋酱油麻油久炖，是老式家庭菜，其味却极佳，有地方称为大豆腐，我们乡下则忌讳此语，因为人死时亲戚赴斋，才叫吃大豆腐。芋艿切丝或片，放碗上，与豆腐分别在饭镬上蒸熟，随后拌和加酱油，唯北方芋头不黏滑，照样做了味道不能很好。豆腐切片油煎，加青蒜，叶及茎都要，一并烧熟，名为大蒜煎豆腐，我不喜蒜头，但这碗里的大蒜却是吃得很香，而且屡吃不厌。这些都是乡下菜，材料不贵，做法简单，味道又质朴清爽，可以代表老百姓的作风。发明豆腐的是了不得，但想到做霉豆腐的人我也不能不佩服，家里做虽然稍为麻烦，可是做出来特别好吃，与店里的是大不相同的。

豆腐

梁实秋

豆腐是我们中国食品中的瑰宝。豆腐之法，是否始于汉淮南王刘安，没有关系，反正我们已经吃了这么多年，至今仍然在吃。在海外留学的人，到唐人街杂碎馆打牙祭少不了要吃一盘烧豆腐，方才有家乡风味。有人在海外由于制豆腐而发了财，也有人研究豆腐而得到学位。

关于豆腐的事情，可以编写一部大书，现在只是谈谈几项我个人所喜欢的吃法。

凉拌豆腐，最简单不过。买块嫩豆腐，冲洗干净，加上一些葱花，撒些盐，加麻油，就很好吃。若是用红酱豆腐的汁浇上去，更好吃。至不济浇上一些酱油膏和麻油，也不错。我最喜欢的是香椿拌豆腐。香椿就是庄子所说的"以八千岁为春，以八千岁为秋"的椿。取其吉利，我家后院植有一棵不大不小的椿树，春发嫩芽，绿中微带红色，摘下来用沸水一烫，切成碎末，拌豆腐，有奇香。可是别误摘臭椿，臭椿就是樗，《本草》李时珍曰："其叶臭恶，歉年人或采食。"近来台湾也有香椿芽偶然在市上出现，虽非臭椿，但是嫌其太粗壮，香气不足。在北平，和香椿拌豆腐可以相提并论的是黄瓜拌豆腐，这黄瓜若是冬天温室里长出来的，在没有黄瓜的季节吃黄瓜拌豆腐，其乐也何如？比松花拌豆腐好吃得多。

"鸡刨豆腐"是普通家常菜，可是很有风味。一块老豆腐用铲子在炒锅热油里戳碎，戳得乱七八糟，略炒一下，倒下一个打碎了的鸡蛋，再炒，加大量葱花。养过鸡的人应该知道，一块豆腐被鸡刨了是什么样子。

锅塌豆腐又是一种味道。切豆腐成许多长方块，厚薄随意，裹以鸡蛋汁，再裹上一层芡粉，入油锅炸，炸到两面焦，取出。再下锅，浇上预先备好的调味汁，如酱油料酒等，如有虾子羼入更好。略烹片刻，即可供食。虽然仍是豆腐，然已别有滋味。台北天厨陈万策老板，自己吃长斋，然喜烹调，推出的锅塌豆腐就是北平作风。

沿街担贩有卖"老豆腐"者。担子一边是锅灶，煮着一锅豆腐，久煮成蜂窝状，另一边是碗匙作料如酱油、醋、韭菜末、芝麻酱、辣椒油之类。这样的老豆腐，自己在家里也可以做。天厨的老豆腐，加上了鲍鱼火腿等，身份就不一样了。

担贩亦有吆喝"卤煮啊，炸豆腐"者，他卖的是炸豆腐，三角形的，间或还有加上炸豆腐丸子的，煮得烂，加上些作料如花椒之类，也别有风味。

　　一九二九年至一九三〇年之际，李璜先生宴客于上海四马路美丽川（应该是美丽川菜馆，大家都称之为美丽川），我记得在座的有徐悲鸿、蒋碧微等人，还有我不能忘的席中的一道"蚝油豆腐"。事隔五十余年，不知李幼老还记得否。蚝油豆腐用头号大盘，上面平铺着嫩豆腐，一片片的像瓦垄然，整齐端正，黄澄澄的稀溜溜的蚝油汁洒在上面，亮晶晶的。那时候四川菜在上海初露头角，我首次品尝，诧为异味，此后数十年间吃过无数次川菜，不曾再遇此一杰作。我揣想那一盘豆腐是摆好之后去蒸的，然后浇汁。

　　厚德福有一道名菜，尝过的人不多，因为非有特殊关系或情形他们不肯做，做起来太麻烦，这就是"罗汉豆腐"。豆腐捣成泥，加芡粉以增其黏性，然后捏豆腐泥成小饼状，实以肉馅，和捏汤团一般，下锅过油，再下锅红烧，辅以作料。罗汉是断尽三界一切见思惑的圣者，焉肯吃外表豆腐而内含肉馅的丸子，称之为罗汉豆腐是有揶揄之意，而且也没有特殊的美味，和"佛跳墙"同是噱头而已。

　　冻豆腐是广受欢迎的，可下火锅，可做冻豆腐粉丝熬白菜（或酸菜）。有人说，玉泉山的冻豆腐最好吃，泉水好，其实也未必。凡是冻豆腐，味道都差不多。我常看到北方的劳苦人民，辛劳一天，然后拿着一大块锅盔，捧着一黑皮大碗的冻豆腐粉丝熬白菜，唏哩呼噜地吃，我知道他自食其力，他很快乐。

豆腐

汪曾祺

　　豆腐点得比较老的，为北豆腐。听说张家口地区有一个堡里的豆腐能用秤钩钩起来，扛着秤杆走几十里路。这是豆腐么？点得较嫩的是南豆腐。再嫩即为豆腐脑。比豆腐脑稍老一点的，有北京的"老豆腐"和四川的豆花。比豆腐脑更嫩的是湖南的水豆腐。

　　豆腐压紧成形，是豆腐干。

　　卷在白布层中压成大张的薄片，是豆腐片。东北叫干豆腐。压得紧而且更薄的，南方叫百叶或千张。

豆浆锅的表面凝结的一层薄皮撩起晾干，叫豆腐皮，或叫油皮。我的家乡则简单地叫作皮子。

豆腐最简便的吃法是拌。买回来就能拌。或入开水锅略烫，去豆腥气。不可久烫，久烫则豆腐收缩发硬。香椿拌豆腐是拌豆腐里的上上品。嫩香椿头，芽叶未舒，颜色紫赤，嗅之香气扑鼻，入开水稍烫，梗叶转为碧绿，捞出，揉以细盐，候冷，切为碎末，与豆腐同拌（以南豆腐为佳），下香油数滴。一箸入口，三春不忘。香椿头只卖得数日，过此则叶绿梗硬，香气大减。其次是小葱拌豆腐。北京有歇后语："小葱拌豆腐——一青二白"，可见这是北京人家家都吃的小菜。拌豆腐特宜小葱，小葱嫩，香。葱粗如指，以拌豆腐，滋味即减。我和林斤澜在武夷山，住一招待所。斤澜爱吃拌豆腐，招待所每餐皆上拌豆腐一大盘，但与豆腐同拌的是青蒜。青蒜炒回锅肉甚佳，以拌豆腐，配搭不当。北京人有用韭菜花、青椒糊拌豆腐的，这是侉吃法，南方人不敢领教。而南方人吃的松花蛋拌豆腐，北方人也觉得岂有此理。这是一道上海菜，我第一次吃到却是在香港的一家上海饭馆里，是吃阳澄湖大闸蟹之前的一道凉菜。北豆腐、松花蛋切成小骰子块，同拌，无姜汁蒜泥，只少放一点盐而已。好吃么？用上海话说：蛮崭格！用北方话说：旱香瓜——另一个味儿。咸鸭蛋拌豆腐也是南方菜，但必须用敝乡所产"高邮咸蛋"。高邮咸蛋蛋黄色如朱砂，多油，和豆腐拌在一起，红白相间，只是颜色即可使人胃口大开。别处的咸鸭蛋，尤其是北方的，蛋黄色浅，又无油，却不中吃。

烧豆腐大体可分为两大类：用油煎过再加料烧的；不过油煎的。

北豆腐切成厚二分的长方块，热锅温油两面煎。油不必多，因豆腐不吃油。最好用平底锅煎。不要煎得太老，稍结薄壳，表面发皱，即可铲出，是名"虎皮"。用已备好的肥瘦各半熟猪肉，切大片，下锅略煸，加葱、姜、蒜、酱油、绵白糖，兑入原猪肉汤，将豆腐推入，加盖猛火煮二三开，即放小火咕嘟。约十五分钟，收汤，即可装盘。这就是"虎皮豆腐"。如加冬菇、虾米、辣椒及豆豉即是"家乡豆腐"。或加菌油，即是湖南有名的"菌油豆腐"——菌油豆腐也有不用油煎的。

"文思和尚豆腐"是清代扬州有名的素菜，好几本菜谱著录，但我在扬州一带的寺庙和素菜馆的菜单上都没有见到过。不知道文思和尚豆腐是过油煎了的，还是不过油煎的，我无端地觉得是油煎了的，而且无端地觉得是用黄豆芽吊汤，加了上好的口蘑或香蕈、竹笋，用极好秋油，文火熬成。什么时候材料凑手，我将根据想象，试做一次文思和尚豆腐。我的文思和尚豆腐将是素菜荤做，放猪油，放虾子。

虎皮豆腐切大片，不过油煎的烧豆腐则宜切块，六七分见方。北方小饭铺里肉末烧豆腐，是常备菜。肉末烧豆腐亦称家常豆腐。烧豆腐里的翘楚，是麻婆豆腐。相传有陈婆婆，脸上有几粒麻子，在乡场上摆一个饭摊，挑油的脚夫路过，常到她的饭摊上吃饭，陈婆婆把油桶底下剩的油刮下来，给他们烧豆腐。后来大人先生也特意来吃她烧的豆腐。于是麻婆豆腐名闻遐迩。陈麻婆是个值得纪念的人物，中国烹饪史上应为她大书一笔，因为麻婆豆腐确实很好吃。做麻婆豆腐的要领是：一要油多。二要用牛肉末。我曾做过多次麻婆豆腐，都不是那个味儿，后来才知道我用的是瘦猪肉末。牛肉末不能用猪肉末代替。三是要用郫县豆瓣。豆瓣须剁碎。四是要用文火，俟汤汁渐渐收入豆腐，才起锅。五是起锅时要撒一层川花椒末。一定得用川花椒，即名为"大红袍"者。用山西、河北花椒，味道即差。六是盛出就吃。如果正在喝酒说话，应该把说话的嘴腾出来。麻婆豆腐必须是：麻、辣、烫。

昆明最便宜的小饭铺里有小炒豆腐。猪肉末，肥瘦，豆腐捏碎，同炒，加酱油，起锅时下葱花。这道菜便宜，实惠，好吃。不加酱油而用盐，与番茄同炒，即为番茄炒豆腐。番茄须烫过，撕去皮，炒至成酱，番茄汁渗入豆腐，乃佳。

砂锅豆腐须有好汤，骨头汤或肉汤，小火炖，至豆腐起蜂窝，方好。砂锅鱼头豆腐，用花鲢（即胖头鱼）头，劈为两半，下冬菇、扁尖（腌青笋）、海米，汤清而味厚，非海参鱼翅可及。

"汪豆腐"好像是我的家乡菜。豆腐切成指甲盖大的小薄片，推入虾子酱油汤中，滚几开，勾薄芡，盛大碗中，浇一勺熟猪油，即得。叫作"汪豆腐"，大概因为上面泛着一层油。用勺舀了吃。吃时要小心，不能性急，因为很烫。滚开的豆腐，上面又是滚开的油，吃急了会烫坏舌头。我的家乡人喜欢吃烫的东西，语云："一烫抵三鲜。"乡下人家来了客，大都做一个汪豆腐应急。周巷汪豆腐很有名。我没有到过周巷，周巷汪豆腐好，我想无非是虾子多，油多。近年高邮新出一道名菜：雪花豆腐，用盐，不用酱油。我想给家乡的厨师出个主意：加入蟹白（雄蟹白的油即蟹的精子），这样雪花豆腐就更名贵了。

不知道为什么，北京的老豆腐现在见不着了，过去卖老豆腐的摊子是很多的。老豆腐其实并不老，老，也许是和豆腐脑相对而言。老豆腐的作料很简单：芝麻酱、腌韭菜末。爱吃辣的浇一勺青椒糊。坐在街边摊头的矮脚长凳上，要一碗老豆腐，就半斤旋烙的大饼，夹一个薄脆，是一顿好饭。

四川的豆花是很妙的东西，我和几个作家到四川旅游，在乐山吃饭。几位作家都去了大馆子，我和林斤澜钻进一家只有穿草鞋的乡下人光顾的小店，一人要了一碗豆花。豆花只是一碗白汤，啥都没有。豆花用筷子夹出来，蘸"味碟"里的作料吃。味碟里主要是豆瓣。我和斤澜各吃了一碗热腾腾的白米饭，很美。豆花汤里或加切碎的青菜，则为"菜豆花"。北京的豆花庄的豆花乃以鸡汤煨成，过于讲究，不如乡坝头的豆花存其本味。

北京的豆腐脑过去浇羊肉口蘑渣熬成的卤。羊肉是好羊肉，口蘑渣是碎黑片蘑，还要加一勺蒜泥水。现在的卤，羊肉极少，不放口蘑，只是一锅稠糊糊的酱油黏汁而已。即便是过去浇卤的豆腐脑，我觉得也不如我们家乡的豆腐脑。我们那里的豆腐脑温在紫铜扁钵的锅里，用紫铜平勺盛在碗里，加秋油、滴醋、一点点麻油，小虾米、榨菜末、芹菜（药芹即水芹菜）末。清清爽爽，而多滋味。

中国豆腐的做法多矣，不胜记载。四川作家高缨请我们在乐山的山上吃过一次豆腐宴，豆腐十好几样，风味各别，不相雷同。特别是豆腐的质量极好。掌勺的老师傅从磨豆腐到烹制，都是亲自为之，绝不假手旁人。这一顿豆腐宴可称寰中一绝！

豆腐干南北皆有。北京的豆腐干比较有特点的是熏干。熏干切长片拌芹菜，很好。熏干的烟熏味和芹菜的芹菜香相得益彰。花干、苏州干是从南边传过来的，北京原先没有。北京的苏州干只是用味精取鲜，苏州的小豆腐干是用酱油、糖、冬菇汤煮出后晾得半干的，味长而耐嚼。从苏州上车，买两包小豆腐干，可以一直嚼到郑州。香干亦称茶干。我在小说《茶干》

中有较细的描述：

　　……豆腐出净渣，装在一个小蒲包里，包口扎紧，入锅，码好，投料，加上好香油，上面用石头压实，文火煨煮，要煮很长时间。煮得了，再一块一块从蒲包里倒出来，这种茶干是圆形的，周围较厚、中间较薄，周身有蒲包压出来的细纹……这种茶干外皮是深紫色的，掰了，里面是浅褐色的。很结实，嚼起来很有咬劲，越嚼越香，是佐茶的妙品，所以，叫作"茶干"。

　　茶干原出界首镇，故称"界首茶干"。据说乾隆南巡，过界首，曾经品尝过。

　　干丝是淮扬名菜。大方豆腐干，快刀横披为片，刀工好的师傅一块豆腐干能片十六片；再立刀切为细丝。这种豆腐干是特制的，极坚致，切丝不断，又绵软，易吸汤汁。旧本只有拌干丝。干丝入开水略煮，捞出后装高足浅碗，浇麻油酱醋。青蒜切寸段，略焯，五香花生米搓去皮，同拌，尤妙。煮干丝的兴起也就是五六十年的事。干丝母鸡汤煮，加开阳（大虾米）、火腿丝。我很留恋拌干丝，因为味道清爽，现在只能吃到煮干丝了。干丝本不是"菜"，只是吃包子烧卖的茶馆里，在上点心之前喝茶时的闲食。现在则是全国各地淮扬菜系的饭馆里都预备了。我在北京常做煮干丝，成了我们家的保留节目。北京很少遇到大白豆腐干，只能用豆腐片或百叶切丝代替。口感稍差，味道却不逊色，因为我的煮干丝里下了干贝。煮干丝没有什么诀窍，什么鲜东西都可往里搁。干丝上桌前要放细切的姜丝，要嫩姜。

　　臭豆腐是中国人的一大发明。我在上海、武汉都吃过。长沙火宫殿的臭豆腐毛泽东年轻时常去吃。后来回长沙，又特意去吃了一次，说了一句话："火宫殿的臭豆腐还是好吃。"这就成了"最高指示"，写在照壁上。火宫殿的臭豆腐遂成全国第一。油炸臭豆腐干，宜放辣椒酱、青蒜。南京夫子庙的臭豆腐干是小方块，用竹签像冰糖葫芦似的串起来卖，一串八块。昆明的臭豆腐不用油炸，在炭火盆上搁一个铁算子，臭豆腐干放在上面烤焦，别有风味。

　　在安徽屯溪吃过霉豆腐，长条豆腐，长了二寸长的白色的绒毛，在平底锅中煎熟，蘸酱油辣椒青蒜吃。凡到屯溪者，都要去尝尝。

　　豆腐乳各地都有。我在江西进贤参加土改，那里的农民家家都做腐乳。进贤原来很穷，没有什么菜吃，顿顿都用豆腐乳下饭。做豆腐乳，放大量辣椒面，还放柚子皮，味道非常强烈，广西桂林、四川忠县、云南路南所出豆腐乳都很有名，各有特点。腐乳肉是苏州松鹤楼的名菜，肉味浓醇，入口即化。广东点心很多都放豆腐乳，叫作"南乳××饼"。

　　南方人爱吃百叶。百叶结烧肉是宁波、上海人家常吃的菜。上海老城隍庙的小吃店里卖百叶结：百叶包一点肉馅，打成结，煮在汤里，要吃，随时盛一碗。一碗也就是四五只百叶结。北方的百叶缺韧性，打不成结，一打结就断。百叶可入臭卤中腌臭，谓之"臭千张"。

　　杭州知味观有一道名菜：炸响铃。豆腐皮（如过干，要少润一点水），瘦肉剁成细馅，加葱花细姜末，入盐，把肉馅包在豆腐皮内，成一卷，用刀剁成寸许长的小段，下油锅炸得馅熟皮酥，即可捞出。油温不可太高，太高豆皮易煳。这菜嚼起来发脆响，形略似铃，故名响铃。做法其实并不复杂。肉剁极碎，成泥状（最好用刀背剁），平摊在豆腐皮上，折叠起来，如小钱包大，入油炸，亦佳。不入油炸，而以酱油冬菇汤煮，豆皮层中有汁，甚美。北京东安市场拐角处解放前有一家肉店宝华春，兼卖南味熟肉，卖一种酒菜：豆腐皮切细条，在酱肉汤中煮透，捞出，晾至微干，很好吃，不贵。现在宝华春已经没有了。豆腐皮可做汤。炖酥腰（猪腰炖汤）里放一点豆腐皮，则汤色雪白。

豆腐

黄苗子

对自己祖国和家乡的爱恋，常常会寄托在一些十分平凡的日常事物中，这是很自然的。一位湖南朋友告诉我：他有一位旅居美国三十多年的长沙亲戚，非常想念他从前在长沙雨天穿的高齿木屐，要求我这位朋友千方百计给他寄一双去。旅居日本的广东省中山县的侨胞，常常写信给中山故乡的亲属要求寄点中山特有的食物"咸虾"和"榄豉"。有一位从伦敦回来的旅英学者同我谈起：一天晚上，他们几家去国多年的华侨在一起聊天，偶然说起豆腐，大家渐渐地由豆腐的营养谈到吃法。来自不同省份的男女侨胞，便都争着描述他们家乡豆腐各种诱人的美味。那位学者说："这一晚的谈天勾起了大家一种说不出的亲切之情，看来豆腐这种东西是掺和了中国人某些共同的感情因素来做成的。"

夏天，饭桌上放一盘凉拌豆腐会增进你的食欲；而冬天，炉子上炖一锅喷香烫热的"冻豆腐"，你也不会否认它对你的诱惑力。

如果你贪喝两杯，那么豆腐更是你离不开的伙伴儿。

"一斤绍酒。——菜？十个油豆腐，辣酱要多！"

读过鲁迅先生《在酒楼上》的人，都会回味着这句话。其实，油豆腐固然是江南特色，而豆腐干在酒铺里更是普遍的下酒之物。走遍任何一个大小市镇的酒馆子，你都可以得到美味的豆腐干。

豆浆，和我国大部分地区的人们是如此普遍地关联着，早上办公以前，先上豆浆店喝一碗"热浆"是北京机关干部的习惯，因此有人说，"开门七件事"应加上一件重要的第八件："浆"。豆浆和豆腐，同样是物美价廉的大众化营养食料。

煮好的豆浆变成豆腐，一般是加上一点石膏或盐卤就能使它凝固为豆腐脑（南方称为"豆腐花"）。再把豆腐脑的水分压去，就成为整块的豆腐。在北方，最香嫩的豆腐叫作"南豆腐"，是用大豆放在石磨上磨制的。一般的豆腐则是用榨过油的豆饼做原料。

豆腐要达到滑嫩清香，和水也有很大关系，有经验的人认为，天下泉水出名的地方，往往也出产味美的豆腐。

如果给豆腐的家族编一份家谱，它的支派是可观的：大豆（黄豆、黑豆）是它的祖宗。大豆制成豆浆，产生了豆腐和腐皮（腐皮是豆浆煮热时凝结在上面的表皮，晒干了出售，就是佐餐的美味腐竹）。豆腐经过加工成为豆腐干、千张、油豆腐（也叫作豆腐泡）、酱豆腐、腐乳……单是一种豆腐干，也因地域习惯不同、配料不同、制法不同，就产生出各地区各品种的特殊风味。

全国的豆腐，大约可以有千种以上的制法。

豆腐相传是两千年前汉代的淮南王刘安发明的。刘安是个喜欢讲究神仙道术的贵族，养了许多方士，豆腐的发明是否和方士们研究长生方药有关，还有待于科学史家的考证。但豆腐古代叫作"菽乳"，因为汉以前称豆为菽，可能豆腐流传民间，比刘安的时代还早些。宋、元时代有些地方叫豆腐作"来其"或"黎祁"，陆放翁诗就有"洗釜煮黎祁"那句话，不知现在还有地方保存这一古词否？

因为豆腐是廉价的食物，所以向来不被视为"珍馐"之列。在文字上夸奖豆腐的好处的，有元代的"道园先生"虞集，他写过一篇《豆腐三德赞》。清代袁枚的《随园食单》用山珍海味给豆腐做配料，则未免把豆腐"贵族化"了！

小时候听长辈谈过清代的学台老师（负责监督一县秀才生员的小官）生活清苦，但秀才们都很怕他。有一位学台老师曾经在门外贴一副对联，给自己开玩笑："极恶元凶，随棍打板子八百；穷奢极侈，连篮买豆腐三斤。"这副对子恰和传说中某贫士十分豪迈的那两句诗："大事豆腐、茄、瓜、菜；高会山妻、儿、女、孙！"同样是以豆腐来表现清苦俭朴生活的。当然，在旧中国，连豆腐都吃不起的人也还不少。

宋代理学大儒朱熹，是著名的迂夫子。传说他有一天曾把做豆腐用的豆、水及其他原料的分量用秤子称了一下，再把做好的豆腐称过，他发现制成的豆腐比未成品分量重了，讲究"格物"的朱老先生想不出这个原因，就索性从此不吃豆腐。这个笑话也许是编出来挖苦这位历史上著名的道学先生的。

我国大豆产量丰富，是价钱便宜的杂粮，也是营养丰富的食料。科学家告诉我们：一斤干大豆含有六两蛋白质和三两植物油！此外，它也提供了铁质、钙质和乙种维生素，这些都是对人类身体日常必需的营养资料。大豆含有这样多的植物蛋白，对于人们的肌肉、脏腑、神经、血液、内分泌等都有利益。

可是胃和舌头都是不易满足的家伙，它们仍然要求大豆更易消化和更适口些，于是豆腐这一种东西的发明，不能不说是先代人民留给我们的一份珍贵遗产。

一位朋友是清代著名古文家桐城方望溪先生的后代。谈起豆腐，他就眉飞色舞地把他们桐城特产"娇豆腐"来描述一番，"娇豆腐"又名"水豆腐"，略如北京的"豆腐脑"而香嫩过之。买卖时以铜勺舀取，根本不能成坯，的确当得起一个"娇"字。娇豆腐最简单的吃法，只是用酱油汤烹一下就可以了。在桐城，几乎家家户户都视为佐餐的美味。他还记得有人写过几十首《桐城好》词，其中一首就是咏娇豆腐的：

桐城好，

豆腐十分娇。

把足酱油姜汁拌，

煎些虾米火锅熬，

人喝两三瓢。

朋友讲到这里，我插口说：妙呀，人们都知道文学史上出现过桐城派，却不料豆腐也出现了"桐城派"。但是不明白如此名贵的桐城娇豆腐，是否与淮南王刘安的传统有关系。

在县城里，小巷的秋凉之夜，常有纸做的风灯随着担子摇摇晃晃地自远而近，挑担人用悠远而低沉的调子喊出："豆——腐。"

作为一个中国人或者一个东方人，这种景色是会引起你心头的一种特殊滋味的；原因它不单是叫你想到那香滑温清的味道，而更容易使你感觉到所谓"乡土之情"以及生活的多彩。

八公山豆腐

王充闾

　　中国豆腐文化节又将在淮南市举行了，淮硖画院约我提供一份书法作品。写点什么呢? 内容当然要切合淮南市的实际。我想到了豆腐这个主题。

　　《本草纲目》记载："豆腐之法，始于汉淮南王刘安。"早在两千多年前，淮南就是国内重要的文化学术中心。汉高帝刘邦的孙子淮南王刘安博雅好古，召集文士数千人，探讨学术方技，研求治国良策，著书立说。同时与左吴、李尚、苏非等八人在都城寿春的北山（今八公山）炼丹，以求长生不老之术。结果，仙丹没有炼成，却制出了豆腐。从此，淮南的八公山豆腐便出了名。

其实，丹结黄白之术，本属子虚乌有，服食成仙者绝无，而中毒致死的不少。倒是豆腐确有丰富营养，久食可以延年益寿。这也叫"歪打正着"。

因为索稿甚急，来不及自铸新词，我便采取了偷懒办法，把明代号称"景泰十才子"之一的苏平的《咏豆腐》七律书写出来，寄了过去。诗云："传得淮南术最佳，皮肤退尽见精华。一轮磨上流琼液，百沸汤中滚雪花。瓦缶浸来蟾有影，金刀剖去玉无瑕。个中滋味谁知得，多在僧家与道家。"一扣淮南，二扣豆腐文化，倒也贴切。

由于有了这一段"因缘"，八公山也就在我的胸臆中打了个情结。

事有凑巧，去年秋末，因事道经淮南。当地主人陪同我们游览了黛色苍苍、钟灵毓秀的八公山，看了淮南王刘安的墓。午间，东道主热情地在八公山区举行了豆腐宴，招待我们一行。八公山的豆腐，果然是"名下无虚"，不仅洁白细腻，清爽滑利，而且品种繁多，营养丰富。仅在那天的筵席上，我们就品尝了采用烹、炸、煎、烩、炖、汆、烧、扒、炒、煨等烹调方法做出的近二十种豆腐佳肴。翌日，在寿县的八公山乡，我们又享用了有"汤族三绝"之誉的奶汤、漂汤、鲜汤等多种花样的豆腐烧汤。

席上有一味"凤阳酿豆腐"，主人给我们讲了这道明代宫廷名菜的来历。原来，凤阳离八公山很近，那里也盛产豆腐。朱元璋的父亲就曾卖过豆腐，但朱元璋小时候却很难吃到。一天在讨饭中，他偶尔得到一块豆腐里夹上馅经过油炸而成的酿豆腐，吃了觉得特别香，竟至毕生难忘。当上皇帝之后，总是怀念这味食品。于是，便从家乡请了一位厨师到宫廷里，专门给他做这道菜。看着，色泽金黄，外焦里嫩；吃起来，味道酸甜适口，鲜美异常。于是，它就成了明宫宴席上的必备佳肴。

后来，中原战乱，这一带的居民迁移到广东东江地区，成为"客家人"，又把做酿豆腐的技术带过去，于是，东江酿豆腐成了蜚声中外的一道名菜。

其他上了菜谱的地方风味的豆腐名菜，还有百种以上。像川菜中的"麻婆豆腐"、"崩山豆腐"，鲁菜中的"三美豆腐"、"九转豆腐"，闽菜中的"珍珠豆腐"、"卤豆腐"，湘菜中的"开口豆腐"、"包子豆腐"，粤菜中的"蚝油豆腐"，浙菜中的"三虾煎豆腐"，鄂菜中的"葵花豆腐"，京菜中的"朱砂豆腐"等等，风味各臻其妙，赢得八方食客的交口称赞。

"走遍了南北东西，吃过无计其数的豆腐，为什么同是大豆做原料，八公山的豆腐却最为鲜美呢？"席间，我向东道主提出了这个问题。

他们的回答是，一凭人工，二靠自然。所谓"人工"，就是原料挑选严格，豆子磨得精细、均匀，豆渣淘得干净。南宋著名理学家朱熹有一首五言诗："种豆豆苗稀，力竭心已腐。早知淮南术，安坐获泉布。"似乎做豆腐比种豆子容易，可以坐获财利，其实并不尽然，这里面有很精到的技术。主人说的"二靠自然"，是指借助地利条件，得天独厚。自古以来，人们就用八公山一带的甘洌爽口的山泉做豆腐，做出的豆腐细如脂，白如玉，柔软细嫩，格外鲜香可口。细细玩味朱老夫子的诗，也许包含这层意思。

关于豆腐　　郭风

1

《浪迹续谈》卷四有《豆腐》、《面筋》二条。《面筋》中引《梦溪笔谈》、《老学庵笔记》有关记录，得知豆腐、面筋自古为文人所重。"仲殊性嗜蜜，豆腐、面筋皆用蜜渍。"至于梁章钜自己，此公自称："余每治馔，必精制豆腐一品，至温州亦时以此饷客，郡中同人遂亦效之，前此所未有也。"

我亦嗜食豆腐。但得申言之，绝非附庸雅人清兴。豆腐之成为我的嗜好，一如我的嗜食稀饭，大概是自幼为家乡一般居民的生活习惯所养成。此外，此中也许与个人癖性有关？每食，喜清淡；视豆腐为佳品，或因它为食品之清淡者？刚才提到家乡，家乡在莆田，旧与仙游同属兴化府。以下几段文字，谈论豆腐的故实，皆与兴化有关。

2

我的祖宅在一条冷僻的小巷，曰书仓巷，传闻元代有隐士及古籍收藏家居此巷，因以得名；其遗迹已不可寻访。只是巷内的民居、龙眼园，园内的大多数果树，大都具有上百年历史了。譬如，我的祖宅，三进，每进三厅八房，最初为翁姓所居，至我的七世祖迁居此宅时，当在康熙年间。巷内有土地庙、社公庙、观音庵、三教祠，年代均已不可考。出巷南，可见城墙，石造，明建。出巷北，则是一条小街，曰塔寺前，街后为古凤山寺及其木塔所在，因以得名。这条叫塔寺前的小街上，有一家卖葱、青菜以及茴香豆、花生的小铺；有一家卖冥纸、香烛的小铺；一家杂货店，售黑木耳、红菇、蛏干、蛎干以及薏米、绿豆、粉丝、兴化米粉等；还有一家小米铺。除此之外，数步之间，却有两家豆腐店。这些小店，足够供应附近居民之日常必需食物了。当然，如果要买鱼买肉以及购买布料、中药等，则要到文峰宫（路）、鼓楼前（路）。那里有始建于宋的古谯楼和妈祖行宫即文峰宫以及明代的石碑坊等。这两条街算是大街了，也有好几家豆腐店。

特别是小街（譬如上面提及的塔寺前），店铺几乎都没有店号。这些小店往往是夫妻店，又往往以店主人之名为店名。譬如，"到阿 Ma（兴化方音，抓一把之意）那里去买一点韭菜！"又如，"到阿树那里去买豆腐！"阿树，人家也称他为豆腐阿树。

7 月普度节，家乡风俗是：于傍晚时，让儿童穿上新衣，携一只小竹篮到小店里去"行乞"。我记得阿 Ma 会 Ma（抓）一把小白菜给我，阿树会把两块豆腐放在我的小竹篮里。"行乞"归来后，记得母亲便带我在家门口路边地上，点上一枝又一枝的香，把豆腐、小白菜以及兴化米粉等，排在地头，供奉地藏王菩萨。当夜，我家（其他各户亦如是）便以供佛的小白菜、豆腐和兴化米粉一起煮起来，每人一碗，以作晚餐。

思乡时，有时会念及那里的豆腐店以及普度节；目前会出现某种文化气氛和民俗趣味，那样的亲切、古老、祥和，已经是那样的辽远了。

3

大约九、十岁左右，即我由私塾转入小学就读时，每日凌晨，母亲给二三枚铜元，这是早点的费用。除非大风雨，在微明中（有时会见天上有一钩黄色的晓月、几颗星），走出巷北，到塔寺前阿树的豆腐店里喝豆浆。有时来得早，会遇及两位盲人夫妇（年约四十余岁）正从豆腐店里走出来。男的盲人用竹竿探路，走在前面，女的扶在男人肩上，跟着走。他们是阿树豆腐店的短工。如果遇到生意大忙时候，譬如逢年过节时候，我会见到男盲人还在店内推磨，女的坐在一旁把豆加在石磨的洞孔内，两人配合得很协调。店内幽暗，还点着一盏煤油灯，悬在灶头。这是很大的土灶，灶火通红，灶上置两口大锅。阿树坐在锅前一只高脚竹凳上，一边用竹棒子在锅面收豆腐皮，一边用鲨壳做的勺子给围在灶前的顾客倒豆浆；一勺刚好一瓷碗，记得一碗一个铜板。大家就站在店内喝豆浆。大都是老人。有的泡油条喝，有的泡兴化米粉喝，有的另外加钱，在碗内泡了豆腐皮喝。这些老人站在店内边喝豆浆，边谈一些古今逸闻逸事。有一位名叫三七生的老人，能讲阎（锡山）冯（玉祥）大战事，有如说《三国》。有一位老太婆也常到店内喝豆浆，往往迟到；她来时总往衣兜内取出一个鸡蛋，说是刚下窝的，还暖和。她请阿树用豆浆泡了鸡蛋，一口一口喝下去。周围的老人都喜欢取笑她，给她一个善意的诨名，曰维新嫂。我现在要说明一下，这里所述有关喝豆浆的故实，出在 20 年代末叶。当时，虽然已经有不少出洋回来的留学生，而在民间，男女来往还很不自在；维新嫂却能自如地进豆腐店喝豆浆，便显得不俗。

我自己往往喝两碗豆浆。喝过以后，老人们大都也散了。店内的煤油灯被吹熄，街上稍见明亮了。这时，我便跑到附近的城墙上，登上城垛玩耍；有时还带书本来温习功课。城上空气新鲜、透明。在那里有时会见到开过城下护城河上的小船，看到空中盘旋的老鹰。城头石隙间长出青草，开出蒲公英和雏菊的花朵；又常见蚱蜢在野花野草间跳来跳去。这些情景给我留下深深的印象，后来竟然写入我的散文或童话中来。

4

　　至少在讲兴化方言的地区，在莆田、仙游以及惠安北部、福清南部、永泰与莆仙交界的地带，即风俗习惯和语言大体相同的这些地区，早餐均用稀饭，而佐饭必有豆腐，甚至几乎只有豆腐而已。不过，我要说清楚，在乡下，特别是偏僻山区，未必每日能吃到鲜豆腐，他们佐饭的往往是用盐腌过的豆腐，或者豆腐乳，有时连腌豆腐也吃不到，只有腌菜。在城镇，在中等的家庭，每晨佐饭的鲜豆腐，用开水烫后放在碟上，其旁有一小盅酱油，并滴点麻油。此外佐饭的，还有油条。这实在是传下多少代的家常便饭了。而且，每户几乎天天如此，几乎成为一种饮食习惯或风俗，其中似乎表达一种普遍的俭朴家风。

　　我有一个印象，兴化地带的居民，俭朴而又好客；加上此一地带，特别是莆田，看来因闽中较为富饶，所以，在一般的中等家庭，如有客人以及遇到喜庆的日子，早餐桌上佐饭的菜肴颇见丰富。首先，是一大瓷碟的鲜豆腐，除了一盅上面浮着麻油的酱油外，豆腐上面还涂了芝麻酱；除此之外，有油炸紫菜、油炸花生等，这都是素菜了。荤菜有一碟海虾、一碟羊肉。我顺便说一下这两道荤菜。以莆田而论，西北高山雄踞，东南临兴化湾，又临湄州湾，更有内海，如东门外阔口桥下的海涂，离城不过三四里。大约为了"保鲜"，从近海或内海刚捞上的鱼虾（兹不论及鱼），有的就在海滩就地用传统的烹调方法（一般是"蒸"）煮熟后放在特制的竹筐内，由渔人快步挑至鼓楼前鱼摊贩卖。这种"蒸"熟后的海虾，其色白，其触须、虾眼以及甲壳，似都发出一种清新的海鲜味。至于羊肉，大约也为了"保鲜"

以及做出特殊风味，也有一套传统烹调方法。这便是，在深夜里宰羊，剥皮后，整只羊放在大锅内文火煮熟，然后退火，此熟羊又整夜浸在此大锅的熟汤内，至次天清晨捞起，挑到鼓楼前大街的羊肉摊上，切片出售。这种切片后的熟羊肉，无腥味，极鲜嫩。此上所述，包括涂上芝麻酱的鲜豆腐在内等若干兴化早餐的菜肴，似乎可以代表一种独特性的饮食——"早餐"文化？它至今遗存在民间。前不久，我回到家乡莆田，在一位亲戚家做客，这些兴化豆腐、兴化熟羊肉、海虾以及炸紫菜、花生居然一一都吃上了。

5

　　豆腐的烹调方法甚多，我无力细表。我想谈一谈一种兴化（即莆田、仙游一带）有关烹调豆腐的方法。莆田城关鼓楼前，过去（譬如 20 年代以至 40 年代）除了鱼肉摊外，有卖羊杂、牛杂、海蛎、海蛏①以至北方煎包的小摊、小担。这种小吃大抵具有地方性风味。我最喜欢吃的是"贡"豆腐。所谓"贡"，用的是莆田方言谐音，看来是融化焖和煮于一起的一种烹调方法，它似乎主要用于烹调豆腐。或谓，此"贡"豆腐，当是一种通俗的、平民化的食物。现在还可记得的情景是：在古谯楼下的石墙前，露天搭一布棚，棚下排着木桌、木长凳；棚前置一大木架，架上排着大炉、大锅，炉内火光融融，锅内"贡"着豆腐，其上有冬笋、香菇等。大约到了午前九、十点钟时分，那些山民挑进城来出卖的木炭、柴木等已脱手，那些渔民挑来的海鲜已脱手，乃各在长木凳上找一座位，坐下，要一碗"贡豆腐"。小时，我有时也挤在他们中间吃"贡豆腐"，只觉碗中的豆腐，脆而松软，汤中有淡淡的香菇以及冬笋的甜香。我一边吃，一边听山民、渔民讲故事，非常有意思。如，某山民家的母猪，一窝产28只小猪；如，看见一只老虎叼一只山兔一下跳过山涧，以及在海上抓到一只海和尚（大约是小海豚），等等。

兴化炸豆腐，其色浅黄、鲜嫩，看来这要依靠善于掌握火候，但一般妇女均能做出很好的炸豆腐。冬天，以炸豆腐焖山东种大白菜（当地出产）为佳肴。豆腐的副产品、加工产品种类甚多。如豆乳、豆干等等。兴化有一种豆腐加工品，是把豆腐压得薄如一张浅白色的连扣纸，把它切成丝状、线状，与豆芽菜一起炒，亦为佳肴。在湄州湾或兴化湾的内海，淡水与海水交流的海泥中，产一种鱼，当地名之曰跳跳鱼，大目、细鳞，夏时往往做鱼汤下饭，味鲜美。有一道菜，把跳跳鱼和豆腐一起放在蒸笼中，急火猛蒸；跳跳鱼痛得要命，往豆腐里乱钻，如此做出的一道菜，闻亦为名菜。小时，喝过一口汤，不知怎的，感到恶心，此后就对此菜感到敬畏。这里顺便提及此菜，旨在说明，有关豆腐的菜肴，并非都能令人感到适意。

注：
① 兴化有一种风味小吃，其做法为：把海蛎或蛏（去壳）与地瓜粉糅合后，入已有作料的汤中煮开，即可。吃时，将醋、麻油滴入汤中，其味鲜美。

豆腐

林斤澜

　　谁都有几样可口的东西。年轻时可口就行，年纪大了还要可胃可肠可养生。常吃不腻，常不吃想吃。我几样里头，有一样是豆腐。

　　豆腐太家常了，又便宜，天天吃顿顿吃也不犯难。我在北京住了四十年，头五年方便，后来渐渐少见了。有几年只在过年时节，凭本买到砖头块似的冻豆腐。有几年隔三差五地来豆腐，但那长队也排不起。近十年有了"农贸市场"，有"个体"豆腐，贵一点先不说，总有"火烟"味儿。据说那是制作过程中，点卤用料的缘故。

叫人想念的东西，往往和故乡和童年有关。我的豆腐却关系不大，这东西十方圆通，老少无欺。

豆腐可以粗吃。我在京西农村里，常见一位钢厂工人下班回家，走过小店门口，见有豆腐，就要一双筷子挑起一块，连盐面儿也不撒，白嘴白豆腐，几嘴给吧嗒下去了。可以用筷子挑起来吃的是北方豆腐，那也得冷天，半冻状态。这位吃了一块又一块，连挑三块不在话下。小店主人总是感动，陪着小声说道：

"有火，心口有火。"

这是我眼见里最豪放的豆腐吃家。

豆腐又"不厌精"、"不厌细"。素席上要的是豆制品，豆腐当仁不让，可冷盘，可热炒，可做汤头压轴。厚明老弟去年过早作古，我曾和他在普陀岛上普陀寺中，吃过知客僧做东的一桌素菜。那仿制的鸡鸭鱼肉真是工艺品不消细说，一碗带汤勾芡的豆腐羹，味道竟如"西施舌"。

"西施舌"是东海滩涂上产量极少的贝壳动物。十分鲜嫩，口感异常细腻。把名目起得那么艳丽，那要加些想象。把豆腐做到这个地步，东道主若不是和尚，我就要主张起名"素西施舌"了。

北京"药膳"的一份豆腐羹,放了些当归黄芪吧,价钱和一只烤鸭差不多。我这个吃豆腐的，也觉得还是吃鸭子划得来。

厨师做豆腐，总以为豆腐太"白"无味，重油，重味精。去年冬天上武夷山，住银河饭店，恰好遇着旅游淡年，冬天又是淡季。楼中竟只有我们一帮五六个客人。主人殷勤接待，叫点菜，说上山须吃野味，麂、蛇、甲鱼、狗肉都是弄得到的，我点了个豆腐。

主人以为玩笑，问："怎么做？"

"凉拌。"

"不下锅？"

"生吃。"

端上来一中盘，盘底汪着酱油，酱油上面汪着麻油。中间是方块豆腐，汪汪一层碎蒜叶子。放到嘴里品品，有沙沙细声，那是味精多得化不开。

叫我想起东北一位作家，也是老弟，也过早辞世了。和他一起上馆子，他会嗖地掏出五百克袋装味精，不言声，不由分说，满盘满碗花花撒将起来。

乡镇小酒店里，坐在柜台外边小方桌上，若没有盘子要一个饭碗也好，把一块豆腐拌上小葱，若不是小葱时节，放半匙辣椒糊，或是盐腌韭菜花，或撒上榨菜碎末，就是两个指头撮点细盐上去也可以了。吃豆腐吃的是"白"味，加咸加辣把"白"味提起来。

我老家善男信女逢斋吃素，或白事做素席，绝不会像普陀寺那么讲究。却有一样一看就会的做法，能叫人吃荤时节也想起来。那是把豆腐切片，放在煎锅里用少许油，稍稍撒点细盐，煎成两面黄。吃时，蘸"酱油醋"吃。

"酱油醋"，北方通称"调料"，西南叫"蘸碟"、"蘸水"，这蘸着吃，是个好吃法，可以满足各种口味，酸、甜、麻、辣、咸，还有葱、姜、蒜、香菜，各种酱和豆腐都可和平共处，相反相成。连臭也会美起来，把臭豆腐的臭卤，加些白糖、醋、香油，蘸鲜鱼、鲜肉、白干、熏干，试试吧，别具一格。徽菜中有代表作"臭桂鱼"可作旁证。

蘸着吃是吃法中最简单的，又最是"多层次"。这吃法可以吃到原物的原味，又可以吃到"多元多味"。食谱上应当单立一章。

两面黄煎豆腐片，我老家抬举进鱼类，叫"豆腐鲞"。不吃素时节也想吃，可以把白肉片夹着蘸着吃。

夹上猪头肉片更好，猪头肉中拱嘴部位尤佳。那部位"全天候"拱动，不但拱着吃食，还拱土拱槽拱圈，拱得那部位不肥不瘦也不是肉皮，仿佛三者调和匀净。

我能不想吃豆腐！

梧州豆浆

秦牧

一招鲜，吃遍天。

江湖卖艺人的这句谚语，其实不只适用于杂技界、戏曲界，也同样适用于饮食行业。

一种看似平常的产品，只要它的确出类拔萃，别开生面，时常就能一枝独秀，饮誉四方。

北京烤鸭，德州扒鸡，天津"狗不理"包子，孝感麻糖，西安羊肉泡馍，苏州香腐，镇江酱菜，黄桥烧饼之类的东西，就是这样闯出来的。

各种软饮料，啤酒，酸梅汤，那些顶尖儿的名牌，都是这样闯出来的。

梧州也有一种饮料，令人瞩目，津津乐道。说来有趣，这东西竟是平平常常的豆浆。油条豆浆，这是中国众多城市都有的大众食品，许许多多的车站旁边，早晚都见到有小贩在叫卖。蹲在这些摊子旁边喝上一两碗，是许多旅人都有的经验。物虽平常，那风味却给我留下深刻的印象。

然而全国竟有一个地方，豆浆成为名产，增加了城市的声誉，这地方就是梧州。

在这座西江旁边的广西山城，经常都听到人们在谈论豆浆。你如果到那儿去做客，就会常听到主人们这样的言辞：

"你喝过我们这里的豆浆没有？"

"我们这儿的滴珠豆浆顶好的，什么时候老兄得去试试！"

"明早请你喝豆浆吧！今天我们先去预订一席。"

什么？什么？喝豆浆还需要预订一席吗？殊不知在梧州，这倒是实事。梧州的豆浆，不是"引车卖浆"的人过街喊卖的，它是最正宗最大的一家豆浆馆，就像酒楼似的，气派很大，每天早上常有好几十批人轮番光顾。因此，每逢节假日，还有"预订一席"的事。有些在当地召开的全国性会议，也全部被邀到那儿光顾去了。

我好几次到梧州都随友人光顾了这豆浆馆。

听说它起初原是一座小棚寮，随着声名远播，它逐步扩大了建筑，如今，早已成为宽敞的楼馆。它有两层楼，好几个大厅，每个厅堂里面，摆了许多八仙桌，每天早晨，门外居然还有小汽车、旅行车呢，端的来头不小！这里出售豆浆，是以"一客"为单位的，每一客除了豆浆之外，还配以饼食，马蹄糕一类东西，一客收好几块钱。

每一位客人发一个大碗，服务员不断提壶加冲。它的豆浆供应方式也像西方的咖啡馆或者中国茶楼似的，咖啡和茶水不限量地供应。和当地的朋友谈起，我得知人们的肚量是相差很大的。一般人只喝一两碗，但也有人能够喝四碗五碗，听说最高纪录是有人喝过八碗。那大概也是"大块吃肉，大碗喝酒"之辈啦。

梧州的豆浆着实好喝，浓郁芬芳，热气腾腾，那模样儿仿佛就是一碗碗鲜奶。我在全国各个城市喝过的豆浆，从未有凌驾其上的。所谓"滴珠豆浆"也者，就是如果注入一滴到茶水里面，它会像一粒粒珠子似的，保持原貌一直沉下去。我每一次到这豆浆馆去，都连喝三大碗。这纪录，也算是"比上不足，比下有余"。

梧州居桂江、浔江汇流之处，两条江水颜色不同，汇合在一起的时候，出现了一条呈现异彩的两色江，人们把它叫作"鸳鸯江"。这鸳鸯江畔，每年七夕傍晚，是累千累万情侣齐集戏水的地方，就算在平时，它也是当地一大胜景。梧州周围，是群山万壑的山区，因此，它成为山珍百货的集散之地，建有巨大的活蛇仓库，这蛇库雄视全国，是梧州出色的地方，再加上这豆浆，它们都已成为梧州的城市象征了。

梧州的豆浆，不只在豆浆馆里卖，还设厂制成一袋袋、一盒盒干品，远销海内外，当地人们馈赠远方来客，礼品少不了这类东西。足见，梧州人对于当地这样独具一格的产品，也是相当自豪的。

同是一样的黄豆，为什么在梧州制造出来的豆浆这样脍炙人口呢？有人说这是因为那里的山泉特别好，我却以为未必尽然，名泉名井到处都有，为什么其他地方的豆浆，就显得逊色呢？我想梧州必有什么大师傅，精益求精，标新立异，这才闯出这样的局面来。一种平平常常的东西，做到"一招鲜"，就能"吃遍天"，这方面，梧州豆浆，不但在饮食领域，也在其他领域给了人们重要的启发。

干丝

汪曾祺

　　南京、镇江、扬州、高邮、淮安都有干丝。发源地我想是扬州。这是淮扬菜系的代表作之一，很多菜谱都著录。但其实这不是"菜"。干丝不是下饭的，是佐茶的。

　　扬州一带人有吃早茶的习惯。人说扬州人"早上皮包水，晚上水包皮"。"水包皮"是洗澡，"皮包水"是喝茶。"扬八属"各县都有许多茶馆。上茶馆不只是喝茶，是要吃包子点心。这有点像广东的"饮茶"。不过广东的茶楼是由服务员（过去叫"伙计"）推着小车，内置包点，由茶客手指索要，扬州的茶馆是由客人一次点齐，陆续搬上。包点是现做现蒸，总是等一些时候，一般上茶馆的大都要一个干丝。一边喝茶，吃干丝，既消磨时间，也调动胃口。

一种特制的豆腐干，较大而方，用薄刃快刀片成薄片，再切为细丝，这便是干丝。讲究一块豆腐干要片十六片，切丝细如马尾，一根不断。最初似只有烫干丝。干丝在开水锅中烫后，滗去水，在碗里堆成宝塔状，浇以麻油、好酱油、醋，即可下箸。过去盛干丝的碗是特制的，白地青花，碗足稍高，碗腹较深，敞口，这样拌起干丝来好拌。现在则是一只普通的大碗了。我父亲常带了一包五香花生米，搓去外皮，携青蒜一把，嘱堂倌切寸段，稍烫一烫，与干丝同拌，别有滋味。这大概是他的发明。干丝喷香，茶泡两开正好，吃一箸干丝，喝半杯茶，很美！扬州人喝茶爱喝"双拼"，倾龙井、香片各一包，入壶同泡，殊不足取。总算还好，没有把乌龙茶和龙井掺和在一起。

煮干丝不知起于何时，用小虾米吊汤，投干丝入锅，下火腿丝、鸡丝，煮至入味，即可上桌。不嫌夺味，亦可加冬菇丝。有冬笋的季节，可加冬笋丝。总之烫干丝味要清纯，煮干丝则不妨浓厚。但也不能搁螃蟹、蛤蜊、海蛎子、蛏，那样就是喧宾夺主，吃不出干丝的味了。

北京没有适于切干丝的豆腐干。偶有"大白干"，质地松泡，切丝易断。不得已，以高碑店豆腐片代之，细切下扬州方干一菜，但要选片薄而有韧性者。这道菜已经成了我偶设家宴的保留节目。

美籍华人女作者聂华苓和她的丈夫保罗·安格尔来北京，指名要在我家吃一顿饭，由我亲自做。我给她配了几个菜。几个什么菜，我已经忘了，只记得有一大碗煮干丝。华苓吃得淋漓尽致，最后端起碗来把剩余的汤汁都喝了。华苓是湖北人，年轻时是吃过煮干丝的，但在美国不易吃到。美国有广东馆子、四川馆子、湖南馆子，但淮扬馆子似很少。我做这个菜是有意逗引她的故国乡情！我那道煮干丝自己也感觉不错，是用干贝吊的汤。前已说过，煮干丝不厌浓厚。

难忘扬州煮干丝

洪丕谟

在菜肴中，我最爱吃蔬菜和豆制品。还在十几年前，曾去扬州游览，在富春茶社用早点，那桌上的扬州煮干丝，干丝白嫩，和着笋丝火腿丝的鲜美，从嘴里直沁心脾，使人至今难忘。近来到学院附近的华航饭店就餐，见有扬州煮干丝，与玉珍坐下来要一盆，亦复白白红红，色彩丰富，氤氤氲氲，热气送香，虽然不及富春茶社的鲜美正宗，然而品味解馋，也足以过把干丝之梦的瘾了。

扬州煮干丝，原来叫九丝汤。当年，乾隆皇

帝六次下江南，来到扬州，那地方官便聘请当地厨师，制作精美菜肴，其中一菜，用豆腐干丝、鲜笋丝、火腿丝等，加进鸡汤煨成，吃得乾隆皇帝眉开眼笑，满肚皮都是高兴。这只菜肴，就是九丝汤。

九丝汤本属地方菜肴，只因为是受到皇上赞扬，从此就身价不凡，沸沸扬扬，名气便渐渐洒响开去。后来，由于九丝汤里干丝切得细细白白，吸足火腿和鸡汤的鲜味，在九丝汤用料中显得非常地出跳，于是就有人开始把九丝汤改称为煮干丝。从名称上看，煮干丝让外行人一听便知，是由干丝担了菜的主角；而九丝汤则模糊哲学，使人闻名而不知就里，由此之故，日长时久下来，这煮干丝的名称就取代了九丝汤，而成为妇孺皆知的扬州名牌菜肴了。

据说，扬州煮干丝的主料新鲜干丝切好以后，要浸两次水，撂去豆腥，然后再加鸡汤、开洋、黄酒同煮。煮好后的干丝白白嫩嫩，胖胖的吸足了开洋、鸡汤的鲜味，这时又加进原先准备好的鸡丝、火腿丝，要是鲜笋上市，还不要忘了加进鲜香的笋丝。接着是用少许豆苗放干丝汤里一烫，就可乘热装盆了。装盆后的煮干丝，周围镶上一圈豆苗绿边，在火腿红、豆干白中，再来一点豆苗青，那色、香、味就全都绝了。

扬州是我国著名的旅游古城，杜牧所谓"二十四桥明月夜，玉人何处教吹箫"，姜夔词大赞"淮左名都，竹西佳处"，随着改革开放，经济升腾，扬州煮干丝的大名，自从清朝末年以来，非但响彻大江南北，亦且远渡重洋，被碧眼老外们纷纷称誉为"东南名肴"。

价不在高，质佳则名。扬州煮干丝的特点，在于在寻常菜肴里做足文章，这就给人在品味煮干丝的同时，受到这样的启发：在破瓦堆里发现黄金，在普通老百姓里留意人才，在不显眼的事物中寻找真理……世界上的一切伟大，原是植根在平凡里的。

饕餮江山

东坡肉

汪曾祺

浙江杭州、四川眉山，全国到处都有东坡肉。苏东坡爱吃猪肉，见于诗文。东坡肉其实就是红烧肉，功夫全在火候。先用猛火攻，大滚几开，即加作料，用微火慢炖，汤汁略起小泡即可。东坡论煮肉法，云须忌水，不得已时可以浓茶烈酒代之。完全不加水是不行的，会焦煳粘锅，但水不能多。要加大量黄酒。扬州炖肉，还要加一点高粱酒。加浓茶，我试过，也吃不出有什么特殊的味道。

传东坡有一首诗："无竹令人俗，无肉令人

瘦，若要不俗与不瘦，除非天天笋烧肉。"未必可靠，但苏东坡有时是会写这种张打油体的诗的。冬笋烧肉，是很好吃。我的大姑妈善做这道菜，我每次到姑妈家，她都做。

佛跳墙

梁实秋

佛跳墙的名字好怪。何物美味竟能引得我佛失去定力跳过墙去品尝？我来台湾以前没听说过这一道菜。

《读者文摘》（一九八三年七月中文版）引载可叵的一篇短文《佛跳墙》，据她说佛跳墙"那东西说来真罪过，全是荤的，又是猪脚，又是鸡，又是海参、蹄筋，炖成一大锅。……这全是广告噱头，说什么这道菜太香了，香得连佛都跳墙去偷吃了"。我相信她的话，是广告噱头，不过佛都跳墙，我也一直的跃跃欲试。

同一年三月七日《青年战士报》有一位郑木金先生写过一篇《油画家杨三郎祖传菜名闻艺坛——佛跳墙耐人寻味》，他大致说："传福州的佛跳墙……在台北各大餐馆正宗的佛跳墙已经品尝不到了……偶尔在一般乡间家庭的喜筵里也会出现此道台湾名菜，大都以芋头、鱼皮、排骨、金针菇为主要配料。其实源自福州的佛跳墙，配料极其珍贵。杨太太许玉燕花了十多天闲工夫才能做成的这道菜，有海参、猪蹄筋、红枣、鱼翅、鱼皮、栗子、香菇、蹄膀、筋肉等十种昂贵的配料，先熬鸡汁，再将去肉的鸡汁和这些配料予以慢工出细活的好几遍煮法，前后计时将近两星期……已不再是原有的各种不同味道，而合为一味。香醇甘美，齿颊留香，两三天仍回味无穷。"这样说来，佛跳墙好像就是一锅煮得稀巴烂的高级大杂烩了。

北方流行的一个笑话，出家人吃斋茹素，也有老和尚忍耐不住想吃荤腥，暗中买了猪肉运入僧房，乘大众入睡之后，纳肉于釜中，取佛堂燃剩之蜡烛头一罐，轮番点燃蜡烛头于釜下烧之。恐香气外溢，乃密封其釜使不透气。一罐蜡烛头于一夜之间烧光，细火久焖，而釜中之肉烂矣；而且酥软味腴，迥异寻常。戏名之为"蜡头炖肉"。这当然是笑话，但是有理。

我没有方外的朋友，也没吃过蜡头炖肉，但是我吃过"坛子肉"。坛子就是瓦钵，有盖，平常做储食物之用。坛子不需大，高半尺以内最宜。肉及作料放在坛子里，不需加水，密封坛盖，文火慢炖，稍加冰糖。抗战时在四川，冬日取暖多用炭盆，亦颇适于做坛子肉，以坛置定盆中，烧一大盆缸炭，坐坛子于炭火中而以灰覆炭，使徐徐燃烧，约十小时后炭末尽成烬而坛子肉熟矣。纯用精肉，佐以葱姜，取其不失本味，如加配料以笋为最宜，因为笋不夺味。

　　"东坡肉"无人不知。究竟怎样才算是正宗的东坡肉，则去古已远，很难说了。幸而东坡有一篇《猪肉颂》：

　　　　净洗铛，少着水，

　　　　柴头灶烟焰不起。

　　　　待他自熟莫催他，

　　　　火候足时他自美。

　　　　黄州好猪肉，价钱如泥土。

　　　　贵者不肯食，贫者不解煮。

　　　　早晨起来打两碗，

　　　　饱得自家君莫管。

　　看他的说法，是晚上煮了第二天早晨吃，无他秘诀，小火慢煨而已。也是循蜡头炖肉的原理。就是坛子肉的别名吧？

　　一日，唐嗣尧先生招余夫妇饮于其巷口一餐馆，云其佛跳墙值得一尝，乃欣然往。小罐上桌，揭开罐盖热气腾腾，肉香触鼻。是否及得杨三郎先生家佳制固不敢说，但亦颇使老饕满意。可惜该餐馆不久歇业了。

　　我不是远庖厨的君子，但是最怕做红烧肉，因为我性急而健忘，十次烧肉九次烧焦，不但糟蹋了肉，而且烧毁了锅，满屋浓烟，邻人以为是失了火。近有所谓电慢锅者，利用微弱电力，可以长时间地煨煮肉类，对于老而且懒又没有记性的人颇为有用，曾试烹近似佛跳墙一类的红烧肉，很成功。

榕城佛跳墙

费孝通

　　"佛跳墙"是福州传统名菜。榕城是福州别号。我这次去福州，住西湖宾馆，初次品尝到这道名不虚传的佳肴。席间上菜时，服务员在我座前轻轻安放了一个形色古雅、精致，仿造酒坛的瓷樽。出于好奇，不等主人劝酒，我已动手把这小酒坛的盖子掀开，里面还封上一层荷叶。随手启封时，一阵淡淡的略带一点家乡绍兴酒香的不寻常的美味扑鼻而来。略舀半匙，一看是一块一块认不清是什么的细片，连汤入口，鲜美别致，另有风味，不忍含糊下咽。

　　这道名菜，据说是福州百年老店"聚春园"的领牌首席菜肴，久已驰名闽中。近因五年前美国里根总统在北京钓鱼台国宾馆宴席上赞赏了特地从福州请去的特级厨师调制的这道菜，而名声大振。这道菜其实是集山珍海味于一坛的大杂拌，要用鱼翅、海参、鸡、鸭、干贝、香菇、鲍鱼、笋尖、鸽蛋等三十多种原料和配料，经过精选剖切，更番蒸发加工，分层纳入坛内，加上恰到好处的绍兴酒，层层密封后，用文火煨制而成。经过这道工序，此菜品尝起来，醇香浓郁，烂而不腐；色调瑰丽，清而不腻；唇齿留芳，余味无穷。

　　尝到这样的超级名肴，自然要问它的名称是什么。拿起菜单一看，带头就是"佛跳墙"三字。这个名称取得不俗，也未免有点奇特。于是引起了席间的议论和评说，幽默热烈，增加了品尝的气氛。

　　议论起初集中于这道菜的起源。以此菜出名的聚春园，当然要争这个创制权，即使并不能专利，但首创的名声也不能让人。所以在聚春园的简介中有姓有名地说是百年前的创办人郑春发的杰作。聚春园把这道菜作为保留节目，而且适应时势，不断改进。那是因为原材料随时可以增减、更易，甚至全部翻新。听说赵朴老来福州，就吃到了十足是素食的佛跳墙。佛跳墙也就化成了汇集众鲜的一种烹饪程式了。

　　民间对于这个发明权归于某一个人或某一家菜馆似乎不太服气，于是出现了种种传说。最简捷了当的传说是把这个名肴的发明权归于吃不饱饭的乞丐。他们到了晚上把从在各家饭馆里要来的残羹剩菜，统统倒在一个破瓦罐里，在街巷角落里煮热了下肚。一天饭店老板夜出，偶然闻到这街头异味，看到这群乞丐正在大吃大嚼。他过去一问究竟，发现这股香味原来是由于饭店里的堂倌在这次收拾台面时，把客人留在杯子里的余酒一并倒进了剩菜里，经过这一番折腾，发出了不同凡众的香味。饭店老板是识货的老手，立刻抓住这个烹饪妙法，回店来如法炮制，送上了菜馆的桌面。

这个传说在源头上补充了聚春园的掌故，但把创作权移交给了一般认为邋遢、污秽、不登大雅之堂的乞丐手里。不论他们的发明怎样高明，似乎总有点出身微贱，攀登不上盛宴华席。于是又有人编出了个传说。把这道菜联上了福州的婚俗。福州传统的婚礼中有个规矩叫"试厨"。按这个规矩，新娶来的媳妇上门第二天回门，第三天得到夫家下厨，表演一下烹饪本领，在诸亲众朋会宴的席面上露一手。这是一个妇女一生中的重大考试，分数高低有关她一生在夫家的地位。

传说是有个从小娇生惯养的姑娘，在家一切依赖父母，食来到口，从不下厨。但她长大了免不了也要出嫁。出嫁就得经过这个考试。可是她根本没有这项训练，怎么办呢？这时她的妈妈才明白自己宠坏了女儿，考不及格，会害了女儿一生。试厨的日期到了，这真急煞了她的妈妈，她想只有"捉刀"一法了。她连夜把家里所藏的山珍海味都翻腾出来，一一清理剖切成小块，用荷叶分别包好，装了一大包偷偷地塞在女儿的手袋里。女儿上轿回夫家时还要再三叮嘱，这道菜怎样下锅，那道菜怎样加料。这位新娘却一句也没有听懂。

这位新娘回到夫家，到了临晚才到厨房里，把妈妈给她准备好的山珍海味，一包包解开，堆满了一桌子。两眼乱转，从何下手呢？正在无计可想时，听得厨房外似乎有人要进来。她发急了，刚好桌边有个酒坛子。坛子里的剩酒都来不及倾倒出来，就一口气把桌上一堆堆的东西，一裹儿向坛子里塞。

塞完了，顺手把包菜的荷叶把坛口封住，盖上盖。再向灶里一看，余火未灭。她就把那个酒坛塞了进去。转念一想，这可坏了，下一天的酒席上怎样蒙混得过呢？敷衍过婆婆，自己又悄悄地溜回娘家去了。

过了一晚，正是试厨的日子，宾客一早都到齐了，久久却不见媳妇下厨。婆婆发急了，到厨下一看，桌上空空，只在灶里发现了一个酒坛。她刚把坛盖掀开，透过荷叶腾出一阵香味。这香味很快送满全堂。堂上的宾客齐声叫好——传说到此为止。宾客怎样急着品尝，婆婆怎样转怒为喜，新媳妇怎样从娘家当作烹饪能手接回来，都没有交代，我也不便捏造了。

这个传说颇有喜剧意味，不失民间风格。而且把这道菜的准备过程留给媳妇的妈妈去做，加上为了让女儿过关心切，把家藏的山珍海味全盘抛出，也点明了这道菜的材料样多质高的来由。不经这位下厨老手的炮制，这道菜的前部工序就不会完成得妥帖，成果自然不能完善。这个传说妙是妙在把用酒坛装菜的原因也编了进去。乞丐传说里就缺了这个说明。用酒坛装菜是这道菜的特点，至今还要用仿制小酒坛上桌。而且也突出了在菜里用适度的绍兴酒做配料引起异香扑鼻的特技。这个传说把这道菜的创制说成是事出偶然，是新媳妇慌乱中失措的结果。利用传统习俗做基础，故事发展似乎很近人情，而且带一点幽默。拙妇出巧工，更含有深刻的哲理。传说毕竟是传说，反映了群众的情意，大可不必深究。但是也得指出上述这些传说有个缺点就是都没有和"佛跳墙"这个菜名挂上钩。乞丐也好，拙妇也好，和佛何干？

菜肴不能无名，尤其是在菜馆里，总得要客人点菜，没有个菜名，如何点法呢？菜名又必须和这道菜的特点有关。这道用二十多种材料混合烩成的大杂拌总得有个好名称。我想这一定伤过菜馆老板的脑筋。据说此菜在聚春园一家就有过三个名称，其一就是现在通行的"佛跳墙"，其二是"福寿全"，其三是"坛烧八宝"。这几个菜名的演变又引起了席上的不同看法。在我看来，这三个名称的次序应当颠倒过来。

"坛烧八宝"似乎应当是菜馆初用的名称，因为它是朴实地平铺直叙，说明这是一道由多种原材料煮成装在坛里上桌的菜。坛烧不一定是在酒坛里煨制的，"八"也只是指多的意思。这也符合普通的菜肴提名法，有如"白菜炒肉丝"、"辣子鸡丁"等等。可是一个出名的菜馆却不能没有几道看家名菜压场扬名，这些名菜就得取些好听的名称。"福寿全"这个名字大概就是这道菜被达官贵人赏识之后，作为菜馆首席菜肴的时候提出来的。

从"坛烧八宝"转到"福寿全"也许和有关这菜的一段"野史"有关。野史的根据我没有去查，只听说在光绪末年，福建官钱局的一次宴会上有一道主菜就是集多种珍品烩制成的一个大品锅。当时福州按司周莲食后叹为平生未曾尝过如此的佳肴美味。他打听到这道菜是出于官钱局的某一位执事的内眷之手。于是就找个机会委托官钱局主持一次宴会，并派了厨师郑春发前往协助。郑春发就乘机窃取了此菜的技艺。他后来成了聚春园的老板。

这段野史，有名有姓，周莲确有其人，当时以能诗善饮出名。但有关此道菜的发明权却归于某执事的内眷，和"新媳妇试厨"的传说相通，都是民间起源论。郑春发后来确是聚春园的老板，所以当聚春园用这道菜挂头牌时，势必为它取个像样的菜名，要在官场里叫得响，"福寿全"三个字很合适。

　　一道源出于民间的名菜，一旦进入官府，披上了堂皇体面、道貌岸然的菜名，群众是不会心服的。可巧"福寿全"三字用福州口音发音时却和"佛跳墙"很接近。于是有些秀才先生就用此来耍聪明了。据说有一帮秀才来到聚春园点名要吃"福寿全"。酒过一巡，有人提议赋诗助兴。其中有一人即席口吟："坛启荤香飘四邻，佛闻弃禅跳墙来。"意思是这道菜香味太引人，连佛门弟子都动了凡心，实即是"菜香非凡"而已。而佛跳墙一词又正符合民间的想象力。这和群众喜爱鲁智深和济公又出于同一种心情。电影《少林寺》中还有"酒肉穿肠过"无损于佛门修道的镜头。群众心目中可爱之人正是这种心胸旷达，肠腑热烈，不装模作样、口是心非，说真话、办好事的和尚。"佛跳墙"一名带来的意境正是这种味道，于是不胫而走。不但聚春园为了吸引食客，此菜还得弃雅从俗，定下了"佛跳墙"之名，其他菜馆也紧跟不舍。

　　必须声明：我这里所叙述有关这菜名的演变过程，并没有可靠的事实证据，只是凭想象得来，不足为证。至于有人说，这名是否对佛门不敬，我想只要有一点道行的僧徒绝不会介意。门既是空，何来墙跳？而且即使跳了墙，也没有说他犯了吃荤的戒律，何况现在已有全素的"佛跳墙"了呢？善哉，善哉。

1990 年 12 月 6 日补记

狮子头

梁实秋

狮子头，扬州名菜。大概是取其形似，而又相当大，故名。北方饭庄称之为四喜丸子，因为一盘四个。北方做法不及扬州狮子头远甚。

我的同学王化成先生，扬州人，幼失恃，赖姑氏扶养成人，姑善烹调，化成耳濡目染，亦通调和鼎鼐之道。化成官外交部多年，后外放葡萄牙公使历时甚久，终于任上。他公余之暇，常亲操刀俎，以娱嘉宾。狮子头为其拿手杰作之一，曾以制作方法见告。

狮子头人人会做，巧妙各有不同。化成教我

的方法是这样的——首先取材要精。细嫩猪肉一大块，七分瘦三分肥，不可有些许筋络纠结于其间。切割之际最要注意，不可切得七歪八斜，亦不可剁成碎泥，其秘诀是"多切少斩"。挨着刀切成碎丁，越碎越好，然后略为斩剁。

次一步骤也很重要。肉里不羼茭粉，容易碎散；加了茭粉，黏糊糊的不是味道。所以调好茭粉要抹在两个手掌上，然后捏搓肉末成四个丸子，这样丸子外表便自然糊上了一层茭粉，而里面没有。把丸子微微按扁，下油锅炸，以丸子表面紧绷微黄为度。

再下一步是蒸。碗里先放一层转刀块冬笋垫底，再不然就横切黄芽白作墩形数个也好。把炸过的丸子轻轻放在碗里，大火蒸一个钟头以上。揭开锅盖一看，浮着满碗的油，用大匙把油撇去，或用大吸管吸去，使碗里不见一滴油。

这样的狮子头，不能用筷子夹，要用羹匙舀，其嫩有如豆腐。肉里要加葱汁、姜汁、盐。愿意加海参、虾仁、荸荠、香蕈，各随其便，不过也要切碎。

狮子头是雅舍食谱中重要的一色。最能欣赏的是当年在北碚的编译馆同仁萧毅武先生，他初学英语，称之为"莱阳海带"，见之辄眉飞色舞。化成客死异乡，墓木早拱矣，思之怃然！

狮子头和镇江肴肉

叶灵凤

前些时候曾在这里谈起过国内运来的速冻熟食新品种：烟鲳鱼与五香猪排。简直像昙花一现一样，买了一次，第二次想去再买，做本地人所说的"食过番寻味"之举，不料早已被知味者抢购一空，各家都卖至断市。据说至快要下月才可以有新货来。

同期运来的"狮子头"和"镇江肴肉"则还有现货供应。

"狮子头"是扬镇名菜，即广东人所说的猪肉饼。国产速冻的"狮子头"，是已经用油炸过半熟的，每盒四个，以本港大华国货公司的售价来说，每盒售一元四毫，这几天大减价，还有一个九折。三毫多钱就可以买一枚有新会橙那么大的猪肉饼，实在价廉物美。

这种"狮子头"的调味，完全是扬州菜镇江菜的调味，肉也选得极精，买回来自己加工，加一些白菜或是腐竹，将它煮得透透的，又松又软，那滋味可以向这里任何一家外江菜馆所售的"狮子头"挑战。至于价钱相差之远，那更不用说了。

当然，真正的扬州"狮子头"，每一个都要做得有小饭碗那么大的。可是作为货品，每一个都做得那么大，未免不合销路。将它改小了，这是合理的。

至于同期运来的"镇江肴肉"，我在未买之前，本来寄以最大希望的，买回来一看，不待送到嘴里去尝，就已经令我感到失望。我不知这一批货物当初定货的过程是怎样，我怀疑若不是我买错了，那一定是货物来错了。因为这根本不是"镇江肴肉"。

这是普通的五香猪肉，或是未加红曲酱汁的白汁猪肉，绝不是"镇江肴肉"。

首先"镇江肴肉"一定是用猪腿肉制的，从不用第二种肉。现在所售的"镇江肴肉"，却是五花肉，即广东人所说的腩肉，这就根本不是那么一回事。这就好比制火腿不用猪腿一样。试想，如果不是用"腿"制的，怎样可以称为"火腿"呢？

在镇江人口中，肴肉就称为"肴"，没有这个"肉"字的。在茶楼酒馆的招牌上，则称"京江蹄肴"。请注意这个"蹄"字，已经说明"肴"

必然是用猪腿肉制成的。

　　再有，镇江的"肴"，是要先经过腌制过程的，腌的时候还要用"硝"，这是一项重要手续，而且是"秘密"所在。经过用"硝"腌制的猪腿肉，煮熟成了"肴"，肉质紧凑，近于"曝腌咸肉"，而且有一种特殊的香气，绝不是那么一块用五香煮的白汁五花肉。

春饼

舒乙

　　春饼是北京吃食中最好吃的一种，我们全家一直都这么认为，吃起来简直没有够，年年做，年年吃，年年夸。

　　春饼的妙处在于它的综合效应。

　　春饼表面上是混合物，八样东西，放在薄饼里，一裹，吃起来居然味道全变，神了。

　　这是春饼的非凡之处。

　　裹在一起吃的东西，种类多得很，山东的烙饼卷大葱，天津的煎饼卷摊鸡蛋，外国的三明治、热狗……比比皆是，但都没有北京春饼那样的效果。上述这些裹着吃的确实都是混合物，是一加一等于二。

只有春饼不是，春饼仿佛是综合物，或者是络合物，春饼是乘方，而且不是二次方三次方，简直是九次方。

总之，八样东西分别放入，夹在饼里，味道立刻大变，香得出奇，令人胃口大开。

确实是一大发明，人们不能不为北京古人的聪明而折服。

还有一条必须指出，春饼里全是最普通的食品，极富平民性。

春饼是老百姓的。它不贵，它便宜。

它不沾海鲜，不沾山珍，甚至不沾鸡、鸭、鱼。

想吃春饼，不需特别采购，原料在任何等级的菜市场里唾手可得，花费不多。

想吃春饼，也不要特别的烹饪技巧，会一般地炒炒菜，摊个鸡蛋，足矣，见习主妇或见习主男均可胜任。

所以，以前在任何饭馆里都吃不到春饼。在大师傅眼里，它太简单；在老板眼里，它不赚钱。要吃，只能在家里做，家里吃。

嘿，这偏偏是它的另一优点，叫作家庭性。

北京人请外国人吃饭，第一选择就是在家里吃春饼，保证满堂彩。我家试验了许多回，回回成功，大获全胜，久经考验。

春饼，春饼，顾名思义，是春天吃的，有季节性；过去，春天才刚有菠菜和韭菜上市，冬天没有。

现在，几乎四季都可以吃，什么时候馋了，什么时候做，由于有暖棚的蔬菜，现在春饼可以变夏饼、秋饼、冬饼，全年候。

　　父亲是立春诞生的，他的名字叫"庆春"。我家小妹也是立春诞生的，她的名字叫"立"。

　　春饼是他们两人的生日诞食，必备，除了一小碗寿面之外，春饼是绝对的主角。

　　年复一年，于是，吃春饼就成了我家的优良传统。而且，不管什么时候，生日不生日，菜单中排头一名的，必然是它；家中请客，一定也是首选。

　　近年，北京个别饭馆里出现了春饼，尝过几次，太糟，一点传统没有，菜既不够八样，品种也不对，全不对味儿，糟蹋了，唉！

船菜

王稼句

瓶园子《苏州竹枝词》已称"酒船肴馔讲时鲜"，"时鲜"是船菜的一个首要特点，其次是精致，而最关键的，是小镬小锅，聊供一桌两桌而已，故风味独绝，为人津津乐道。

民国三十六年（1947年）出版的《苏州游览指南》，对船菜有如下的介绍："苏州船菜，向极有名，盖苏州菜馆之菜，无论鸡鸭鲜肉，皆一炉煮之，所谓一锅熟也，故登筵以后，虽名目各异，味而皆相类。唯船菜则不然，各种之菜，皆隔别而煮，故真味不失。司庖者皆属妇女，殆杨花萝卜下来的时候，卖萝卜。萝卜一把一把地码着。她不时用炊帚洒一点水，萝卜总是鲜红的。给她一个铜板，她就用小刀切下三四根萝卜。萝卜极脆嫩，有甜味，富水分。自离家乡后，我没有吃过这样好吃的萝卜，或者不如说自我长大后没有吃过这样好吃的萝卜。小时候吃的东西都是最好吃的。

有蟹无酒，委实煞风景。因为吃蟹须慢，若循"蟹道"，佐酒
正可延长时间，且不宜白酒，白酒易醉；烫过的陈年花雕最佳，
浅斟慢酌，精剥细嚼；不可无诗，不可无菊。

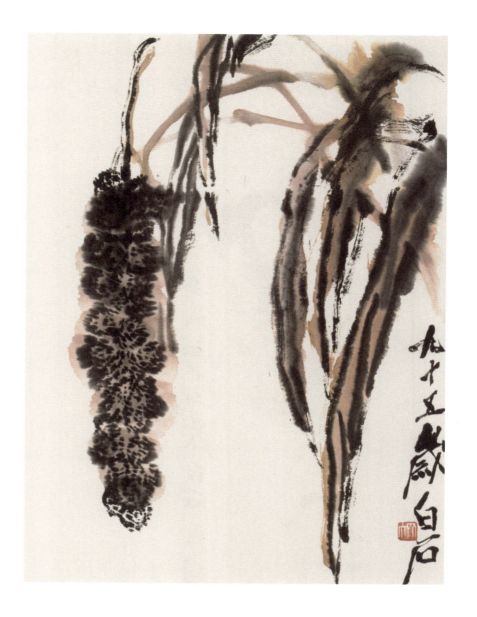

苞谷粥里掺和了剁成菱角形的红薯块儿，黄澄澄的粥儿裹定薯块，筷子夹起来抿开粥便亮出一层比纸还轻薄的红皮儿，咬破红皮便是细腻腻的黄瓤，粥儿粘糊烫嘴，薯块之香很像那刚刚炒熟出锅的山板栗。

鳜鱼一律选公的，就是为了要鱼白，十四条凑起来有大半碗。从湖里割来一大捆荙白草，剥出嫩心就成为蒲菜，每根二寸来长，比济南大明湖产的毫无逊色。香糟酒是我从北京带去的。三者合一，做成后鱼白柔软鲜美，腴而不腻，蒲菜脆嫩清香，恍如青玉簪，加上香糟，其妙无比。

琵涛先生正 壬辰九十二岁白石

以船娘而兼厨娘者，其手段极为敏捷，往往清晨客已登舟，始闻其上岸买菜，既归则洗割烹治，皆在艄舱一隅之地，然至午晷乍移，已各色齐备，可以出而饷客矣。其所制四粉四面之点心，尤精巧绝伦，且每次名色不同，亦多能矣。唯现值战后，社会经济困窘，真正之船菜已不多睹，唯于苏式餐馆中可以嚼其一脔。"

叶圣陶对船菜也颇为赞赏，他在《三种船》里写道："船家做的菜是菜馆比不上的，特称'船菜'。正式的船菜花样繁多，菜以外还有种种点心，一顿吃不完。非正式地做几样也还是精，船家训练有素，出手总不脱船菜的风格。拆穿了说，船菜所以好就在于只准备一席，小镬小锅，做一样是一样，汤水不混合，材料不马虎，自然每样有它的真味，叫人吃完了还觉得馋涎欲滴。倘若船家进了菜馆里的大厨房，大镬炒虾，大锅煮鸡，那也一定会有坍台的时候了。话得说回来，船菜既然好，坐在船里又安舒，可以眺望，可以谈笑，玩它个夜以继日，于是快船常有求过于供的情形。那时候，游手好闲的苏州人还没有识得'不景气'的字眼，脑子里也没有类似'不景气'的想头，快船就充当了适应时地的幸运儿。"

民国十五年（1926 年）前后，雇船、船菜、叫局的价格，开销不靡，且读以下几则旧记。

陆鸿宾《旅苏必读》记道："苏地船菜最为有名，各样小菜有各样之滋味，不比馆菜之同一滋味，菜有一顿头、两顿头之别，船有大双开、小双开之别，然虽曰大双开，究不能多请客人，故官场请客而人数多者，必用夏桂林船，菜亦嘉，船亦大，用轮船拖带，虎丘冷香阁，枫桥寒山寺，一日而可游两处。朝顿八大盆、四小碗、四样粉点、四样面点、两道各客点，酒用花雕，尽客畅饮。夜顿十二盆、六小碗、两道各客点，船酒菜一应主人出洋三十元，轮船外加二十元，客人各出酒钱洋两元，亦有主人包出，不费客人者，主人加出洋十六元或十二元，或照到客每客两元不等。船上尽可叫局，各就自己所认识者出条叫之，名曰发符。每局洋三元，出船坐场洋一元，在坐客人各叫一，则主人必赔叫一局，为一排或有叫两排三排，主人亦必须两局三局，以赔之。有初到苏地并无熟识倌人，则主人或在座客人代为出条，则条上必书明某代。而局钱虽非熟识不必当场开销，熟客则三节总付，新客则于明后日至倌人家内茶会再开销。最好有二三局后倌人打合请客还席总算，若一局即付者，谓为孤孀局，倌人甚不乐于此。"

陶凤子《苏州快览》记道："船上所置之菜，名曰船菜，别样风味，名驰他方。有一顿头连船十元，二顿头连船二十元，不吃菜者六元，无论何之，均以一天计算，坐大双开者，亦可叫局。或山塘缓渡，或枫桥暂泊，或放棹石湖，或扣舷胥江，一声欸乃，山光纷扑，凭窗纵目，胸襟洒然，而浮家泛宅中，与二三知己浅酌低斟，远眺近瞩，赏心悦目，尤无复以加也。"

至民国十七年（1928年）前后，价又稍涨，周振鹤《苏州风俗》记道："其价值则一筵一席，从前连船约十五六元，近则各物飞涨，大抵非二三十元不办矣。"

船上筵席一般只供应中餐、晚餐两顿，午餐为八冷盆、四热炒、六小碗、四粉四面两道点心，晚餐为四冷盆、六热炒、四大碗，可吃到半夜下船。船菜一只一只上桌，筵席时间任客延长，故特别讲究烹饪技艺，否则经不起食客细品。据王四寿船菜单记录，正菜有三十道，各有名目，如珠圆玉润、翠堤春晓、满天星斗、粉面金刚、黄袍加身、王不留行、赤壁遗风、红粉佳人、江南一品、鱼跃清溪、八仙过海等，也不知究竟；冷盆八道是豆腐皮腰片、鲞松卷、出骨虾卤鸡、牌南、呛虾、糟鹅、胭脂鸭、熏青鱼；船点则有四粉、四面、两道甜点，四粉是玫瑰松子石榴糕、薄荷枣泥蟠桃糕、鸡丝鸽团、桂花糖佛手，四面是蟹粉小烧卖、虾仁小春卷、眉毛酥、水晶球酥，两道甜点是银耳羹、杏露莲子羹。船点是值得一提的，《吴中食谱》记道："苏州船菜，驰名遐迩，妙在各有真味，而尤以点心为最佳，粉食皆制成桃子、佛手状，以玫瑰、夹沙、薄荷、水晶为最多，肉馅则佳者绝少。饮食业之擅场者，往往以'船式'两字相诩，盖船式在轻灵精致，与堂皇富丽之官菜有别。"船点用米粉或面粉为原料，米粉加天然色素，以花果、小动物为造型，包馅心蒸煮而成；面粉有酵面、呆面、酥面三种，以酥面居多。今菜馆筵席点心，都属船点旧规。

　　抗战爆发后，花船匿迹，然早在花船匿迹之前，船菜已被苏城菜馆引进，极大地丰富了菜馆的品种。沦陷时，松鹤楼名厨陈仲曾之子陈志刚与人合伙在大成坊口开办鹤园菜馆，专营船菜，悬市招称"正宗苏帮船菜"，有船菜三四十款，如烂鸡鱼翅、鸭泥腐衣、蟹糊蹄筋、滑鸡菜脯、鸡鸭夫妻、炖球鸭掌、果酱爆肉、葱油双味鸭、环爪虎皮鸡等，一时生意兴隆，食客盈门，名声远播。

火锅儿

霍达

北京的清真美馔，最可回味的是火锅儿涮肉。当落木萧萧的寒秋、瑞雪飘飘的严冬，二三友人相约，或踏着黄叶，或披着风雪，一路兴致勃勃地谈论着去吃火锅儿。进得店来，一股漾漾热气驱走了您周身的寒意，于眼镜片上罩一层烟霭，您心里便先自醉了。伙计迎上来："来了您？几位？噢，三位，这儿坐！"于是落座，伙计布箸、匙、碟，然后每人奉一空碗，再端上一份儿（或数份儿）配好的作料，再然后便双手提上来最主要的食具——火锅儿，锅里的水已经沸腾，吐嘟嘟泛着声响，冒着水汽，开场锣鼓算是敲响了。这火锅儿以紫铜质地为上品，造型极精巧，略似古时的"豆"，又融合了鼎的成分。细腰、小口、凸肚，底部有火门，腔部中空，置炭，利用空气冷降热升的简单原理，循环不已，炭火便烧得熊熊，不足时以"拔火罐儿"置于口部辅之。水环于火腔四周，受热均匀，食客坐于任何位置都极为自如。这火锅儿始于何时，我说不清楚。徐凌霄在《旧都百话》中猜测说："此等吃法，乃北方游牧遗风。"追溯到清光绪初年，严缁生在《忆京都词》中也有记述，亦称"南中无此味也"。更早的有清初潘荣陛写的《帝京岁时纪胜》，其中在《正月·元旦》条下说到"什锦火锅供馔"。不过，清人的火锅儿并非只涮羊肉，而是"生切鸡鱼羊豕之肉，俾客自投沸汤中，熟而食之"。至今南方诸省仍然如此。但在北京，大约在本世纪初叶已成为清真饭庄的专利，并以涮羊肉为正宗了。这正是"优胜劣汰"的结果，连穆斯林之外的其他民族食客也都公认涮羊肉第一。

"涮肉何处嫩？要数东来顺。"这是北京的民谚、口碑。东来顺是全国第一流的、名扬海内外的、老牌正宗的穆斯林饭庄。店主丁德山，号子青，河北沧县人，回族。光绪末年，家住东直门外二里庄。父亡，家贫，兄弟三人靠推小车儿进城叫卖最不值钱的黄土为生。1903年，他看中了东安市场这繁华地面，便借了本钱在此摆摊儿，从荞面扒糕到贴饼子、米粥，逐步发展成"东来顺粥摊"。十几年惨淡经营，增添了爆、烤、涮肉，而以后者最为著名，遂更名为"东来顺羊肉馆"。几经扩展，终于居同行之首，从"穷回回"一跃而成为京城富豪。

东来顺的信誉来自高质量、高技艺、货真价实。一律选用内蒙古西乌珠穆旗的阉割绵羊，经过一段时间的精心圈养，再行宰杀，只取"磨裆儿"、"上脑儿"、"黄瓜条儿"和大小"三岔儿"，一只四五十斤重的羊，可供涮用的只有十三斤；冰冻后，以极细的刀工，切成匀薄如纸的肉片儿，置于盘中，盘上的花纹透过肉片儿清晰可见。东来顺的一斤羊肉要切八十片以上。说起来并非家传手艺，而是丁德山不惜重金聘请了正阳楼饭庄的一位高手来店里传授的，很高明的"技术引进"、"拿来主义"。而今人们视之为东来顺的传统，早不记得正阳楼的那段儿序幕了。再说东来顺的作料，也极精。芝麻酱、绍兴黄酒、酱豆腐、辣椒油、虾油、葱花儿、香菜末儿、韭菜花儿、糖蒜等等，计十余种，集美味之大成。那糖蒜一律选用夏至前两三天起出的大六瓣儿蒜头，经过三个月的腌制方可待客；那韭菜花儿的腌制更有绝招儿，里面竟有一定比例的酸梨，使辣、甜、酸、香俱全，别家难以比拟。汤中再加以海米、口蘑、紫菜……又平添了海、陆的清新鲜美之味。

好了，伙计把一盘盘儿的肉片儿端上来，您便可慢慢领略、尽情享受。夹一片儿薄薄的羊肉，举箸沸汤中，轻轻地一涮即熟，蘸上作料，入口令人陶醉，清、香、鲜、美，非语言文字可以形容。座中食客们鸦雀无声，各人细心地伺候着自己，慢慢地品味。

此时，窗外雪落无声。您于齿颊留香之际，瞥一眼那纷纷扬扬的凌琼碎玉，似觉都融化于腹中。

面前，那一泓沸水正翻腾得热烈。您潸然汗出，又豪兴未已，复举箸再三再四。拥炉之趣，达于极致。

若有好客的主人，唧唧喳喳、忙忙乎乎，替这个涮，又替那个涮，塞得小碗中满是冷却的肉片儿，嚼不胜嚼，便煞了风景。涮羊肉是彻头彻尾的"自助餐"，非亲自动手不可，又需要"吃的功夫"，否则，难尽得其趣。这又与洋人的"自助餐"大相径庭。

难怪火锅儿成为中国一宝。

过桥米线·汽锅鸡

汪曾祺

这似乎是昆明菜的代表作，但是今不如昔了。

原来卖过桥米线最有名的一家，在正义路近文庙街拐角处，一个牌楼的西边。这一家的字号不大有人知道，但只要说去吃过桥米线，就知道指的是这一家，好像"过桥米线"成了这家的店名。这一家所以有名，一是汤好。汤面一层鸡油，看似毫无热气，而汤温在一百度以上。据说有一个"下江人"司机不懂吃过桥米线的规矩，汤上来了，他咕咚喝下去，竟烫死了。二是片料讲究。鸡片、鱼片、腰片、火腿片，都切得极薄，而又完整无残缺，推入汤碗，即时便熟，不生不老，恰到好处。

专营汽锅鸡的店铺在正义路近金碧路处。这家的字号也不大有人知道，但店里有一块匾，写的是"培养正气"，昆明人碰在一起，想吃汽锅鸡，就说："我们去培养一下正气。"中国人吃鸡之法有多种，其最著名者有广州盐焗鸡、常熟叫花鸡，而我以为应数昆明汽锅鸡为第一。汽锅鸡的好处在哪里？曰：最存鸡之本味。汽锅鸡须少放几片宣威火腿，一小块三七，则鸡味越"发"。走进"培养正气"，不似走进别家饭馆，五味混杂，只是清清纯纯，一片鸡香。

为什么现在的汽锅鸡和过桥米线不如从前了？从前用的鸡不是一般的鸡，是"武定壮鸡"。"壮"不只是肥壮而已，这是经过一种特殊的技术处理的鸡。据说是把母鸡骟了。我只听说过公鸡有骟了的，没有听说母鸡也能骟。母鸡骟了，就使劲长肉，"壮"了。这种手术只有武定人会做。武定现在会做的人也不多了，如不注意保存，可能会失传的。我对母鸡能骟，始终有点将信将疑。不过武定鸡确实很好。前年在昆明，佤族女作家董秀英的爱人，特意买到一只武定壮鸡，做出汽锅鸡来，跟我五十年前在昆明吃的还是一样。

甬道街鸡㙡。鸡㙡之名甚怪。为什么叫"鸡㙡"，到现在还没有人解释清楚。这是一种菌子，它生长的地方也怪，长在田野间的白蚁窝上。为什么专在白蚁窝上生长，到现在也还没有人解释清楚。鸡㙡的菌盖不大，而下面的菌把甚长而粗。一般菌子中吃的部分多在菌盖，而鸡㙡好吃的地方正在菌把。鸡㙡可称菌中之王。鸡㙡的味道无法比方。不得已，可以说这是"植物鸡"。味似鸡，而细嫩过之，入口无渣，甚滑，且有一股清香。

如果用一个字形容鸡枞的口感，可以说是：腴。甬道街有一家中等本地饭馆，善做鸡枞，极有名。

这家还有一个特别处，用大锅煮了一锅苦菜汤。这苦菜汤是奉送的，顾客可以自己拿了大碗去盛。汤甚美，因为加了一些洗净的小肠同煮。

昆明是菌类之乡。除鸡枞外，干巴菌、牛肝菌、青头菌，都好吃。

小西门马家牛肉馆。马家牛肉馆只卖牛肉一种，亦无煎炒烹炸，所有牛肉都是头天夜里蒸煮熟了的，但分部位卖。净瘦肉切薄片，整齐地在盘子里码成两溜，谓之"冷片"，蘸甜酱油吃。甜酱油我只在云南见过，别处没有。冷片盛在碗里浇以热汤，则为"汤片"，也叫"汤冷片"。牛肉切成骨牌大的块，带点筋头巴脑，以红曲染过，亦带汤，为"红烧"。有的名目很奇怪，外地人往往不知道这是什么部位的。牛肚叫作"领肝"，牛舌叫"撩青"。"撩青"之名甚为形象。牛舌头的用处可不是撩起青草往嘴里送吗？不大容易吃到的是"大筋"，即牛鞭也。有一次我陪一位女同学上马家牛肉馆，她问："这是什么东西？"我真没法回答她。

马家隔壁是一家酱园。不时有人托了一个大搪瓷盘，摆七八样酱菜，放在小碟子里，藠头、韭菜花、腌姜……供人下饭（马家是卖白米饭的）。看中哪几样，即可点要，所费不多。这颇让人想起《东京梦华录》之类的书上所记的南宋遗风。

护国路白汤羊肉。昆明一般饭馆里是不卖羊肉的。专卖羊肉的只有不多的几家，也是按部位卖，如"拐骨"（带骨腿肉）、"油腰"（整羊腰，不切）、"灯笼"（羊眼）……都是用红曲染了的。只有护国路一家卖白汤羊肉，带皮，汤白如牛乳，蘸花椒盐吃。

　　奎光阁面点。奎光阁在正义路，不卖炒菜米饭，只卖面点，昆明似只此一家。卖葱油饼（直径五寸，葱甚多，猪油煎，两面焦黄）、锅贴、片儿汤（白菜丝、蛋花、下面片）。

　　玉溪街蒸菜。玉溪街有一家玉溪人开的饭馆，只卖蒸菜，不卖别的。好几摞小笼，一屋子热气腾腾。蒸鸡、蒸骨、蒸肉……"瓢（读去声）小瓜"甚佳。小南瓜挖去瓤（此读平声），塞入切碎的猪肉，蒸熟去笼盖，瓜香扑鼻。这家蒸菜的特点是衬底不用洋芋、白薯，而用皂角仁。皂角仁这东西，我的家乡女人绣花时用来"光"（去声）绒，绒沾皂仁黏液，则易入针，且绣出的花有光泽。云南人却拿来吃，真是闻所未闻。皂仁吃起来细腻软糯，很有意思。皂角仁不可多吃。我们过腾冲时，宴会上有一道皂角仁做的甜菜，一位河北老兄一勺又一勺地往下灌。我警告他：这样吃法不行，他不信。结果是这位老兄才离座席，就上厕所。皂角仁太滑了，到了肠子里会飞流直下。

爆肚儿

霍达

真正"老牌正宗"的北京人，尤其是穆斯林，对爆肚儿的偏爱亦不亚于涮羊肉，抑或更甚。

爆肚儿也者，其实就是"爆"牛、羊的胃脏。胃脏和心、肝、肾等等，通称为"下水"，或曰"杂碎"，外国有些民族根本就不吃的，而中国人却对其极有兴趣并且发明了种种的吃法儿。尤其是北京人，下自平民，上至宫廷，都喜食之。公元一八九六年，清朝政府的洋务大臣李鸿章出访英国和沙皇俄国，顺道儿访问了美国，在纽约受到十九响礼炮的隆重礼遇，由第二骑兵队护送，下榻于豪华的阿斯拉利大旅馆。他在美国总统克利夫兰陪同下游览了五天，大开眼界，受宠若惊，临行前自然要举行一个"答谢宴会"。但他此行有一大疏忽：没带厨子，因而也难以华夏风味儿款待盛情的主人。情急生智，想起了在美国也有华人餐馆，于是因地制宜，假此设宴。席间，他还亲自点了一道菜，请克利夫兰总统品尝。美国总统尝后赞不绝口，问他是什么菜。李鸿章洋洋得意，笑而作答："炒杂碎也。"于是美利坚各报大加宣扬，"炒杂碎"自此身价百倍，名满美国，一些餐馆特意在门前用霓虹灯打出"Chop-Suey"字样，便是"炒杂碎"的英文译名。

其实，这也仅仅是中国"杂碎"之一斑，未窥全貌。比如爆肚儿，既不"杂"，又不"炒"，却别有风味儿，又远胜于李鸿章待客的佳肴。

传统的爆肚儿，系选用新鲜绵羊全肚儿（牛肚儿的散丹部分亦可），一份儿重三斤以上，各部位名称为食信、散丹、肚儿葫芦、肚儿库、肚儿领、肚儿板——薄者为阴极，厚者为阳极，用时一一分开：先切去食信、蘑菇尖、蘑菇粘，再切掉散丹、肚儿领，剩余的就是肚儿葫芦、肚儿板、肚儿库。肚儿板很大，内壁有瘤状构造；肚儿葫芦较小，内壁有蜂窝状构造；肚儿散丹又称百叶，因其内壁有许多皱褶，状如书页；肚儿库又叫真胃，相当于其他哺乳动物的胃，并能分泌胃液。肚子要整个儿地放在木桶中反复冲洗、漂搓，百叶还要逐片漂洗，几经换水直至一尘不染，才能捞出切开，裁下肚儿领，取下散丹、蘑菇、硬扇肚儿板、肚儿葫芦、食信，这些都是做"爆肚儿"的原料，余下的零零碎碎的才是"杂碎"，所以美国总统克利夫兰吃的其实只是爆肚儿的下脚料而已。

爆肚儿之"爆"，其实并不复杂，只是用开水烫一下罢了，北京人称之为"㸆"。以专用小锅儿盛水约三斤，上旺火烧开，投入切好的肚儿料约四两，一眨眼的工夫用漏勺捞出，蘸着作料即可食用。但这一"㸆"却又非同寻常，时间短了肚儿生，时间长了肚儿老，要的就是不早不晚不紧不慢不温不火不生不老的"恰到好处"，吃起来又脆又嫩又筋道又不硌牙，越嚼越有劲儿，越品越有味儿，越吃越上瘾，吃过之后还余味无穷，把世界上还有什么燕窝、鱼翅、猴头、驼峰全忘了！而由于所爆的原料又分肚儿领、肚儿仁、肚儿板……爆的时间长短又有所不同，十二秒、十三秒……十九秒，掌勺师傅的眼神儿心劲儿比秒表还准，没有家传的秘诀、十年八年的苦练，休想"问鼎"，功夫全在这一"㸆"。当然还有极为讲究的作料，酱油、醋、香菜、葱末儿、水澥芝麻酱、卤虾油、辣椒油、老蒜泥……又有严格的配方，不能乱来。到时候以汤盘盛爆肚儿，小碗盛作料，食客以筷子夹爆肚儿，蘸作料，脆嫩清香，食欲大增，饭前食之开胃，饭后食之助消化，不仅饱了口福，同时还获得了健脾养胃的裨益，强似良药苦口了。

早年间北京爆肚儿最负盛名的几家有东安市场的"爆肚王"、"爆肚冯"，东四牌楼的"爆肚满"，门框胡同的"爆肚杨"等等。如今单说一家远不如他们的"爆肚隆"，倒有一则掌故。

"爆肚隆"的历史已不可考。因其祖上不识字，没有传下家谱、店史；又因儿孙不肖，传了几代便倒闭改业，销声匿迹。乾隆年间，"爆肚隆"在前门外开一间门脸儿，前店后家，是为"连家铺"，从采购到拾掇肚子、掌勺、待客，都是掌柜的夫妻俩四只手紧忙乎，本小利薄，仅糊口而已。门口连块匾也没有。但用料极精，手艺极佳，有常年的"吃主儿"，不论道儿近道儿远都前来光顾，小店倒也座无虚席，且声誉日隆。

　　某年某月某日，黄昏时分来了一位生客，长袍马褂、眉清目秀、五绺长髯，背后垂着根油亮的大辫子，像是有身份的人，却又猜不透是位学者呢还是位有官阶的大人。后边还跟着个随从，青衣小帽、黄面无须。掌柜的自然不便盘问人家尊姓大名，也无须问，来的都是客，便笑脸相迎："二爷，您来啦？这边儿请！"头一回见面儿就如同熟客似的。随着一声招呼，手里的一条用滚水浸过又拧得半干的手巾把儿就递了过去，请客人净面，未曾用餐，已感到宾至如归、浑身舒畅。当时，这位客人落座，微笑着说今儿的晚膳过于油腻，想吃一盘儿爆散丹爽爽口。掌柜的答应一声："好嘞！"即取早已洗净的散丹四两，精心切成柳叶条状，当小锅儿中水将开未开之际投入，漏勺只翻动一下，散丹挺身，便飞速捞出，盛在盘中，端上案来。那散丹呈蓑衣状，白花花、脆生生，不待食用即令人垂涎。"二爷请！"掌柜的站立一旁，小心伺候，唯恐这生客稍不如意，砸了小店的牌子。那客人也不言语，极熟练地拈箸，自蘸自食，随从垂手肃立，不坐、不吃，只将两眼专注地看着主人的脸色。主人旁若无人，只顾吃，细嚼慢咽，有条不紊，一看便是个"吃主儿"。直到把那一盘儿爆散丹吃完，才一咂嘴，说了声："美哉！"掌柜的放下心来，笑脸再问："今儿个讨得二爷喜欢，再来一盘儿？"贵客却说："足矣。店家可有笔墨吗？"掌柜的连声说："有，有！"心说这位横是个有学问的，要留下一幅题咏，倒是为小店长光的事儿，只要别像宋江浔阳楼题反诗就成。连忙到隔壁的布匹店借了纸、墨、笔、砚，铺在八仙桌上，请客人命笔。邻座的食客中有通文墨的也纷纷离座，围在一旁观看。只见那位客人抚纸濡墨，写下"爆肚"两个大字，又停下了，问掌柜的："店家贵姓？"掌柜的连忙答道："免贵，姓龙——

呃，就是真龙天子那个'龙'啊！"

客人似有踌躇之状，驻笔片刻，才又落了下来，接着写了一个"隆"字。旁观者愕然，分明是个别字，却也不好当面指出。掌柜的却不识字，笑问客人所书何字，那随从答道："'爆肚隆'！明儿照这样儿做一块匾挂在门脸儿上吧，您就有了字号啦！"掌柜的自然高兴，连爆肚儿的钱也没收，说是给"二爷"润笔，实则为了拉住这位不知深浅的主顾。客人走后，旁观者才说："这字儿写得好是好，只是给您改了姓儿啦！"掌柜的又茫然，"爆肚龙"虽说是家小店，可是"行不更名、坐不改姓"，"龙"、"隆"虽是同音，却也不能随意更改，断了祖上香火。正是懊恼犹疑，忽有一看客恍然大悟："我看这个'隆'字，与当今天子乾隆皇帝的御笔极为相似，莫不是……"一句话揭开谜底，四座皆惊，掌柜的喜从天降，赶忙去追赶圣驾，大街上早已不见了乾隆皇帝的踪影！于是将这幅御笔题字供在香案前，顶礼膜拜，不亦乐乎。次日又请了木雕油漆匠中的高手，依样儿镌刻成黑底金字大匾，悬于门脸儿之上，"爆肚隆"自此名声大振，更加兴隆。至于改姓之说，不再提起。古往今来，皇帝赐姓的有的是，那是极大的荣耀，哪有拒之不受之理？何况掌柜的认定"一笔写不出两个 long 字"，根本不承认"隆"、"龙"之别，也就从此姓隆了。

年深日久，"爆肚隆"的大匾经风吹日晒，木质干裂变形，油漆剥落失色，于是隆家后代一次次地请人描摹重刻，便也一次次地走样儿，渐渐地与乾隆御笔相去甚远。于是有好事者故意刁难，说这招牌根本不是乾隆御笔，陈年古代的故事是隆家的人自个儿编的，假圣旨，往脸上贴金云云。因为御笔原件早已失传，匾上又没有落款，更没有盖印，隆家的后代自然有口难辩，弄真成假，生意日渐萧条，终于开不下去，砸牌子关门。如今到前门外去寻，连影子也没有了。

细究起来，"爆肚隆"的传说倒未必是假的。其一，爆肚儿历史悠久，至少不会晚于乾隆年间。史载：乾隆十三年，皇帝东巡，容妃随行，途中御赐饮食之中便赫然列有"爆肚儿"。这不仅是爆肚儿的可寻踪迹，也是乾隆皇帝喜食爆肚儿之有力佐证。其二，举世皆知乾隆皇帝爱微服出访并爱题咏，兴之所至，到哪儿都要留下几笔"御书"，"爆肚隆"也说不定就是真迹。其三，为"爆肚隆"题匾的若是一般文人墨客，未见得对"龙"字那般敏感，更不至于素不相识就给人家改姓儿，这种事儿看来只有"朕即国家"的人物可为。由此联想到比乾隆晚二百五十年的某位以"则天女皇"自比的"首长"也喜欢动辄替人更名改姓，亦属此类遗风……

扯得远了。我无意为并无多大文物价值的"乾隆御笔"去考证，真欤？伪欤？都无关紧要，但那至今流传不衰的爆肚儿，尤其是爆散丹（尽管不是"爆肚隆"爆的）极为吸引我，倒是真的。

烧鸭

梁实秋

北平烤鸭，名闻中外。在北平不叫烤鸭，叫烧鸭，或烧鸭子，在口语中加一子字。

《北平风俗杂咏》严辰《忆京都词》十一首，第五首云：

忆京都·填鸭冠寰中

烂煮登盘肥且美，加之炮烙制尤工。

此间亦有呼名鸭，骨瘦如柴空打杀。

严辰是浙人，对于北平填鸭之倾倒，可谓情见乎词。

北平苦旱，不是产鸭盛地，唯近在咫尺之通州得运河之便，渠塘交错，特宜畜鸭。佳种皆纯白，野鸭花鸭则非上选。鸭自通州运到北平，仍需施以填肥手续。以高粱及其他饲料揉搓成圆条状，较一般香肠热狗为粗，长约四寸许。通州的鸭子师傅抓过一只鸭来，夹在两条腿间，使不得动，用手掰开鸭嘴，以粗长的一根根的食料蘸着水硬行塞入。鸭子要叫都叫不出声，只有眨巴眼的份儿。塞进口中之后，用手紧紧地往下捋鸭的脖子，硬把那一根根的东西挤送到鸭的胃里。填进几根之后，眼看着再填就要撑破肚皮，这才松手，把鸭关进一间不见天日的小棚子里。几十百只鸭关在一起，像沙丁鱼，绝无活动余地，只是尽量给予水喝。这样关了若干天，天天扯出来填，非肥不可，故名填鸭。一来鸭子品种好，二来师傅手艺高，所以填鸭为北平所独有。抗战时期在后方有一家餐馆试行填鸭，三分之一死去，没死的虽非骨瘦如柴，也并不很肥，这是我亲眼看到的。鸭一定要肥，肥才嫩。

北平烧鸭，除了专门卖鸭的餐馆如全聚德之外，是由便宜坊（即酱肘子铺）发售的。在馆子里亦可吃烤鸭，例如在福全馆宴客，就可以叫右边邻近的一家便宜坊送了过来。自从宣外的老便宜坊关张以后，要以东城的金鱼胡同口的宝华春为后起之秀，楼下门市，楼上小楼一角最是吃烧鸭的好地方。在家里，打一个电话，宝华春就会派一个小利巴，用保温的铅铁桶送来一只才出炉的烧鸭，油淋淋的，烫手热的。附带着他还管带蒸荷叶饼葱酱之类。他在席旁小桌上当众片鸭，手艺不错，讲究片得薄，每一片有皮有油有肉，随后一盘瘦肉，最后是鸭头鸭尖，大功告成。主人高兴，赏钱两吊，小利巴欢天喜地称谢而去。

填鸭费工费料，后来一般餐馆几乎都卖烧鸭，叫作叉烧烤鸭，连焖炉的设备也省了，就地一堆炭火一根铁叉就能应市。同时用的是未经填肥的普通鸭子，吹凸了鸭皮晾干一烤，也能烤得焦黄迸脆。但是除了皮就是肉，没有黄油，味道当然差得多。有人到北平吃烤鸭，归来盛道其美，我问他好在哪里，他说："有皮，有肉，没有油。"我告诉他："你还没有吃过北平烤鸭。"

所谓一鸭三吃，那是广告噱头。在北平吃烧鸭，照例有一碗滴出来的油，有一副鸭架装。鸭油可以蒸蛋羹，鸭架装可以熬白菜，也可以煮汤打卤。馆子里的鸭架装熬白菜，可能是预先煮好的大锅菜，稀汤寡水，索然寡味。会吃的人要把整个的架装带回家里去煮。这一锅汤，若是加口蘑（不是冬菇，不是香蕈）打卤，卤上再加一勺炸花椒油，吃打卤面，其味之美无与伦比。

你真的会吃烤鸭了吗

陈建功

　　"京师美馔，妙莫于鸭，而炙者尤佳"，语出《燕京杂记》。炙鸭，即今人所说的"烤鸭"。近年北京旅游业有"不到长城非好汉，不吃烤鸭真遗憾"的口号，前一半是毛泽东的诗，后一半是后人所续，若此事发生在"文革"，后果不堪设想，而此口号在今日，却实在是应运而生。你能想到，北京人已经有了和毛泽东玩玩幽默的情致，可见生活的确是变得有些趣味了。那么，吃烤鸭，大约也不应该只满足于朵颐之快吧？

　　何况，如果没有人加以指导，"朵颐之快"

是否能满足亦未可知。

　　笔者曾在鼎鼎大名的"全聚德"烤鸭店见到一位来自南方的朋友，要了一盘烤鸭，两碗米饭，用筷子夹烤鸭蘸甜面酱，一口烤鸭一口饭食之。而另一群来自东北的老兄，虽不用米饭用大饼，也是一口大饼一口鸭，五十步笑百步而已。开个玩笑，久居京华的笔者，对此"暴殄天物"，简直要"怒从心中起，恶向胆边生"了。烤鸭为我京师名肴，而"全聚德"为我京师百年老店，自清同治三年（1864 年）创办，从来是以荷叶薄饼卷而食之。食用的办法是：取荷叶薄饼一，铺陈于小碟之上，抹上甜面酱少许，再加羊角葱几根，再加上烤鸭片。放好后将饼的一左一右卷起，最后将底部稍稍向上一折，以防油汁下滴。吃的时候，将饼卷举而食之。用饼卷，不可少，此其一；抹甜面酱，不可少，此其二；加羊角葱，不可少，此其三。若实在吃不惯葱，也应将饭店送上的黄瓜条夹入。以上各项，哪一项也不可或缺。吃烤鸭，又是一种"综合艺术"，和京剧的且歌且舞、中医的望闻问切金木水火土如出一辙。阁下万勿一口饼或一口饭，再来一口烤鸭，让它们到肚子里去"综合"，必须于盘上"综合"好了，一起送入口中品尝。当然，阁下既已交了银子，如何把这鸭子吃下去，我辈又何须饶舌？然笔者爱我京华传统，苦心孤诣，谅您不致误会？

　　当然，您会卷起了荷叶饼，把烤鸭进入嘴里，您的食鸭之道，也就算得上仅仅入门而已。北京的烤鸭，其实还分两大流派，一曰"挂炉烤鸭"，前述百年老店"全聚德"，即此烤法之代表。挂炉是一个拱形的炉门口，烤制时并无炉门可关闭。炉内燃枣木，枣木质坚而带果香，以此木燃之，火焰经久，行家食之，甚至可品出挂炉鸭中带有果木之香。近年不少烤鸭店实施了"电炉烤制"，笔者以为，从生态计，从效率计，皆应顺应历史潮流，不过挂炉烤鸭过去的果木清香，在用电炉烤出的鸭子中已难得寻觅，不能不是一个遗憾。阁下若愿成为品尝烤鸭的专家，不妨"转益多师"，到前门的"全聚德"吃一回，再到和平门的"全聚德"吃一回，还可以到王府井的"全聚德"吃一回，您若能品出哪家是电炉制作，哪家是枣木烤出，鉴赏水准，当可自称入品。另一派烤鸭，曰"焖炉烤鸭"，烤法之代表是"便宜坊"，前门鲜鱼口和崇文门大街分别有"便宜坊"的老店和分店。说起来，"便宜坊"也是一个百年老店，创办于清咸丰五年（1855 年），同样声名远播海内外。焖炉烤鸭的烤法和挂炉有所不同，它的炉膛口有一门，烧高粱秸为燃料，焖烤时，是将高粱秸把炉膛烧到一定温度，然后灭火，把鸭子置之铁罩，放入炉膛，关上炉门焖烤。挂炉烤鸭外皮酥脆，焖炉烤鸭则更重肉质的鲜嫩。您如果只尝了"全聚德"，而未涉足"便宜坊"，充其量也只能说是半个烤鸭美食家罢了。

　　还有一个纯粹是属于个人经验的建议，本没有胆量说出的，某日请教了美食大家、小说家汪曾祺先生，居然也聆听到同样的见解，所以才敢在此道出。笔者以为，君若有意品尝到烤鸭的真正滋味，是不可到烤鸭店去举办宴会来品尝的。就说"全聚德"吧，其创办之初，除经营烤鸭外，只做三个菜：炸鸭肝、蒸蛋羹、鸭架汤。如有客人有炒菜的要求，店家只有到隔壁的菜馆代为购买。可以想见，当年人们品尝到的，是烤鸭的真正滋味儿。现在的烤鸭店当然早已不是这样，为赢利，为方便，也大可不必这样。然真正有意品尝烤鸭者，不能不感叹人们在社会前进中的迷失。就说人们每每定下的昂贵的宴会，八珍皆备，五陆杂陈，最后一道热菜才上来了烤鸭。

可怜的鸭子们颇有点像今天的人类，面临着在五光十色中迷失了自我的窘境。因此，每临此境，笔者都不免发出"返璞归真"的心声：何如只上烤鸭一道，再上鸭架汤一道，那样您才能发现，烤鸭，的确名不虚传，京中第一佳肴美馔也。由此笔者建议，阁下不妨以一种更为朴实的方式走进"全聚德"：三五同好，不为生意的应酬，也不为虚礼客套，只为寻觅一种传统佳肴的真正滋味，不点别的什么菜，不管服务小姐如何劝说，如何不屑，只坚持要烤鸭和鸭架汤。请君一试，相信感觉不俗。当然，如果您还是要请客，也声明说您只要"全鸭席"——凉菜四道：卤什件、白糟鸭片、拌鸭掌、酱鸭膀。热菜四道：油爆鸭心、烩四宝、炸鸭肝、炒鸭肠。下面就是烤鸭，再后就是鸭架汤了。什么"葱爆海参"啦，"芙蓉鸡片"啦，万万不可要之，花钱事小，喧宾夺主，错，错，错！

零碎时光

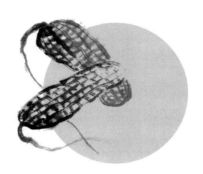

花生颂

蔡澜

花生，又叫落花生，多美丽的名字！

温带地方的七月中旬，绽开着黄色花朵，近看纤纤细细，楚楚可怜，但一开一大片，像在绿色的大地盖了一层黄色的绒毛，绝景也。

有了这个浪漫的名字后，没见过的人以为黄花掉落在地上，就会长出果实。不，不，有人还相信不是花朵，而是花瓣上的露水落地长仁呢。

大概在清晨六点左右开花，十点钟就收起来，日落后躲在叶下睡大觉。

其实花生的花枯了，也不跌落。受精后长成

子房柄，紧紧缠着茎而往地下延生下去，才结成果。一株花生约长三百至四百花朵，有机会让花粉飘进来的不到十分之一，长的花生，却是无数的。

美味的果仁在地底下成长，不被细菌侵入或鸟儿吃掉，也是大自然神奇的力量，花生是平凡的、朴素的，名副其实地脚踏实地长成。

把生满叶子的茎一抓，扳起来，根部都是一荚荚的花生，被污泥包着。水洗之后，一颗颗洁白肥胖的花生就呈现在眼前，这时候恨不得即刻将它剥开，"咔"的那个清脆的响声，也是独特的。

里面的果仁包着红颜色的衣，有时是紫色。大家以为花生不能生吃，那是水分干了，才有点所谓"臭青"的味道，我在花生田里尝过刚刚拔出来的，那股清香至今难忘。不过花生农夫看到我那副馋嘴相，还是摇头笑道："别吃太多，太多了会肚子痛。"

花生的吃法，仔细研究出来至少有上百种。最普通是把它炒熟了，这是我最不喜欢的，有时那层衣还会黏在气管或喉咙上，让我咳个半死。

收获后即刻水煮最佳，吃了也不会满口油，咬起来软熟，满口香甜，剥完又剥，吃个饱死为止。

比煮更高级的是隔火焖之。小贩们一车车推出街上，看到了非买不可。可惜这种行业已见不到，偶尔在旺角还找到一档，老头走不动时，便在香港消失了。

这种吃法在大陆还很普遍，通常是用一个香烟铁罐当量器，以当地最小的硬币交易，然后把花生倒在一个卷起来的纸筒中递到客人手里。我爸妈看我们带着女伴上街乱花钱的时候，常说当年他们两人只用一个铜板，买了花生在公园中剥，一天很容易度过。

当时我也想这么做，不过没找到一位像我妈那样的淳朴的女朋友。

水煮后风干的花生也很不错。当今在九龙城的街市经常可以买到，便宜时五块钱一斤，一买就是五公斤，吃个不停，吃完了屁也放个不停。

连壳煮，煮得湿湿地剥开来吃又有另一番味道，但是煮得入味与否、够不够软熟，完全是经验和学问。我在绍兴时试过的几家餐馆，煮花生都做得不错，但是和咸亨酒家的一比，就比下去了，没有比他们的水煮花生更好的下酒餸，捧着那碗浓得挂壁的太雕，再多来七八碟水煮花生也吃不厌。鲍参翅肚，走开一边吧！

南洋一带，还喜欢把花生用慢火烩干。最著名的当然是马来西亚怡保的万里望。十二三岁时到当地旅行，看街边一档档小贩卖铁罐装的，一大桶一大桶十分便宜，买回去后倒出来，才发现桶里塞了三分之二的沙石和报纸，花生只铺在上面一层。人生第一次遇上骗局，记忆犹新。

出名的万里望有农夫牌和手指牌，认定了去买，才知道有好几个农夫和好几只手指，也不知哪一家是正宗的，难吃起来牙齿咬崩了也不香，好吃的入口即化，吃个不停。家父的葬礼上，守夜之余，全靠万里望，才止住眼泪。

真是爱死花生。尤其是卤水，学问更大。餐厅里开饭之前总有一碟，做得好的话宁愿整晚食之，也不多碰正餐。广州白天鹅酒店对面，有一家叫"侨美"的饭馆，所做卤水花生一流，叫个十碟，面不改色，但嫌略甜。最好吃的应该是新加坡的一间叫"发记"的潮州餐厅，用卤水鹅的汁去煮花生，天下绝品。

但是花生也有讨厌之处，榨成的花生油，味道就是我最不喜欢的，用花生酱来涂面包，愈吃愈觉得平庸俗气。酒吧中桌前那碟煎花生米，更是没有文化，世上那么多好的下酒餸，为什么要吃这种单眼镜博士牌子的美国货？

花生还有一个情形之下最过瘾，那就是在新加坡莱佛士酒店里的"长吧"。当地扔垃圾会被罚款，酒徒们集中在这里面，一边呷啤酒一边把花生壳丢得满地，以图发泄。

那一年住巴塞罗那，好几个月的西班牙海鲜饭吃下来，吃得怕了。想起花生煲猪脚，想疯了，决定自己做来吃，猪脚猪手都能找到，就是没有生的花生，后来要托人到产地去才找到几磅，即刻炮制。

先把花生用滚水过一过，去掉衣上的涩味，就可以煮了，和猪脚一起煲一小时三十分左右，又香又软熟，汤不必下味精也够甜。

整锅猪脚花生一个人吃个精光，中国人表现饱的手势是捧着肚皮，意大利人手掌放在喉咙处，西班牙人做双手从双耳流出状。当时我才明白他们形容得贴切，我的确是吃花生吃得快要从耳朵喷出来，大乐也。

瓜子

周作人

乡下新年客来，在没有香烟的时候，清茶果茶之后继以点心，必备瓜子花生，年糕粽子，此外炸元宵、小包子、花饺、烧卖之类，则对于客之尊亲者始有，算是盛设了。落花生在明季自南洋入中国，吃瓜子的风俗不知起于何时，大概相当的早吧，在小说中仿佛很少说及，只在文昭的《紫幢轩诗集》中见到年夜诗云：漏深车马各还家，通夜沿街卖瓜子。此人是王渔洋的弟子，是康熙时人。曾见西班牙人小说，说及女人嗑葵花子，不知是否与亚剌伯人有关，也不知道别国还有此习俗否。平常待客用的都是市上卖的黑瓜子，但个人经验觉得吃西瓜时所留下的子，色黄粒小，可是炒了吃很香，实在比大而黑的还要好。此外南瓜子及向日葵子也都可以吃，比较容易嗑，肉亦较多，但不知怎的似乎不能算是正宗，不用于请客席上。小孩们有谜语云：一百小烧饼，吃了一百还有二百剩，这显然是指西瓜子，南瓜子与葵花子并不在内，因为那两种嗑开时壳都不能干脆地分作两片，由此可知在儿童心中的瓜子也还是那西瓜子也。

1950.11.1

吃瓜子

丰子恺

　　从前听人说：中国人人人具有三种博士的资格：拿筷子博士、吹煤头纸博士、吃瓜子博士。

　　拿筷子，吹煤头纸，吃瓜子，的确是中国人独得的技术。其纯熟深造，想起了可以使人吃惊。这里精通拿筷子法的人，有了一双筷，可抵刀锯叉瓢一切器具之用，爬罗剔抉，无所不精。这两根毛竹仿佛是身体上的一部分，手指的延长，或者一对取食的触手。用时好像变戏法者的一种演技，熟能生巧，巧极通神。不必说西洋了，就是我们自己看了，也可惊叹。至于精通吹煤头纸法的人，首推几位一天到晚捧水烟筒的老先生和老太太。他们的"要有火"
比上帝还容易，只消向煤头纸上轻轻一吹，火便来了。他们不必出数元乃
至数十元的代价去买打火机，只要有一张纸，便可临时在膝上卷起煤头纸来，
向铜火炉盖的小孔内一插，拔出来一吹，火便来了。我小时候看见我们染
坊店里的管账先生，有种种吹煤头纸的特技。我把煤头纸高举在他的额旁
边了，他会把下唇伸出来，使风向上吹；我把煤头纸放在他的胸前了，他
会把上唇伸出来，使风向下吹；我把煤头纸放在他的耳旁了，他会把嘴歪
转来，使风向左右吹；我用手按住了他的嘴，他会用鼻孔吹，都是吹一两
下就着火的。中国人对于吹煤头纸技术造诣之深，于此可以窥见。所可惜者，
自从卷烟和火柴输入中国而盛行之后，水烟这种"国烟"竟被冷落，吹煤
头纸这种"国技"也很不发达了。生长在都会里的小孩子，有的竟不会吹，
或者连煤头纸这东西也不曾见过。在努力保存国粹的人看来，这也是一种
可虑的现象。近来国内有不少人努力于国粹保存。国医、国药、国术、国乐，
都有人在那里提倡。也许水烟和煤头纸这种国粹，将来也有人起来提倡，
使之复兴。

但我以为这三种技术中最进步最发达的，要算吃瓜子。近来瓜子大王
的畅销，便是其老大的证据。据关心此事的人说，瓜子大王一类的装纸袋
的瓜子，最近市上流行的有许多牌子。最初是某大药房"用科学方法"创
制的，后来有什么"好吃来公司"、"顶好吃公司"等种种出品陆续产出。
到现在差不多无论哪个穷乡僻处的糖食摊上，都有纸袋装的瓜子陈列而倾
销着了。现代中国人的精通吃瓜子术，由此盖可想见。我对于此道，一向
非常短拙，说出来有伤于中国人的体面，但对自家人不妨谈谈。我从来不

曾自动地找求或买瓜子来吃。但到人家做客，受人劝诱时；或者在酒席上、杭州的茶楼上，看见桌上现成放着瓜子盆时，也便拿起来咬。我必须注意选择，选那较大、较厚而形状平整的瓜子，放进口里，用臼齿"格"地一咬，再吐出来，用手指去剥。幸而咬得恰好，两瓣瓜子壳各向两旁扩张而破裂，瓜仁没有咬碎，剥起来就较为省力。若用力不得其法，两瓣瓜子壳和瓜仁叠在一起而折断了，吐出来的时候我就担忧。那瓜子已纵断为两半，两半瓣的瓜仁紧紧地装塞在两半瓣的瓜子壳中，好像日本版的洋装书，套在很紧的厚纸函中，不容易取它出来。这种洋装书的取出法，现在都已从日本人那里学得，不要把指头塞进厚纸函中去力挖，只要使函口向下，两手扶着函，上下振动数次，洋装书自会脱壳而出。然而半瓣瓜子的形状太小了，不能应用这个方法，我只得用指爪细细地剥取。有时因为练习弹琴，两手的指爪都剪平，和尚头一般的手指对它简直毫无办法。我只得乘人不见把它抛弃了。在痛感困难的时候，我本拟不再吃瓜子了。但抛弃了之后，觉得口中有一种非甜非咸的香味，会引逗我再吃。我便不由得伸起手来，另选一粒，再送交臼齿去咬。不幸而这瓜子太燥，我的用力又太猛，"格"地一响，玉石不分，咬成了无数的碎块，事体就更糟了。我只得把粘着唾液的碎块尽行吐出在手心里，用心挑选，剔去壳的碎块，然后用舌尖舐食瓜仁的碎块。然而这挑选颇不容易，因为壳的碎块的一面也是白色的，与瓜仁无异，我误认为全是瓜仁而舐进口中去嚼，其味虽非嚼蜡，却等于嚼沙。壳的碎片紧紧地嵌进牙齿缝里，找不到牙签就无法取出。碰到这种钉子的时候，我就下个决心，从此戒绝瓜子。戒绝之法，大抵是喝一口茶来漱一漱口，点起一支香烟，或者把瓜子盆推开些，把身体换个方向坐了，以示不再对它发生关系。然而过了几分钟，与别人谈了几句话，不知不觉之间，会跟了别人而伸手向盆中摸瓜子来咬。等到自己觉察破戒的时候，往往是已经咬过好几粒了。这样，吃了非戒不可，戒了非吃不可；吃而复戒，戒而复吃，我为它受尽苦痛。这使我现在想起了瓜子觉得害怕。

但我看别人，精通此技的很多。我以为中国人的三种博士才能中，咬瓜子的才能最可叹佩。常见闲散的少爷们，一只手指间夹着一支香烟，一只手握着一把瓜子，且吸且咬，且咬且吃，且吃且谈，且谈且笑。从容自由，真是"交关写意"！他们不须拣选瓜子，也不须用手指去剥。一粒瓜子塞进了口里，只消"格"地一咬，"呸"地一吐，早已把所有的壳吐出，而在那里嚼食瓜子的肉了。那嘴巴真像一具精巧灵敏的机器，不绝地塞进瓜子去，不绝地"格"、"呸"，"格"、"呸"……全不费力，可以永无罢休。女人们、小姐们的咬瓜子，态度更加来得美妙；她们用兰花似的手指摘住瓜子的圆端，把瓜子垂直地塞在门牙中间，而用门牙去咬它的尖端。"的，的"两响，两瓣壳的尖头便向左右绽裂。然后那手敏捷地转个方向，同时头也帮着微微地一侧，使瓜子水平地放在门牙口，用上下两门牙把两瓣壳分别拨开，咬住了瓜子肉的尖端而抽它出来吃。这吃法不但"的，的"的声音清脆可听，那手和头的转侧的姿势窈窕得很，有些儿妩媚动人。连丢去的瓜子壳也模样姣好，有如朵朵兰花。由此看来，咬瓜子是中国少爷们的专长，而尤其是中国小姐、太太们的拿手戏。

在酒席上、茶楼上，我看见过无数咬瓜子的圣手。近来瓜子大王畅销，我国的小孩子们也都学会了咬瓜子的绝技。我的技术，在国内不如小孩子们远甚，只能在外国人面前占胜。记得从前我在赴横滨的轮船中，与一个日本人同舱。偶检行箧，发见亲友所赠的一罐瓜子。旅途寂寥，我就打开来和日本人共吃。这是他平生没有吃过的东西，他觉得非常珍奇。在这时候，我便老实不客气地装出内行的模样，把吃法教导他，并且示范地吃给他看。托祖国的福，这示范没有失败。但看那日本人的练习，真是可怜得很！他如法将瓜子塞进口中，"格"地一咬，然而咬时不得其法，将唾液把瓜子的外壳全部浸湿，拿在手里剥的时候，滑来滑去，无从下手，终于滑落在地上，无处寻找了。他空咽一口唾液，再选一粒来咬。这回他剥时非常小心，把咬碎了的瓜子陈列在舱中的食桌上，俯伏了头，细细地剥，好像修理钟表的样子。约摸一二分钟之后，好容易剥得了些瓜仁的碎片，郑重地塞进口里去吃。我问他滋味如何，他点点头连称 umai umai！（好吃，好吃！）我不禁笑了出来。我看他那阔大的嘴里放进一些瓜仁的碎屑，犹如沧海中投以一粟，亏他辨出 umai 的滋味来。但我的笑不仅为这点滑稽，本由于骄矜自夸的心理。我想，这毕竟是中国人独得的技术，像我这样对于此道最拙劣的人，也能在外国人面前占胜，何况国内无数精通此道的少爷、小姐们呢？

发明吃瓜子的人，真是一个了不起的天才！这是一种最有效的"消闲"法。要"消磨岁月"，除了抽鸦片以外，没有比吃瓜子更好的方法了。其所以最有效者，为了它具备三个条件：一、吃不厌；二、吃不饱；三、要剥壳。

俗语形容瓜子吃不厌，叫作"勿完勿歇"。为了它有一种非甜非咸的香味，能引逗人不断地要吃。想再吃一粒不吃了，但是嚼完吞下之后，口中余香不绝，不由你不再伸手向盆中或纸包里去摸。我们吃东西，凡一味甜的，或一味咸的，往往易于吃厌。只有非甜非咸的，可以久吃不厌。瓜子的百吃不厌，便是为此。有一位老于应酬的朋友告诉我一段吃瓜子的趣话：说他已养成了见瓜子就吃的习惯。有一次同了朋友到戏馆里看戏，坐定之后，看见茶壶的旁边放着一包打开的瓜子，便随手向包里掏取几粒，一面咬着，一面看戏。咬完了再取，取了再咬。如是数次，发见邻席的不相识的观剧者也来掏取，方才想起了这包瓜子的所有权。低声问他的朋友："这包瓜子是你买来的么？"那朋友说"不"，他才知道刚才是擅吃了人家的东西，便向邻座的人道歉。邻座的人很漂亮，付之一笑，索性正式地把瓜子请客了。由此可知瓜子这样东西，对中国人有非常的吸引力，不管三七二十一，见了瓜子就吃。

俗语形容瓜子吃不饱，叫作"吃三日三夜，长个屎尖头"。因为这东西分量微小，无论如何也吃不饱，连吃三日三夜，也不过多排泄一粒屎尖头。为消闲计，这是很重要的一个条件。倘分量大了，一吃就饱，时间就无法消磨。这与赈饥的粮食目的完全相反。赈饥的粮食求其吃得饱，消闲的粮食求其吃不饱。最好只尝滋味而不吞物质。最好越吃越饿，像罗马亡国之前所流行的"吐剂"一样，则开筵大嚼，醉饱之后，咬一下瓜子可以再来开筵大嚼。一直把时间消磨下去。

要剥壳也是消闲食品的一个必要条件。倘没有壳，吃起来太便当，容易饱，时间就不能多多消磨了。一定要剥，而且剥的技术要有声有色，使它不像一种苦工，而像一种游戏，方才适合于有闲阶级的生活，可让他们愉快地把时间消磨下去。

具足以上三个利于消磨时间的条件的，在世间一切食物之中，想来想去，只有瓜子。所以我说发明吃瓜子的人是了不起的天才。而能尽量地享用瓜子的中国人，在消闲一道上，真是了不起的积极的实行家！试看糖食店、南货店里的瓜子的畅销，试看茶楼、酒店、家庭中满地的瓜子壳，便可想见中国人在"格，呸"、"的，的"的声音中消磨去的时间，每年统计起来为数一定可惊。将来此道发展起来，恐怕是全中国也可消灭在"格，呸"、"的，的"的声音中呢。

我本来见瓜子害怕，写到这里，觉得更加害怕了。

一九三四年四月廿日

栗子

梁实秋

栗子以良乡的为最有名。良乡县在河北，北平的西南方，平汉铁路线上。其地盛产栗子。然栗树北方到处皆有，固不必限于良乡。

我家住在北平大取灯胡同的时候，小园中亦有栗树一株，初仅丈许，不数年高二丈以上，结实累累。果苞若刺猬，若老鸡头，遍体芒刺，内含栗两三颗。熟时不摘取则自行坠落，苞破而栗出。捣碎果苞取栗，有浆液外流，可做染料。后来我在崂山上看见过巨大的栗子树，高三丈以上，果苞落下狼藉满地，无人理会。

在北平，每年秋节过后，大街上几乎每一家干果子铺门外都支起一个大铁锅，翘起短短的一截烟囱，一个小利巴挥动大铁铲，翻炒栗子。不是干炒，是用沙炒，加上糖使沙结成大大小小的粒，所以叫作糖炒栗子。烟煤的黑烟扩散，哗啦哗啦的翻炒声，间或有栗子的爆炸声，织成一片好热闹的晚秋初冬的景致。孩子们没有不爱吃栗子的，几个铜板买一包，草纸包起，用麻茎儿捆上，热乎乎的，有时简直是烫手热，拿回家去一时舍不得吃完，藏在被窝垛里保温。

煮咸水栗子是另一种吃法。在栗子上切十字形裂口，在锅里煮，加盐。栗子是甜滋滋的，加上咸，别有风味。煮时不妨加些八角之类的香料。冷食热食均佳。

但是最妙的是以栗子做点心。北平西车站食堂是有名的西餐馆。所制"奶油栗子面儿"或称"奶油栗子粉"实在是一绝。栗子磨成粉，就好像花生粉一样，干松松的，上面浇大量奶油。所谓奶油就是打搅过的奶油（whipped cream）。用小勺取食，味妙无穷。奶油要新鲜，打搅要适度，打得不够稠固然不好吃，打过了头却又稀释了。东安市场的中兴茶楼和国强西点铺后来也仿制，工料不够水准，稍形逊色。北海仿膳之栗子面小窝头，我吃不出栗子味。

杭州西湖烟霞岭下翁家山的桂花是出名的，尤其是满家弄，不但桂花特别的香，而且桂花盛时栗子正熟，桂花煮栗子成了路边小店的无上佳品。徐志摩告诉我，每值秋后必去访桂，吃一碗煮栗子，认为是一大享受。有一年他去了，桂花被雨摧残净尽，他感而写了一首诗《这年头活着不易》。

十几年前在西雅图海滨市场闲逛，出得门来忽闻异香，遥见一意大利人推小车卖炒栗。论个卖——五角钱一个，我们一家六口就买了六颗，坐在车里分而尝之。如今我们这里到冬天也有小贩卖"良乡栗子"了。韩国进口的栗子大而无当，并且煳皮，不足取。

炒栗情缘

舒婷

前往书市的大街水泄不通，陪我们去签名售书的成平总编频频举腕看手表，焦灼之情溢言于形。忽然一阵诱人垂涎的香味随风飘来，我即刻扑到车窗上，游目四顾。成平以为我见到什么老朋友了，不错，是最好的老朋友——糖炒板栗。

不幸的是车子紧接着开动，开幕的时间眼看不及，我不敢坚持下车为贪口福而误大事。成平不断抚慰我定有补偿，仍是怏怏然。

书市结束那个晚上，成平陪我们上街，几位女伴都在商场试装，不停地脱衣、着衣，唯有我心神不属。终于吸吸鼻子，循味找到那口大锅。不知是因为急不可耐以至有欠火候，还是当地水土之故，武汉的炒板栗既夹生也不甜糯，失望至极自不待言。好比循着伊人情影，袅袅婷婷不知转悠了多少时间，待她忽然转过脸来，觑得真切，不过一寻常女子。

闽南谜语："上开花下结籽，老人囡仔馋得要死。"指的是花生。花生作为一种最悠久最普遍的零食，大概是易于保存的缘故。栗子的季节性太强，又蚀得快，真有迅雷不及掩耳之感。有位女友知我对栗子情有独钟，特意从北京托人带5斤新鲜大栗子给我。那人不过拐弯到福州多待两天，栗子到我手中，已蚀空了大半，想必那东西好吃得紧，连虫子也懂得争分夺秒，不甘人后。从北京开会归来，几位同仁合住一软卧，老作家怀揣书本，壮年汉子拎两瓶酒，年轻人则揣一副扑克。路途漫长，有知我者赶热送两斤炒栗子抛进车窗。不等列车开动，我已开吃。唇也黑了，手也脏了，腮帮也咬疼了，五个中倒有四个是坏的。想必北京因有位善吃的汪曾祺老先生，好栗子轮不到我吃了。

算得上经典的是上海的桂花炒板栗，到上海开会或转途上海，最大的理由是可以在街上买到一袋炒栗子。有次索性称了5斤回厦门与儿子分享，为图细水长流，把栗子严密封存于铁罐之中，过了两天均长白霉。真是生也难养，熟也难养。

最是难忘当数老家漳州的糖炒栗子。那一头挑子上昏着一盏灯，搁着小锅，锅里的石子焦油乌亮。锅前嵌一块滑溜灿黄的铜板。买时现从热锅里掏，搁一个铜板上，小铲子一压，栗子就张开小口，手势之熟练，节奏极强的脆响，给期待的心情推波助澜。忽然锅里爆开一个大栗子，大家猛地一惊又哈哈大笑，犹如结了一个灯花那样喜气洋洋。为了让 5 岁的儿子也体验一下故乡的风情，曾带着他到漳州，雇一辆三轮车，沿街找去。那是下午，栗子摊通常在华灯初上的时候出现。因此我们几乎穿过了整个小城市，才找到人家门里去。那栗子之香糯，真是给儿子大大长了漳州人的志气。虽然车钱不知比炒栗子的价钱贵了多少。

有关炒板栗的小故事顺手可以捡出一大箩来。插队时节，山区的板栗新鲜，个儿大，回家过年前我买了 10 斤准备带上，晾在簸子上。那夜同伴为我饯行，灯下聊天至深夜，我提议：清水煮板栗如何？响应者从，积极烧火，烫兮兮地抢吃。风卷残云罢，犹有不足，再烧火，再吹着两手倒着吃，如此有三。天亮我打装上了路，除了满地栗子壳，簸子上空空如也。今年龙岩地区组织知青还乡团，我忝列其中。一路上又汲鼻子又托眼镜，季节尚早，栗子青青于树上。退而求之，是一种或叫椎子或叫圆子的小棒子，豆仁大小，当年一竹筒卖五分钱，够好几个知青把牙都啃歪了。如今却也可遇而不可求，连个影儿也无。

看过一篇文章，先是盛赞中国人的炒板栗如何国粹，如何合乎"栗子之道"，再挖苦法国人的铁板烧栗子何等惨无栗道，大煞风景。半信半疑着，在我看来，只要栗子品种过硬，或蒸或煮或烧或炒，当不失天生丽质。好比我所倾倒的那些会做文章的人，问津国事也好，坊间笑谈也好，乃至捻草捉虫，都能直抵个中三昧。

去年秋天去维也纳。上街果然每隔一个路口就有一亭子，铁板烧栗子是也。初时袋无分文，向陪同的汉学生借 10 元，买 6 个，各分 3 个，放在齿缝里细细品尝，果然不凡。洋烤栗不仅个儿大，新鲜，果仁嫩黄糯面，从未发现一个坏的，而且吃完唇上指尖干干净净，不像汉栗，非给它的信徒们留下印记不可。

中国驻奥文化参赞孙书柱夫妇开车，带我游览中央公墓，那里最著名的墓园是贝多芬、施特劳斯的安息处，公园门口卖的烧栗子便宜多了，彼时我的腰包略鼓，因此大出手，替各人买20元17个栗子，吃得直暖气，次日火眼金睛起来。突然"叶"的一声，什么东西从枝叶间掉下来，砸在我的脑袋中，低头一看，却是一颗肥硕大板栗。弯腰去捡，才发现草地上到处都是，转瞬口袋装满了，怀里抱不下，扑簌簌往下掉，大叫："快来帮我。"

孙书柱慢悠悠问我："你想带回国吗？"我大急："哪里的话！我住旅馆，也无法弄熟它。你们带回使馆宿舍，简直可以开个栗子宴请其他同志呢。"

孙书柱叹了口气："英兰刚来时，也捡了满满一书包回去，我告诉她这种栗子是喂马的，她也是不信，把好端端一个电饭煲给烧穿了，也没煮透。"英兰在旁抿着嘴乐，看我嗒然若失，怀中栗子撒了一地。

维也纳有三件宝贝举世闻名：第一是斯蒂文教堂；第二是施特劳斯牌的巧克力；第三是会随音乐翩翩起舞的白色马。

那白色舞马自然是吃栗子的。幸福的维也纳马！

扬州名点蜂糖糕

唐鲁孙

最近扬州菜在台北好像很走红，以淮扬菜肴为号召的饭馆、扬州餐点的小吃店，接二连三开了不少家出来。可是走遍了台北市，那些饭馆或是小吃店，都没有蜂糖糕供应（在扬州也是茶食店才有蜂糖糕卖）。

扬州的面点虽然有名，可是十之八九，都是从别的省份传过来的，例如扬州干丝，是全国闻名，可是做干丝的豆腐干，讲究用徽干。顾名思义，徽干的制法，是从安徽传过来的。千层油糕、翡翠烧卖，就是光绪末年，有个叫高乃超的福州人，来到扬州教场开了一个可可居，以卖千层油糕、翡翠烧卖闻名远近，后来茶馆酒肆纷纷仿效，久而久之，反倒成为扬州点心了。

谈到蜂糖糕，来源甚古，倒确乎是扬州点心。传说蜂糖糕原名"蜜糕"，唐昭宗时，吴王杨行密为淮南节度使，他对蜜糕有特嗜，后封吴王，待人宽厚俨雅，深得民心。淮南江东民众，感恩戴德，为了避他名讳，因为糕发如蜂窝，所以改叫蜂糖糕。后来有人写成丰糖糕，那就讲不通了。蜂糖糕不像广东马拉糕松软到入口无物的感觉，更不像奶油蛋糕腴而厚腻的滞喉。蜂糖糕分荤素两种，荤者加入杏仁大小猪油丁，鹅黄凝脂，清美湛香，比起千层糕来，甘旨柔涓，又自不同。

民国二十一年，笔者到扬州参加淮南食盐岸商同业会会议，会后中南银行行长胡笔江兄，叫人到辕门桥的麒麟阁买几块蜂糖糕，准备带回上海送人，我也打算买几块带回北平，让亲友们尝尝扬州名点蜂糖糕是什么滋味。谦益永盐号经理许少浦说："蜂糖糕以左卫街五云斋做的最好，后来东伙闹意见收歇，麒麟阁的蜂糖糕才独步当时，他们的师傅都是盐号里帅厨子的徒弟教出来的，帅厨现在虽然上了年纪回家养老，可您要是让他做几块蜂糖糕，老东家的事，他一定乐于效力一献身手的（帅厨子是先祖当年服官苏北所用厨师）。"

果然在我会后回北平的时候，帅厨真做了几大块蜂糖糕送来，我因携带不便，送了两块给陈含光姻丈尝尝。含老精于饮馔，他说当年辕门桥的"柱升"，多子街的"大同"所做蜂糖糕，都比麒麟阁高明，可惜货高价昂，两家相继收歇，前若干年就听说帅师傅的蜂糖糕独步扬州，可惜未能一尝，引为憾事，想不到若干年后，竟然能够吃到。元修遗绪凤愿得偿，果然风味复绝，与时下市上卖的蜂糖糕味道不同，高兴之下，立刻写了一副篆联相赠。若不是蜂糖糕之功，想得此老墨宝，三五个月也不一定能到手呢！

抗战之前，有一年秋天，我在扬州富春花局吃茶。花局主人陈步云对于茶叶调配颇有研究，富春的茶就是他用几种茶叶配合，能泡到四遍不变色冲淡。我正在向他请益，忽然来了一双时髦茶客，是李英陪着顾兰君趁到焦山拍电影出外景之便，慕名过江到富春吃扬州点心。李英跟陈步云也是熟识，顾兰君一坐下就要吃蜂糖糕。可是蜂糖糕扬州的茶食店才有售，茶馆店卖点心，从来不卖蜂糖糕的。陈步云知道帅厨子的蜂糖糕最拿手，也只有我才烦得动他，于是陈、李二人一阵耳语，少不得由帅厨子多做了两块，给他们带到上海去解馋。这话一提来，已经是四十多年前的往事了。来到台湾，虽有几家苏北亲友会做蜂糖糕，可是入嘴之后，总觉得甜润不足，是否大家讲求健康、糖油减量所致，就不得而知了。

抗战时期，征人远戍，有一天心血来潮，忽然想起北平东四牌楼点心铺卖的玉面蜂糕，它松软柔滑，核桃剥皮未净，甘中带涩的滋味，非常好吃。等到胜利收京，复员北平，那家点心铺早已收歇，别家的玉面蜂糕吃起来似是而非、远非昔比，但愿将来有机会回大陆，别说像北平的蜂糕能吃到，能有扬州辕门桥麒麟阁那样的蜂糖糕，也就心满意足啦。

蜜饯

王稼句

　　苏州蜜饯久负盛名，顾震涛《吴门表隐附集》称"业有混名著名者"有"小枣子橄榄"、"家堂里花生"、"小青龙蜜饯"等，这是道光初年的事。至同治年间，虽有糖果公所之设，但经营者屈指可数。光绪末年，苏州仅有朱祥泰、益昌尧、张祥丰、张长丰四家，以后其他都倒闭，唯有张祥丰一家，几乎垄断苏州蜜饯业，其间虽有成记、豫成丰、泰丰洽、张永丰等店家，但规模远不能和张祥丰相比。从民国初年至抗战前，苏式蜜饯遍及江南四乡集镇，行销各大城市，花式品种繁多，鼎盛一时。苏州蜜饯有丁香果、金橘饼、九制陈皮、青梅、话梅、大福果、金丝蜜枣等。蜜饯自然也是茶食的一种，有的具有一定的药用功效，然而并非是药，只能算是一点小小的意思而已。

九制陈皮，又称青盐陈皮，制销历史悠久，顾禄《桐桥倚棹录》卷十记道："陈皮以虎丘宋公祠为著名。先止山塘宋文杰公祠制卖，今忠烈公祠及文恪公祠皆有陈皮、半夏招牌。制法既同，价亦无异。朱昆玉《咏吴中食物》诗云：'酸甜滋味自分明，橘瓣刚来新会城。等是韩康笼内物，戈家半夏许齐名。（吴郡戈氏制半夏，为时所尚。）'"实质橘皮也未必全从广东新会运来，苏州陈皮都取西山蟹橙之皮，也由来已久，想来当时洋货已大量输入，广东地方得风气之先，故而标榜以广货，也算异味，这在近世的消费心态变化里，也略略可以见得。取橙皮经九道工序而成，故称九制，成品呈橙黄色，片薄匀称，质地韧糯，味咸、甜、香、酸兼有，缓缓品食，津液徐来，具有解渴生津、理气开胃的功效。

糖渍青梅，苏州光福、西山梅林最盛，所产青梅松脆清酸，食之颇有回甘。小满前后，果农就摘青梅子，挑大者倒入缸中浴果，加入少量细盐，一昼夜后，即用铜针在每只梅子上刺八九针，然后用白糖腌制，每百斤梅子要用白糖八九十斤，半个月后，缸里泛起腌梅卤，吸入卤汁的梅子青绿发亮，三个月后，就可出品，色泽青润，甜中带酸，嫩脆爽口，健脾开胃。雕梅是苏式蜜饯中的珍品，也就是糖渍青梅的工艺化制作，将青梅用刀划十三刀六环，去核后糖渍，顺着刀纹拉开，环环相扣，形似花篮，玲珑剔透，在青翠之中镶嵌一颗红樱桃，鲜艳夺目，不啻筵席上的佳丽。

话梅，源于广东，抗战前传入苏州，为适应苏州人口味，改制为苏式话梅。选用芒种后采摘的黄熟梅子，俗呼黄梅，洗净后入缸用盐水浸泡，月余取出晒干，晒干后用清水漂洗，再晒干，然后用糖料泡腌，再取出晒干，如此反复多次，人称"十蒸九晒，数月一梅"。出品时肉厚干脆、甜酸适度，可保存数年而不变质。话梅能生津缓渴，从"望梅止渴"的典故，便可知其功效了。苏州的话梅，酸甜咸香浑为一体，酸中有甜，甜中发咸，咸中带香，慢嚼细品，既能开胃，又能调味，也属茶食的佳品。

苏橘饼，相传清代曾进入宫廷，故也有贡饼之称。它精选东山料红橘，划纹烫漂，榨汁去核，然后反复糖渍而成，果形完整，饼身干爽，表面有结晶糖霜，但仍保持橘红颜色，橘香浓郁，鲜洁爽口，除佐食小吃之外，也作月饼、糕点之馅。

金橘饼，俗呼奎金饼，为金柑的糖制品。金柑果实较小，与柑橘不同，皮肉都可口，上好的金橘无酸味，陆游《杂咏园中果子》一首咏道："不酸金橘种初成，无核枇杷接亦生。珍产已从幽圃得，浊醪仍就小槽倾。"金橘饼形态细巧似菊花，色泽金黄，饼身干爽，饼质滋润，甘甜爽口，具有开胃健脾的功效。

金丝蜜枣，约两百年前产于安徽歙县，后传入苏州，经改造而自成一格。顾震涛《吴门表隐》称"白露酥，枣之美者，出东山"，白露酥即白蒲枣，每年八月成熟，果皮薄而光洁，肌质较松，味淡，苏式金丝蜜枣便取料于此。其色如琥珀，长扁圆形，枣身干爽，表面纹丝均匀整齐，宛如金丝，并泛有白色糖霜，故俗呼泛沙蜜枣，入口酥松甜糯。金丝蜜枣中的上品称为天香枣，枣形饱满肥大，伴有百果异香，做法是将白蒲枣加工后，剔去枣核，填入百果馅心，有瓜子仁、核桃仁、青黄丁、松子仁、冬瓜糖、糖桂花等，然后用糖液封口进行焙烤。

糖佛手，为雕花糖渍蜜饯，实则用胡萝卜为原料，色泽金黄透亮，形似纤纤素手，故以得名。糖佛手质地柔糯，食之清甜鲜洁，具有胡萝卜特有的芳香，可作为佐食小吃，也可作筵席的点缀。

橙皮脯，为苏式青盐蜜饯，用秋末时苏州所产香橙为原料，加白砂糖蜜渍，晒干后剪成方形薄小块，再用绵白糖拌和即成，吃口清香可口，能增进食欲、顺气止咳、健胃化痰。

白糖杨梅干，选用西山杨梅，剔选个大而均匀者，用白砂糖精工蜜渍，再用绵白糖拌和。吃口甜中带酸，能止呕泻，消食醒醉。

清水山楂糕，苏州所出有松子仁点缀，故与别处不同，它的色泽透明鲜红，质地细腻软糯，滋味甜中带酸，酒后食之，更为适口。它有化食消积、止呕止泻及降低胆固醇等食疗功效，尤适宜于患动脉硬化性的高血压者食用。

清水甘草梅皮，又称甜梅皮，取光福、东山、西山黄熟梅子皮精制而成。梅子皮愈薄愈佳，加白砂糖拌和晒干，反复多次乃成。其味甜中带酸，略微带咸，爽口开胃。

玫瑰酱，苏式清水蜜饯中的上品，采用鲜艳瓣厚、香味浓郁的玫瑰花，经梅卤腌制，能保持原有的色香，再经混合捣烂成酱，鲜艳玫红，酱细和润，甜酸适口，香味芬芳，具有越陈越香、色味不变的特色。用玫瑰酱蘸食粽子、馒头、面包、吐司等，风味更佳，且能增进食欲。

螺蛳

郑逸梅

家肴隽洁，螺蛳虽一二簋已足适口充肠。不必以食前方丈为贵也。迭日荆人烹制螺蛳，盖荆人与予有同嗜焉。螺蛳，亦称蛳螺。为动物之有旋线硬壳，其体可以宛转藏伏者。大者曰田螺，小者曰螺蛳。于兹初春时节，为应时鲜品，过此则未免有水蛭寄生，日孕软壳胎螺甚多，殊不相宜也。

螺蛳为平民化食物，每斤只百数十文。小菜所购者，大都已去其尾壳，不可多隔时日，多隔时日即死，然进啖时少铰剪之烦，得朵颐之快，亦有足取者。

是物产于水田中，繁殖异常。农民可涉足水田中摸取之，盈筐满担，载以入市。我入购之归，以清水浸之，俾去泥滓，烹以油酒酱油，火候必须相当，否则过犹不及，食取其肉均甚艰涩也。或调味后，置于饭镬之上蒸之，亦熟，有稍和糟汁者，尤为香烈而美。

友人陶孝初，述其表叔朱颂华在乡教读，家贫甚，又自膳，每日晓起，至溪边摸螺蛳，为佐膳之品。久之，乡人笑指为摸螺蛳先生。孝初之父戏赠以诗曰："晓风柳岸步迟迟，手执筠筐向水湄。笑煞渔家小姑嫂，先生也学摸螺蛳。"诗出，一时传为笑柄。

江湖卖技，以诙谐说唱为业者，必须舌底翻澜，滔滔不绝为止，若一迟顿，便不动听，故术语称迟顿曰："吃螺蛳。"

曩岁，倭卒犯沪，予与居停但氏，俱以家在战区，仓皇出走。予寄寓辛家花园，但氏亦暂赁屋于静安寺路安乐坊居停家。群居谈笑，藉以消磨，其时适在春初，螺蛳充斥，我侪日以螺蛳为下酒物，而殷明珠女士嗜之尤甚，能啖螺蛳尽一器，至今回忆，此景此情，犹在目前也。

酸梅汤与糖葫芦

梁实秋

夏天喝酸梅汤，冬天吃糖葫芦，在北平是不分阶级人人都能享受的事。不过东西也有精粗之别。琉璃厂信远斋的酸梅汤与糖葫芦，特别考究，与其他各处或街头小贩所供应者大有不同。

徐凌霄《旧都百话》关于酸梅汤有这样的记载：

> 暑天之冰，以冰梅汤为最流行，大街小巷，干鲜果铺的门口，都可以看见"冰镇梅汤"四字的木檐横额。有的黄底黑字，甚为工致，

迎风招展，好似酒家的帘子一样，使过往的热人，望梅止渴，富于吸引力。昔年京朝大老，贵客雅流，有闲工夫，常常要到琉璃厂逛逛书铺，品品骨董，考考版本，消磨长昼。天热口干，辄以信远斋梅汤为解渴之需。

信远斋铺面很小，只有两间小小门面，临街是旧式玻璃门窗，拂拭得一尘不染，门楣上一块黑漆金字匾额，铺内清洁简单，道地北平式的装修。进门右手方有黑漆大木桶一只，里面有一大白瓷罐，罐外周围全是碎冰，罐里是酸梅汤，所以名为冰镇，北平的冰是从什刹海或护城河挖取藏在窖内的，冰块里可以看见草皮木屑，泥沙秽物更不能免，是不能放在饮料里喝的。什刹海会贤堂的名件"冰碗"，莲蓬桃仁杏仁菱角藕都放在冰块上，食客不嫌其脏，真是不可思议。有人甚至把冰块放在酸梅汤里！信远斋的冰镇就高明多了。因为桶大罐小冰多，喝起来凉沁脾胃。他的酸梅汤的成功秘诀，是冰糖多、梅汁稠、水少，所以味浓而酽。上口冰凉，甜酸适度，含在嘴里如品纯醪，舍不得下咽。很少人能站在那里喝那一小碗而不再喝一碗的。抗战胜利还乡，我带孩子们到信远斋，我准许他们能喝多少碗都可以。他们连尽七碗方始罢休。我每次去喝，不是为解渴，是为解馋。我不知道为什么没有人动脑筋把信远斋的酸梅汤制为罐头行销各地，而一任"可口可乐"到处猖狂。

信远斋也卖酸梅卤、酸梅糕。卤冲水可以制酸梅汤，但是无论如何不能像站在那木桶旁边细啜那样有味，我自己在家也曾试做，在药铺买了乌梅，在干果铺买了大块冰糖，不惜工本，仍难如愿。信远斋掌柜姓萧，一团和气，我曾问他何以仿制不成，他回答得很妙："请您过来喝，别自己费事了。"

信远斋也卖蜜饯、冰糖子儿、糖葫芦。以糖葫芦为最出色。北平糖葫芦分三种。一种用麦芽糖，北平话是糖稀，可以做大串山里红的糖葫芦，可以长达五尺多，这种大糖葫芦，新年厂甸卖的最多。麦芽糖裹水杏儿（没长大的绿杏），很好吃，做糖葫芦就不见佳，尤其是山里红常是烂的或是带虫子屎。另一种用白糖和了粘上去，冷了之后白汪汪的一层霜，另有风味。正宗是冰糖葫芦，薄薄一层糖，透明雪亮。材料种类甚多，诸如海棠、山药、山药豆、杏干、葡萄、桔子、荸荠、核桃，但是以山里红为正宗。山里红，即山楂，北地盛产，味酸，裹糖则极可口。一般的糖葫芦皆用半尺来长的竹签，街头小贩所售，多染尘沙，而且品质粗劣。东安市场所售较为高级。但仍以信远斋所制为最精，不用竹签，每一颗山里红或海棠均单个独立，所用之果皆硕大无疵，而且干净，放在垫了油纸的纸盒中由客携去。

离开北平就没吃过糖葫芦，实在想念。近有客自北平来，说起糖葫芦，据称在北平这种不属于任何一个阶级的食物几已绝迹。他说我们在台湾自己家里也未尝不可试做，台湾虽无山里红，其他水果种类不少，沾了冰糖汁，放在一块涂了油的玻璃板上，送入冰箱冷冻，岂不即可等着大嚼？他说他制成之后将邀我共尝，但是迄今尚无下文，不知结果如何。

汤圆涉外

林斤澜

有朋友看了前边几段，说，反正楠溪江靠山沿海，嵌在宝地上就是了。提名点到的饮食都是土特产，是"稀罕物儿"，别地别人无法比较。

好道！殊不知北京去的作家，当场就有所闪烁。如从维熙，京东老蔫也。母国政、郑万隆，或关内或关外，或老蔫或老棒子也。邵燕祥籍江南，落得秀士一表，居心却是燕赵脾味。为此，信步夜市，"灯火阑珊处"，"蓦然回首"，乃"众里"吃过"千百度"，普及东西南北的，如汤圆，如馄饨。

汤圆字汤团，号元宵。北方用摇煤球法，把馅放在粉上，摇滚成球。南方用水磨米粉，手控手搓而成。看来不过方法有别，吃起来却是大异其趣。其趣肯定不属生肖，没准属天机。君不闻南北流传同样佳话：老外吃汤圆，百思不解——馅儿是怎么放进去的？正是人家制造无缝钢管的千百年前，我们的祖宗早会制造无缝汤圆了。

全国各地，都有自己的名牌汤圆、老牌汤圆、正宗汤圆，四川成都的赖汤圆，久负盛名之至矣！汤圆又多外号，外号实表内心，如豆沙汤圆、玫瑰汤圆、什锦汤圆、咸肉汤圆、珍珠汤圆……楠溪江一带，首推麻心汤圆。麻心者，标明芝麻黑芝麻必不可少，还有一事至关重要，猪油非它油可以替代也。

却说率众来到汤圆摊前，摊主一迭连声——老司伯、老司嬷、老司斋（姐）、老司父（傅）……一手揭锅、一手执勺，眼睛溜溜转，汤头上下转到。客人个个转到。这是本地生意人的本领，叫作眼到、嘴到、笑到、手到、钞票到……

不知是谁的吩咐，转眼间，递过来一人一碗，几位失声叫道：

"啊呀！吃不了。"

"晚饭还没下去，腾不出地方……唉！肚子就是个实心大汤圆。"

"吃点儿消食的去吧，这个，碍肚。"

有谁作郑重声明：

"诸位，先尝一口，撮它两个也好，开掉一半也请便请便……"

长者汪曾祺，身兼美食权威，一勺下去一只，瞪目，愣神，飞快又一勺，当机立断："我吃得完！"

不瞒俗话说：千锤打锣，一锤定音。只见众生全部进入美学的接受境界。

皇天！这东西到了口中，外头皮先自饴饴地摊开了，麻心甜甜的不粘牙，香香的不冲鼻，猪油是觉不着它的，只觉着饴里、甜里、香里全都滑溜溜，朝喉头滑翔……

听见叹道："超过赖汤圆。"

此话涉外——外省之外，暂不具名姓，略供参考。

腐乳·窝头议

吴祖光

一个星期以前接到一个很不寻常的电话,《中国烹饪》杂志约我写一篇关于美食营养的稿子。一般说来,这种力不胜任的文章,我只能婉言谢绝,但这回却不行,这个约稿人非同小可,而是我们的剧坛盟主——德高望重的曹禺大师。他一声令下,我只有俯首听命别无他话。过不到三天,催稿的电话又来了,发话的是曹禺二世、非凡的作家、女公子万方,我这做叔叔的当然也只有连连应承不迭。

约稿人通知我,只要是谈吃,写什么、怎么

写都行，长点行，短的也行。然而说来惭愧，我其实对吃毫不讲究，不太懂得好歹，也从不挑精拣瘦。不过是爱吃的多吃点，不爱吃的少吃点或不吃而已。至于做饭，除了只有把鸡蛋煮熟的水平而外，别的是什么也不会……

这使我想起，大概是 1981 年，就是这本开美食之先驱的《中国烹饪》杂志曾经约我写过一篇叫作《谈吃》的文章。我在被逼无奈之下，居然在文中写了一段母亲生前的拿手杰作"常州烂面饼"的做法，仓促交稿，以为就此完事大吉。谁知两年之后去香港，遇见从台湾来到香港中文大学任教的年轻表妹孙筑谨对我说："在台北读到你那篇大文之后，按照你写的方法做了几次都没做成，是怎么回事？"这下子问得我傻了眼，真乃愧罪难当。后来见到我家小八妹，方知道我写的满不是那么回事，只得求八妹重写一遍，改正错误，向读者道歉。说真的，我一直认为：做饭、做菜、做点心，应该比写剧本容易得多。现在我方知道，那是另有一功，不是我这样笨手笨脚的人能学得来的；但是知道此杂志影响及于海峡彼岸却是十分高兴。这回又是给《中国烹饪》写文章，怎么也得写。

写了半天也没写出个正经来。忽然有人叫门，铃声大作，原来有朋自远方来，地处大西南恐龙之乡的四川自贡川剧团杰出青年作家魏明伦托信使给我带来了产自宜宾的美酒"五粮液"和产自乐山五通的腐乳。吃中饭的时候，我打开一盒腐乳，闻见那一阵霉香不觉神往。它给我的第一个联想是想起了我的母亲，感到出乎意外的惊喜，对同坐在餐桌那边的妻子和刚从远方归来的女儿说："快来尝尝，完全是婆婆的味儿。"这个四川腐乳的鲜味一下子把我们全家都深深沉浸在对婆婆的怀念里。

善良温柔的母亲敬夫爱幼，用她全身心的终生的母爱卵翼着她众多人口的全家，她上孝婆母，对自己的丈夫和 11 个子女爱护到无微不至；甚至我们姐妹弟兄的同学、朋友也很少没有受到过她的关心和照顾的。她做的一手好菜更为亲友们所津津乐道难以忘记。她不仅能一手做出整桌的酒席，一年四季还制作种种不同的小菜更为脍炙人口。我早听祖母说过：能用发酵、发霉的方法来做出异味食品的一定是具有悠久文明的国家。譬如西方人酷嗜奶酪制品等就是古老文化的结晶。而作为一个中国人，我就更喜欢我们的传统豆制品，尤其是腐乳类的佐餐小菜更是我最爱的恩物，母亲每年都要多次制作她拿手的"霉豆腐"。而我只要有一小块母亲做的豆腐就能吃一碗稀饭。

在生活里，"霉"不是一个好名词，譬如一个人遭逢不幸，或有点什么不顺心如意就都叫作"倒霉"，上海话就叫"触霉头"。尤其是食物，"发霉变质"就只能当作废物扔掉；但是这个神奇的霉豆腐却充溢着一种异香，使人胃口大开。今天在任何副食店里都能买到全中国各地的土产豆腐乳。各有其不同的特征，成为佐餐的美味。多年来，成都好友车辐先生保证不断供应给我的四川唐场豆腐和白菜豆腐，使愚夫妇感戴不尽，几乎成为我们每饭不离的佳品；然而母亲巧手制作出来的那种"霉香"，在我尝遍了无以数计的多种腐乳品类之后却终于难得找到。所以这回从明伦的家乡得到如此美味怎不教我喜出望外。

神州大地是称霸世界的美食王国，珍馐佳馔无以数计。我却只写了不为人重视的腐乳一项，连自己也觉得十分古怪，很不像话。我总得再写一样方好交待，而立即想起的却是更加上不得餐桌、甚至在近年来北京最寒酸的伙食团里也不多见的窝头。

　　很多南方人不知窝头是为何物，有些人则是闻其名而未见过其物；但是北京人、尤其是旧中国的劳动人民，小米粥和棒子面窝头则是生活中不可一日或离的主食。50年代后期，我去北大荒服劳役，同难的一位上海来的琴师看见小米，皱起眉头说："个么事把拉鸟吃格！"（上海方言，意思是这个东西是喂鸟的。）而老玉米磨碎的棒子面在他的眼睛里则是连鸟也不肯吃的了。

　　在北京曾度过我的青少年时期。窝头不是我的主食品，但我从来欣赏棒子面窝头的美味，那种香美的味道不是别种粮食的味道所能代替的。在东北，还有用高粱面做的窝头，我就始终没吃惯，比棒子面差多了。

　　要解释一下的是，所谓棒子就是北方人给玉米或曰玉蜀黍起的别名。玉米在南方也叫珍珠米，也是很多人都爱的食品。西方人把煮熟的玉米剥出来放在长形盘里，浇上奶油便成为高级食品了。此外，嫩玉米刚长出来只有寸把长，也可能是一个小品种的玉米，炒在素菜里也是一种高级菜。可见易地价不同是因为物以稀为贵。

　　棒子面也能煮成稀粥，和窝头一样，是贫苦的北方大众最为普及的食品。

　　我对窝头的喜爱可不是一般的喜爱而已，我是把它放在珍馐美味的行列来喜欢它的，其原因之一是现在很难吃到它了。多年来我再没有找到过一个卖窝头的饭馆，而我心中却常常涌起一种对棒子面的芳香的怀念。两年前我曾经和家里一个"黄山来的小姑娘"（家庭服务员）商量，请她给我做一屉窝头。先让她去买了一袋棒子面来，难办的是她完全不知道窝头是半圆形当中挖出一个洞……那样的形式。半小时以后，"窝头"出屉了，看到的是一屉圆球形的东西，看不见那个著名的窝头圆洞。小姑娘说，她做不出洞来。我才发现她只是把每个球形体放在笼屉里之后，用一个手指往下面插一个洞，实际上手指退出来，那个洞就弥合起来恢复原状了。而这几个实心的棒子球里面还是生的。

从北大荒回来已近三十年，仍不时涌起对棒子面窝头的深深怀念。想起当年八国联军侵华战争中，大清朝慈禧皇太后仓皇出逃，十分饥饿之下，吃到了老百姓敬献的窝头，惊喜交加，认为乃天下之至味。后来回宫之后，仍思念窝头不止。御厨房奉旨做窝头，用的是栗子面，加上糖、蜜和其他材料，于是传下来今天御膳中的栗子面的小窝头，不说材料名贵，至少 20 个也顶不上一个真窝头的重量。而我至今觉得，还是老百姓的窝头比如今的栗子面窝头好吃。可惜没有听说过那位慈禧太后对这两种窝头的不同评价，而老百姓的窝头是救了她的命的。

就中国是美食王国这一特点说来，作为中国人真乃幸福之至。半个多世纪以来，就吃而言，我吃过好的，也吃过赖的；也饿得难受过，也撑得难受过。怎么会撑得难受呢？就是那些一天接一天、一顿接一顿的宴会，山珍海味、佳肴满前，殷勤的主人频频相劝，使你不断地吃喝。

这种时候，我最想得到的就是：腐乳、窝头、小米粥……最不值钱的东西会成为最美之味。

谈油炸鬼

周作人

刘廷玑著《在园杂志》卷一有一条云：

东坡云，谪居黄州五年，今日北行，岸
上闻骡驮铎声，意亦欣然。铎声何足欣，盖
久不闻而今得闻也。昌黎诗，照壁喜见蝎。
蝎无可喜，盖久不见而今得见也。予由浙东
观察副使奉命引见，渡黄河至王家营，见草
棚下挂油炸鬼数枚。制以盐水和面，扭作两
股如粗绳，长五六寸，于热油中炸成黄色，
味颇佳，俗名油炸鬼。予即于马上取一枚啖

之,路人及同行者无不匿笑,意以为如此鞍马仪从而乃自取自啖此物耶。殊不知予离京城赴浙省,今十七年矣,一见河北风味不觉狂喜,不能自持,似与韩苏二公之意暗合也。

在园的意思我们可以了解,但说黄河以北才有油炸鬼却并不是事实。江南到处都有,绍兴在东南海滨,市中无不有麻花摊,叫卖麻花烧饼者不绝于道。范寅著《越谚》卷中饮食门云:"麻花,即油炸桧,迄今代远,恨磨业者省工无头脸,名此。"案此言系油炸秦桧之,殆是望文中义,至同一癸音而曰鬼曰桧,则由南北语异,绍兴读鬼若举不若癸山。中国近世有馒头,其缘起说亦怪异,与油炸鬼相类,但此只是传说罢了。朝鲜权宁世编《支那四声字典》,第一七五 Kuo 字项下注云:"炸馃 Kuo,正音。油炸馃子,小麦粉和鸡蛋,油煎拉长的点心。油炸;炸馃同上。但此一语北京人悉读作 Kuei 音,正音则唯乡下人用之。"此说甚通,鬼桧二读盖即由馃转出。明王思任著《谑庵文饭小品》卷三《游满井记》中云:

"卖饮食者邀诃好火烧,好酒,好大饭,好果子。"所云果子即油炸馃子,并不是频婆林禽之流,谑庵于此多用土话,邀诃亦即吆喝,作平声读也。

乡间制麻花不曰店而曰摊,盖大抵简陋,只两高凳架木板,于其上和面搓条,傍一炉可烙烧饼,一油锅炸麻花,徒弟用长竹筷翻弄,择其黄熟者夹置铁丝笼中,有客来买时便用竹丝穿了打结递给他。做麻花的手执一小木棍,用以摊赶湿面,却时时空敲木板,的答有声调,此为麻花摊的一种特色,可以代呼声,告诉人家正在开淘有火热麻花吃也。麻花摊在早晨也兼卖粥,米粒少而汁厚,或谓其加小粉,亦未知真假。平常粥价一碗三文,麻花一股二文，客取麻花折断放碗内，令盛粥其上，如《板桥家书》所说，"双手捧碗缩颈而啜之，霜晨雪早，得此周身俱暖"，代价一共只要五文钱，名曰麻花粥。又有花十二文买一包蒸羊，用鲜荷叶包了拿来，放在热粥底下，略加盐花，别有风味，名曰羊肉粥，然而价增两倍，已不是寻常百姓的吃法了。

麻花摊兼做烧饼，贴炉内烤之，俗称洞里火烧。小时候曾见一种似麻花单股而细，名曰油龙，又以小块面油炸，任其自成奇形，名曰油老鼠，皆小儿食品，价各一文，辛亥年回乡便都已不见了。面条交错作"八结"形者曰巧果，二条缠圆木上如藤蔓，炸熟木自脱去，名曰倭缠。其最简单者两股稍粗，互扭如绳，长约寸许，一文一个，名油馓子。以上各物《越谚》皆失载，孙伯龙著《南通方言疏证》卷四释小食中有馓子一项，注云：

"《州志》方言，馓子，油炸环饼也。"又引《丹铅总录》等云寒具今云曰馓子。寒具是什么东西，我从前不大清楚。据《庶物异名疏》云：

"林洪《清供》云，寒具捻头也，以糯米粉和面麻油煎成，以糖食，据此乃油腻粘胶之物，故客有食寒具不濯手而污桓玄之书画者。"看这情形岂非是蜜供一类的物事乎？刘禹锡寒具诗乃云：

"纤手搓来玉数寻，碧油煎出嫩黄深，夜来春睡无轻重，压扁佳人缠臂金。"诗并不佳，取其颇能描写出寒具的模样，大抵形如北京西域斋制的奶油镯子，却用油煎一下罢了，至于和靖后人所说外面搽糖的或系另一做法，若是那么粘胶的东西，刘君恐亦未必如此说也。《和名类聚抄》引古字书云，"糫饼，形如葛藤者也"，则与倭缠颇相像，巧果油馓子又与"结果"及"捻头"近似，盖此皆寒具之一，名字因形而异，前诗所咏只是似环的那一种耳。麻花摊所制各物殆多系寒具之遗，在今日亦是最平民化的食物，因为到处皆有的缘故，不见得会令人引起乡思，我只感慨为什么为著述家所舍弃，那样地不见经传。刘在园范啸风二君之记及油炸鬼真可以说是豪杰之士，我还想费些工夫翻阅近代笔记，看看有没有别的记录，只怕大家太热心于载道，无暇做这"玩物丧志"的勾当也。

［附记］尤侗著《艮斋续说》卷八云："东坡云，谪居黄州五年，今日北行，岸上闻骡驮铎声，意亦欣然，盖不闻此声久矣。韩退之诗，照壁喜见蝎，此语真不虚也。予谓二老终是宦情中热，不忘长安之梦。若我久卧江湖，鱼鸟为侣，骡马鞭铎耳所厌闻，何如钞乃一声耶。京邸多蝎，至今谈虎色变，不意退之喜之如此，蝎且不避而况于臭虫乎。"西堂此语别有理解。东坡蜀人何乐北归，退之生于昌黎，喜蝎或有可原，唯此公大热中，故亦令人疑其非是乡情而实由于宦情耳。

廿四年十月七日记于北平

［补记］张林西著《琐事闲录》正续各两卷，咸丰年刊。续编卷上有关于油炸鬼的一则云：

"油炸条面类如寒具，南北各省均食此点心，或呼果子，或呼为油胚，豫省又呼为麻糖为油馍，即都中之油炸鬼也。鬼字不知当作何字。长晴岩观察臻云，应作桧字，当日秦桧既死，百姓怒不能释，因以面肖形炸而食之，日久其形渐脱，其音渐转，所以名为油炸鬼，语亦近似。"案此种传说各地多有，小时候曾听老妪们说过，今却出于旗员口中觉得更有意思耳。

个人的意思则愿作"鬼"字解，稍有奇趣，若有所怨恨乃以面肖形炸而食之，此种民族性殊不足嘉尚也。秦长脚即极恶，总比刘豫张邦昌以及张弘范较胜一筹罢，未闻有人炸吃诸人，何也？我想这骂秦桧的风气是从《说岳》及其戏文里出来的。士大夫论人物，骂秦桧也骂韩侂胄更是可笑的事，这可见中国读书人之无是非也。

民国廿四年十二月廿八日补记

豆汁儿

梁实秋

豆汁下面一定要加一个儿字，就好像说鸡蛋的时候鸡子下面一定要加一个儿字，若没有这个轻读尾的语气，听者就会不明白你的语意而生误解。

胡金铨先生在《谈老舍》的一本书上，一开头就说：不能喝豆汁儿的人算不得是真正的北平人。这话一点儿也不错。就是在北平，喝豆汁儿的人也是以北平城里人为限，城外乡间没有人喝豆汁儿，制作豆汁儿的原料是用以喂猪的。但是这种原料，加水熬煮，却成了城里人个个欢喜的食物。而且这与阶级无关。卖力气的苦哈哈，一脸渍泥儿，坐小板凳儿，围着豆汁儿挑子，啃豆腐丝儿卷大饼，喝豆汁儿，就咸菜儿，固然是自得其乐。府门头儿的姑娘、哥儿们，不便在街头巷尾公开露面，和穷苦的平民混在一起喝豆汁儿，也会派底下人或是老妈子拿砂锅去买回家里重新加热大喝特喝。而且不会忘记带回一碟那挑子上特备的辣咸菜，家里尽管有上好的酱菜，不管用，非那个廉价的大腌萝卜丝拌的咸菜不够味。口有同嗜，不分贫富老少男女。我不知道为什么北平人养成这种特殊的口味。南方人到了北平，不可能喝豆汁儿的，就是河北各县也没有人能容忍这个异味而不龇牙咧嘴的，豆汁儿之妙，一在酸，酸中带馊腐的怪味；二在烫，只能吸溜吸溜的喝，不能大口猛灌；三在咸菜的辣，辣得舌尖发麻，越辣越喝，越喝越烫，最后是满头大汗。我小时候在夏天喝豆汁儿，是先脱光脊梁，然后才喝，等到汗落再穿上衣服。

自从离开北平，想念豆汁儿不能自已。有一年我路过济南，在车站附近一个小饭铺墙上贴着条子说有"豆汁"发售。叫了一碗来吃，原来是豆浆。是我自己疏忽，写明的是"豆汁"，不是"豆汁儿"。来到台湾，有朋友说有一家饭馆儿卖豆汁儿，乃偕往一尝。乌糟糟的两碗端上来，倒是有一股酸馊之味触鼻，可是稠糊糊的像麦片粥，到嘴里很难下咽。可见在什么地方吃什么东西，勉强不得。

喝碗豆汁儿

邓友梅

　　早年——也就是说五十多年前，被称"北京人"的人要具备四条标准："一口京腔，两句二黄，三餐佳馔，四季衣裳"。这里说的"佳馔"，不看值多少钱，要个有滋有味，比如说伏天喝碗热豆汁就一口虾油辣咸菜，喝得汗流浃背，浑身痛快，总共花不了两角钱，却也算"佳馔"一餐。

　　为什么举例子单说豆汁？因为喝豆汁纯属北京人的专利。京外有地方管豆浆叫"豆汁"，有位山东人初到北京，看见招牌上写着"豆汁"，就进店要了一碗，喝了一口眉头紧皱，勉强咽下去后招手叫来店员很客气地小声说："这豆汁别卖了，基本上酸了。"那伙计说："好说您哪，不是基本上酸了，根本上就是酸的，这豆汁跟您山东的豆汁不是一码事您哪！"所以是不是北京人，测验方法就是叫他喝一口豆汁。若是眉开眼笑，打心里往外满意地吁口长气，就是地道北京人；若是眉头紧皱，嘴角直咧，甭问这是外来户。

那伙计说得不假，北京豆汁跟山东豆汁根本不是一回事。山东豆汁就是黄豆做豆腐的浆水，看起来白中透黄，喝起来香中带甜。北京豆汁看起来颜色灰里透绿，喝起来味道又臭又酸。可一旦喝上道，就有其味无穷之叹，就如同洋人吃臭"吉斯"（也就是臭奶酪）一样，吃不惯者难以下咽，甚至作呕，吃上瘾的一天不吃就觉得欠点什么，因此当年东安市场的小店"豆汁何"名声一点不小于隔壁大饭庄东来顺。穿着华贵、坐着私家轿车专程来喝五分钱一碗豆汁的，大有人在。

北京豆汁是什么做的？怎么单出这种味道来？

北京豆汁根本不是故意做的，它是用绿豆做粉丝、粉皮的下脚料！"粉房"（不是豆腐房）把绿豆用水泡透，放进水磨中磨成浆水，入进缸、盆沉淀，等淀粉沉在盆底，把浮在上层的非淀粉碎渣取出。纯净的淀粉拿去做粉丝、粉皮；剩下青中透绿的下脚料，放在一边令其发酵，待发出酸味来，就成豆汁了。店家以极便宜价钱买来，经过加工，再作为成品出售。

既然已经变酸变臭了，还有什么可加工的？

没这么简单。生豆汁不能喝，煮得滚开烂熟，可就又没酸臭味了，怎么办？更老辈的北京人发明了好办法，把生豆汁买回来也来一次沉淀，见细碎的固体颗粒物都沉底了，就把上边发过酵的绿色汤水，放进锅里煮。

待汤水见开，立马舀一勺沉淀物投进去，一次只加一勺，再开再加，这就叫"勾兑"。要加多少勾兑出来才不浓不淡，臭中有香，酸得可口？这里就大有学问。要不然当年尽管有走街串巷推车卖生豆汁的，人们还是宁可多花两大枚进豆汁店去喝呢！一来是店里有专门搭配豆汁吃的焦圈，二来是买回生豆汁很难勾兑得可口。

其实店里豆汁进价本儿低，卖的也不贵。五十年代，著名的店家如"豆汁何"、"豆汁徐"、"豆汁张"，一碗豆汁也只卖几分钱，加上俩焦圈也不过两角大洋。便宜归便宜，可北京人并不是只为了省钱才喝豆汁，就为的找这一乐。北京人喝豆汁不分穷富，你到"豆汁何"、"豆汁李"门口看看，既有趿拉着鞋手里掂着铜板来喝的，可也有袍子马褂坐包月车来的。既有膀大腰圆卖力气挣饭吃的体力劳动者，也有穿长衫别钢笔的文化人。十多年前，不忘城南旧事的林海音先生从台北来到北京，舒乙和我问她："您几十年没回来了，有什么要我们帮忙的事吗？别客气！"她说："别的事没有，就想叫你们领我去喝碗豆汁。"我跟舒乙就领她去了"炎黄美食城"。吃其他小吃时挺谦逊、挺稳重，豆汁一上来她老人家显出真性情来了，一口气喝了六碗她还想要，吓得我和舒乙连忙挡驾说："留点肚子明天再喝吧您哪，别吓着我们！"她说："这才算回到北京了！"

我说：就凭这一点，林家六婶就既是台湾人，又算得地道老北京！

豆汁就有这么大的魅力，所以早年有《竹枝词》咏道：糟粕居然可做粥，老浆风味论稀稠。无分男女齐来坐，适口酸盐各一瓯。

喝豆汁儿

韩少华

记得前年去拜望胡絜青先生。言笑间左不过些居家过日子的常情常事。也不免说起旧时京里小吃，如焦圈儿、薄脆、吊炉马蹄儿烧饼之类。当然也少不了豆汁儿。

"不喝豆汁儿，算不上北京人。"絜老说着，竟敛了敛笑容，"几回家里来了洋先生，东洋的西洋的全有，我就备了豆汁儿款待他们。心想各位没一个不以热爱北京、敬重老舍自诩的，那就尝尝这个，验验各位的诚心得了——老舍可是最好喝豆汁儿了……"

说罢，老人竟屏住了漾到嘴边儿上的笑意。

接着说的诸如"焦圈儿"又叫"油炸鬼"，跟"薄脆"都吃的是个火候，以及"马蹄儿烧饼两层皮"、不是吊炉烤的不鼓肚儿，夹上焦圈儿算"一套儿"的话题，我虽生也晚，倒还搭得一两句茬儿。而如今，这些东西即便弄到了，焦圈儿不焦、薄脆既不薄且不脆、"马蹄儿烧饼"也不鼓肚儿的情形却常见，则与老人同感。

关于豆汁儿，絮老却并没再多说什么。

转年夏景天儿，陪絮青先生及舒乙学兄等家里人，去京西八宝山为老舍先生灵盒拂尘。在灵堂阶下，又听胡先生说起几位健在的老友，说起冰心先生，还随说随叮嘱我："从文藻去世，她是难免有些寂寞的。你得空儿倒该去陪她说说话儿……"

入秋之后，去拜望了冰心先生。还带去了一些麻豆腐。

冰心先生本属闽籍。虽自少年即随父入京就学，但如麻豆腐之类京味儿食品能否入口，我却说不大准。就连同是久居京里的臧克家先生，也曾一听"豆汁儿"就忙皱眉的；而这"麻豆腐"，正是豆汁儿的浓缩物。

北京土著人士大都知道，所谓豆汁儿、麻豆腐，纯属下脚料。甚或称之为"废料"也没什么大不可。那原是制粉丝、粉皮儿的剩余物，麻豆腐即湿豆渣，而豆汁儿，即豆泔水罢了。早年大凡开粉坊的，总兼设猪圈，以渣及泔水饲饮之，则肥猪满圈，作坊主也易饱其囊。此种经营体制，实属两利。而外乡人或许望文生义，把"豆汁儿"误认为"豆浆"，忖度着该是宜甜宜淡的呢。殊不知才舀到碗里，还没沾沾唇，就不得不屏气蹙额了。

有扔下钱转身就走的，也有不甘心而憋下口气只咂了半口，终不免逃去的。事后多连呼"上当"，甚至说"北京人怎就偏爱喝馊泔水"云云。

本来于美食家那里，总讲个色、香、味。而麻豆腐也罢，豆汁儿也罢，却一无可取。

先说色。虽系绿豆为原料，却了无碧痕；一瓢在手，满目生"灰"，没点儿缘分是谈不上什么悦目勾涎的。在视觉上先就掉了价儿。

次说香。因是经过焐沤或曰酝酿的，故只可叫作一个馊。当年朝阳门内南小街儿跟大方家胡同东北角儿开着一家豆汁儿铺。老邻居老顾客戏呼之为"馊半街"。没点儿根基的熏也熏跑了。

再说味。既以"馊"为先导，那味可就不只寻常的"酸"了。比如醋，无论米醋或熏醋、临汾醋或镇江醋，都酸得诱人。而这豆汁儿的酸却继馊之后完成着"泔水"的感官效应。难怪除了土生土长的北京人，能有这等口福的，少见。

记得曾对那出《豆汁记》犯过一点儿疑惑。老戏本子里说金玉奴之父金松，"乃临安丐头"。原来非京籍人士也早有对豆汁儿怀着雅量的。这跟在学问上主张"兼收并蓄"者，似乎都属难能因而可贵之列吧？其实呢，说起京里人嗜好豆汁儿，也没多少奥秘可言。中国有"饥不择食，倦不择席"的老话，西方也有"疲劳是柔软的枕头，饥饿是鲜美的酱油"一类俗语。如果联想及旧时曾在东安市场摆过摊儿的"豆汁徐"家内掌柜的所说，京里兴豆汁儿多靠着老旗人的偏好，再联想及八旗子弟游手好闲、坐吃山空的背景，以及豆汁儿便宜得出奇还外带辣咸菜丝儿等缘由，那么，所谓"嗜好"或许正是"饿怕了"之故。金松虽被尊为"头儿"，可毕竟首先是"丐"。

　　不过，京里也有富贵人家喜好豆汁儿的。听我的老岳丈说，清末叶赫那拉族中显宦、光绪爷驾前四大军机之一的那桐那老中堂，就常打发人，有时候就是我岳丈，从金鱼胡同宅里，捧着小砂锅儿，去隆福寺打豆汁儿来喝。这倒让人想起荣国府里，自贾母以下，那么多人都爱吃刘姥姥进献的瓜儿菜儿的情形来了。那自是膏肥脍腻之余，在口味上的某种调剂而已。或如俗话说的，为的是"去去大肠油"，跟"饿怕了"是毫不相及的；至于穷旗人所谓"偏好"云云，似乎也不大说得上，倒让人疑为婉饰之辞。

　　称得起这"偏好"二字的，还真有一位。不过说来有些话长。

　　那是 1948 年冬。北平停电是常事。戏园子电影院都歇了业，连电匣子往往也没了声音。倒是几处小茶馆儿，一盏大号儿煤油灯往那张单摆在前头的桌子上一戳，再请个说书先生，醒木一拍，就成了书场。朝阳门里南小街路东那家儿，因为离我暂时寄宿的北平二中很近，也就成了我逃避晚自习的去处。

　　当时在那儿挑灯擅场的，是赵英颇先生。书目自然是《聊斋志异》。

　　40 年代中后期，北平每晚广播里有个压台节目，就是赵先生说《聊斋》。到点之前，不少老北京人在家早闷酽了茶或烫匀了酒，静候着了。记得业师郭杰先生说，烫下酒宁可没卤鸡膀子五香花生豆儿，也不能没"赵《聊斋》"。更多的听主儿是累了一天，盼到晚上，借着一壶酽茶，避入别一个鬼狐世界里去偷个喘口气儿的空隙。可一停电，就连那另一世界也陷到无际的浓黑里去了。

　　这才引出郭先生命我陪他来到这小茶馆儿里听书的事情来。居中一盘小号儿桶子灶。灶口上半压着两把圆提梁儿高庄儿黑铁壶。水汽慢慢蒸腾着。或许满屋子纸烟味儿，都让这水汽给调和匀了，座间该咳嗽的才没怎么咳嗽，要喘的也没大喘。一双一双的眼睛盯着前头，见桌子上那盏大号儿煤油灯正照着个刚落座的中年人，中等身量儿，发福得可以。小平头儿，圆范脸儿，宽腮帮子高鬓角儿，一副大近视镜，瓶子底儿似的，圈儿套着圈儿。难怪他常这么自嘲着："在下自幼儿就文昌星高照，'进士'中得早。"有时候还饶这么一句："后来状元没点上，'榜眼'倒是中了——看书得把俩'眼''绑'到书上，哈哈哈……"这晚上只见他从大棉袍儿底襟下头摸出个蓝布绢子包儿来，先取出那块醒木，再咂两口掌柜的给沏好的热茶，才微低着眉目，扯起闲篇儿来。

"今儿这天儿可够瞧的。半路正踩上块东西。什么东西？靴掖儿？里头还叠着花旗股票，要不就是汇丰的现钞？——嘻，柿子皮！多亏天儿冷，冻到地上了。要不价，一踩一刺溜，得，今儿这场'灯晚儿'就非'回'了不可……"

不知怎么了，那晚上听的《胭脂》虽妙趣联翩，可我没记住多少；倒是这几句开场的闲文，一记就四十多年。

赵先生说《聊斋》，或可称之为旧京一绝。据传闻，在鼓楼一家书场，一位老听主儿，还是位"黄带子"，当面儿送了八个字的考语，叫做"栩栩如生，丝丝入扣"；赵先生正侍立着，登时就冲那位爷抱了抱拳。旁边一位短打扮儿的猛搭了句茬儿，说听您的书，一会儿三魂出窍，一会儿又送我魂附原身，打发我躺到炕上自个儿慢慢儿琢磨去；赵先生听了，不由得单腿屈了屈，愣给人家请了个家常安。又一位从背灯影儿里冒了一句，说听您的书听一回就跟多活了一辈子似的，把人活在世上的滋味儿都另尝了一个过儿……当时，没等这位说完，赵先生就一把拽住人家袖子，连说今儿这顿夜宵儿我候了，我候了！

至于这天晚上的《胭脂》，据我听，最精彩的还是临了儿那篇判词。说到施公剖审宿介等人冤情，察明真凶毛大之后，挥毫写下判词，赵先生就依原文朗声诵读起来。从"宿介蹈盆成括杀身之道，成登徒子好色之名"起，至胭脂"莲钩摘去，难保一瓣之香；铁限敲来，几破连城之玉"，终而结之于"仰彼邑令，作尔冰人"——一路诵来，可谓骈四俪六，句读铿锵；抑仄扬平，音节顿挫；加上边诵边解，或考出典，或释设词，如"盆成括"及"登徒子"其人其事，以至"一瓣香"及"连城玉"之所比所指，语音文义都入于耳、会于心，而后竟又彰于目，甚或斑驳成章，历历如开卷焉。更难得的是，在座者不乏"引车卖浆者流"，听这塾师开讲似的老长一段书文，竟不见一位"抽签儿"的。后来听内行人讲究，只这篇判词，不仅含着"书里书"，把案子的底里根由、人物的性格归宿都交代齐了，也点化得活了，还带出了一层又一层"书外书"。乍听不过些闲文，实为解词释典且旁及人文百科知识，似乎句句没离书中应有之义……

听着听着，猛觉桌上那盏灯忽悠了两忽悠。没容掌柜的往灯盏儿里添油，就听"啪"的一声，赵先生早把醒木落了下来。众人也如梦初醒，愣在那儿了……当下过来几位请吃夜宵儿的，门口还停着两三辆洋车，一辆带楼子并玻璃门窗的马车。赵先生却高拱着手，边走边说："不敢，不敢，家母正病着，容日后奉陪……"

郭先生轻拍拍我的肩，跟了出来。

出门往南，临近大方家胡同口，见赵先生进了把角儿的豆汁儿铺，就是人称"馊半街"的那家儿。又见铺面里那掌柜的留了盏灯，正候着呢。大灶口早封了，一个许是自用取暖的小煤球炉子坐着口木盖儿砂锅。甭问，大半锅豆汁儿正微翻着沫子花儿。等主客寒暄过后，郭先生才插了句："今儿个沾赵先生光，掌柜的给拆兑两碗吧？"

随着掌柜的一连声"好说好说"，二位先生已经叙谈开了。

"承您下问。要说为什么单就好这口豆汁儿么，"赵先生平抱了抱拳，才说，"其实呢，吃什么喝什么也有过自个儿咂磨自个儿的滋味儿。所谓世间五味，酸、辣、甜、咸、苦，在这碗豆汁儿外带一碟儿辣咸菜丝儿里头，就占了四味——嗯，当天儿打来的鲜豆汁儿，入口回甜，不也占了一味么？这五味之中，独缺一个'苦'！……为什么单好这口儿，这可就没您不圣明的了……"

四十多年过去了。先是郭先生屡屡追述起那次听书的事，以及赵英颇先生谈到"世间滋味"的话来。过后，郭先生自己也在 1966 年秋猝然辞世，可那番"人间五味"的话却一直在我心里转悠着。可惜赵先生早故去了，不只他的《聊斋》没传下来，就连他在北京解放初期录制的新书《一架弹花机》和《罗汉钱》，也早就消了磁。在那部《中国戏曲曲艺词典》的《曲艺作家演员团体》一章里，"赵英颇"三个字竟没占上个条目！

原本说着喝豆汁儿，不知怎么，就说起赵英颇先生来了。文章既跑题如是，也只好就此打住。

薯忆

杨闻宇

　　离开关中故乡，西行入陇，在兰州城里一住就是十多年。可能是"人离乡贱，物离乡贵"而引起的，每当我看到踏着秋色远道赶来的亲友解开布包儿，亮出还沾着几星泥土的紫红番薯，便禁不住直起目光，心头很有些"他乡遇故知"的热乎味儿。

　　家乡的番薯和玉米、高粱、糜谷一样，是一种生长期紧促的急庄稼。因为全是红皮儿的，人们又叫它红薯、红苕。

　　春节刚过去，农家院落向阳的角儿上便铺起

厚厚一方细碎的、半干的马粪、牛粪，粪窝里埋进年前精选出来的大个儿红薯做母体，起秧发苗。五月天急忙忙收了麦子，闪亮的麦茬还遗留在野地里，镢头便从茬缝间掘出窝儿，墙角密匝匝簇拥起来的二尺多高的薯苗被剪成半尺长的茎节，一根根埋进窝儿里，注进一碗清凉的井水，苗儿就在田野上落住根了。当一行行麦茬在来去倏忽的风雨里干霉腐烂、渐渐隐灭时，薯秧儿也便悄悄地扯长绿蔓，巴掌形的叶儿开始覆盖地表，整个田垄由黄转绿，在悠悠南风里转换得很快。仓颉造字，将署略加变化，上方加盖个草头便形迹近"薯"，似乎巧妙地概括了暑天疯长这层自然物象上的意思。

薯叶儿封地太严，阳光漏不进去，叶下许多无名小草，硬是活活给捂死了。那贴地扯长的蔓儿极容易扎下不定根须，庄稼人担心它到处抽拔地气，随意生叶开花，分散了总根处的凝聚力，于是在它生长得最旺势的时候要翻一次蔓——蹲在畦里，以那总根系为中心，一根根抽拽那远远延伸开的蔓儿，尽有蔓儿拢进手里，猫起半腰，像挽那一长缕美女乌发似的挽结成一团云髻儿，便一撒手扔在了地上。"花钿委地无人收"，湿地上折散几朵茎叶，并不在乎——强行挽髻只在收束住散漫的年华。

秋深了，万物成熟于空中、地表，而红薯则是亢奋于泥土之中，胖大结实的块头硬是将沉重的黄土层拱起一个龟背，挤错开指头宽的长长的裂缝，土地大约被它挤疼了，疼得不自禁地咧开了嘴巴，薯儿那亮亮的红色，就从土缝里朝外窥视，透过地上半歪的绿髻儿窥视蓝天白云，窥视日月星辰，从湿润润的土层里睁开的是惊讶的、生疏的眸子，自地缝里嘘出了陌生的鲜活气息。

　　秋霜浇醉枫叶那样染红着大树梢头的柿子，同时也就催熟了土里的红薯。不经霜的红薯是不宜掘的，勉强掘出来，如咬木块而死硬，如嚼青果而微涩。一旦经霜，立即就若梨若枣，甜脆爽口。霜天万里，寒粉敷地，杀败了天下浩茫的绿色，封埋在黄土里的番薯怎么一下就有味了呢？莫非是叶儿蔓儿里有什么秘密素质被严霜勒逼入土了么？天候、地气在植物果实上的冷热交递是很神奇的。

　　这时节霜令萧萧，小学生晨起上学是脚冷手冻。散学赶回家吃饭，一进屋门，正拉风箱烧饭的老奶奶便从灶膛里掏一个烤红薯扔到脚边，红薯在洁净院落里几个蹦跶弹掉了灰烬火星儿，小学生飞快拾进手里，烫得不行，两只染墨水的红红的小手倒来倒去，唇对住热薯吹嘘不已，清旷的冻馁之气顷刻间吹散了，没有了。

　　在生计不很宽裕的农村，这时也正是家家户户的麦子（细粮）将尽而包谷（粗粮）收获的换季当口，刚下来的粗粮熬制饭食是挺香的，新出土的红薯很适时很得体地为那粗粮的降临帮衬着一臂之力。包谷粥里掺和了剁成菱角形的红薯块儿，黄澄澄的粥儿裹定薯块，筷子夹起来抿开粥便亮出一层比纸还轻薄的红皮儿，咬破红皮便是细腻腻的黄瓤，粥儿黏糊烫嘴，薯块之香很像那刚刚炒熟出锅的山板栗。青瓷小碟儿里正有几撮绿闪闪的野菜相佐，大碗擎起，大口吸溜，食之不足驱寒而耐饥，贪嘴过量也决不伤脾胃，在农家当然是既节俭又实惠的第一流饭食了。三十几户的小小村庄逢个刚刚揭锅的早炊时节，温馨的香味在黄叶簌簌飘坠的村巷里弥漫开来，这村庄便如秋江里一叶小舟似的悠悠然荡入了半痴半醉、出神入化的境界里……这就是最后一抹秋色，最美的秋色！

　　乡村逢个红白大事，狗肉、驴肉没资格上席面，而红薯是可以的。四盘子八碗里，有那么一碗鼓起的涂抹了红糖的过油条子肉，逸着白气，看着挺富态。那肉正好是一人一片，同时伸起的八双筷子夹着颤颤的肉片之后，碗下亮出的就全是油炸红薯块，与那肉片是一个颜色——热腾腾的深红色。没经验的外来人乍然看去，还认为是红烧肘子哩……刀杖丁丁，笑语哗哗，家家如此，年年如此，谁也不嫌弃谁，谁也不说这是吝啬。

　　红薯生长期短，贮藏期却长远，而且是搁置越久越甜脆。熟之于秋冬之交，贮存也怯热怯寒，九里天，是特意贮之于水井半中腰拐进去的地窖子里，窖子位于封冻层与地下水水平之间，永是恒温，主人家坐在"吱扭扭"作响的辘轳木桶里秉烛上下，随吃随取，十分便当。可也得留神，千万别让那醺醺酒鬼坐木桶进入地窖，红薯染着酒气极容易溃烂，溃烂中会散发出酒鬼作呕时的难闻气味儿。若是存放得法，红薯直可与翌年结下的新薯接住茬口哩，仔细些的人家，长年四季都会有鲜艳硕大的红薯待宾客，赠亲朋。

　　国家困难时期，粮食太紧，关中许多粮站有一度索性用四斤红薯顶替过一斤粮食。个儿大的红薯一个就有四斤重，一天内粒米不进，只切食这个红薯，将就上一天两天可以，延续之四天五天，肠胃里就很不妙了。红薯属于菜、粮食间的中介品，倘是硬要晋升到主食地位，难免有烦人之时。天地造物，最讲究搭配合理，运用得宜。不论丰年还是歉岁，将红薯置于主食的辅助地位，它便注定是尤物，是上品。

　　我自己是土生土长的关中子弟，在我的半生阅历中，红薯确是烙下过一些很难抹杀的印记。后来投笔从戎，远走他乡，辗转到千里外的兰州工作，而我的妻子仍留居故乡。记得有一个深秋，我回家探亲，一夜醒来，旭日红窗，小女儿尚在酣睡，身边的妻子却不见了影踪。我正在纳闷，虚掩的门轻轻开了：妻子捏着短镢，挎着竹篮，篮底尽是拳头、核桃大小的红薯残片，在小渠清水里漱洗过了，红艳艳的水嫩嫩的。她嫣然一笑："霜降刚过咱队里的红薯还没出土，邻村生产队昨晌午出过了。我到人家地里拾了些回来，别嫌散碎，你先尝尝鲜。"她知道陇上不出产红薯，更知道我小时候就爱吃红薯。晓起下地，野径上的莹莹露珠湿透了布鞋布袜，下半截裤管也水淋淋的，小镢上沾有泥水，鬓角上沁一层细汗……

人生犹如流水，这都是渐渐遥远的往事了。往后，妻子儿女也随军迁徙到兰州，在兰州一眨眼又是十年！

红薯耐旱耐碱，贪暖喜光，离开关中再往北、往西，因为无霜期短，似乎就不再种植。一斤红薯在关中三五分钱，在兰州街上泥住一个盛过柴油的大铁桶烤烧个半焦半黄、香味洋溢，一斤要七角八角哩。价钱够贵了，可我那妻子只要看见，就非买不可。买一堆儿用手帕拎回去全家受用。每当此时，我便深深感到土地在人的精神上打下的印记是有形而无形的，同时也是隽永而强烈的。西北偏僻地方从未见过红薯的人家，还有城市高级宾馆里动不动和珍馐佳肴打交道的人儿，遇见红薯，恐怕就不会有这样一种兴趣、感情。只是用口腹嗜好来解释，是不成立的。

有一天，家里来了位书法家，我们请他留下一帖横幅。他问："写什么话好呢？"

我未想妥，妻先答道："就写'当官不为民做主，不如回家卖红薯'吧。"

"这不合适。我不是什么官嘛。"我驳她。

　　她笑了，坚持己见："人家古代的县太爷还念叨红薯哩，我们这条幅你选择别的诗词也行，只要有红薯这两个字。"

　　土里土气的红薯太平庸了。别的文雅的诗词里哪会有这两个字呢？……

鱼羊之鲜

烤羊肉

梁实秋

　　北平中秋以后，螃蟹正肥，烤羊肉亦一同上市。口外的羊肥，而少膻味，是北平人主要的食用肉之一。不知何故很多人家根本不吃牛肉，我家里就牛肉不曾进过门。说起烤肉就是烤羊肉。南方人吃的红烧羊肉，是山羊肉，有膻气，肉瘦，连皮吃，北方人觉得是怪事，因为北方的羊皮留着做皮袄，舍不得吃。

　　北平烤羊肉以前门肉市正阳楼为最有名，主要的是工料细致，无论是上脑、黄瓜条、三叉、大肥片，都切得飞薄，切肉的师傅就在柜台近处表演他的刀法，一块肉用一块布蒙盖着，一手按着肉一手切，刀法利落。肉不是电冰柜里的冻肉（从前没有电冰柜），就是冬寒天冻，肉还是软软的，没有手艺是切不好的。

正阳楼的烤肉支子，比烤肉宛烤肉季的要小得多，直径不过二尺，放在四张八仙桌子上，都是摆在小院里，四围是四把条凳。三五个一伙围着一个桌子，抬起一条腿踩在条凳上，边烤边饮边吃边说笑，这是标准的吃烤肉的架势。不像烤肉宛那样的大支子，十几条大汉在熊熊烈火周围，一面烤肉一面烤人。女客喜欢到正阳楼吃烤肉，地方比较文静一些，不愿意露天自己烤，伙计们可以烤好送进房里来。烤肉用的不是炭，不是柴，是烧过除烟的松树枝子，所以带有特殊香气。烤肉不需多少作料，有大葱芫荽酱油就行。

正阳楼的烧饼是一绝，薄薄的两层皮，一面粘芝麻，打开来会冒一股滚烫的热气，中间可以塞进一大箸子烤肉，咬上去，软。普通的芝麻酱烧饼不对劲，中间有芯子，太厚实，夹不了多少肉。

我在青岛住了四年，想起北平烤羊肉馋涎欲滴。可巧厚德福饭庄从北平运来大批冷冻羊肉片，我灵机一动，托人在北平为我订制了一具烤肉支子。支子有一定的规格尺度，不是外行人可以随便制造的。我的支子运来之后，大宴宾客，命儿辈到寓所后山拾松塔盈筐，敷在炭上，松香浓郁。烤肉佐以潍县特产大葱，真如锦上添花，葱白粗如甘蔗，斜切成片，细嫩而甜。吃得皆大欢喜。

提起潍县大葱，又有一事难忘。我的同学张心一是一位畸人，他的夫人是江苏人，家中禁食葱蒜，而心一是甘肃人，极嗜葱蒜。他有一次过青岛，我邀他家中便饭，他要求大葱一盘，别无所欲。我如他所请，特备大葱一盘，家常饼数张。心一以葱卷饼，顷刻而罄，对于其他菜肴竟未下箸，直吃得他满头大汗。他说这是数年来第一次如意的饱餐！

我离开青岛时把支子送给同事赵少侯，此后抗战军兴，友朋星散，这青岛独有的一个支子就不知流落何方了。

手把羊肉

汪曾祺

　　到了内蒙，不吃几回手把羊肉，算是白去了一趟。

　　到了草原，进蒙古包做客，主人一般总要杀羊。蒙古人是非常好客的。进了蒙古包，不论识与不识，坐下来就可以吃喝。有人骑马在草原上漫游，身上只背了一只羊腿。到了一家，主人把这只羊腿解下来。客人吃喝一晚，第二天上路时，主人给客人换一只新鲜羊腿，背着。有人就这样走遍几个盟旗，回家，依然带着一只羊腿。蒙古人诚实，家里有什么，都端出来。客人醉饱，主人才高兴。你要是虚情假意地客气一番，他会生气的。这种风俗的形成，和长期的游牧生活有关。一家子住在大草原上，天苍苍，野茫茫，多见牛羊少见人，他们很盼望来一位远方的客人谈谈说说。一坐下来，先是喝奶茶，吃奶食。奶茶以砖茶熬成，加奶，加盐。这种略带咸味的奶茶香港人大概喝不惯的，但为蒙古人所不可或缺。奶食有奶皮子、奶豆腐、奶渣子。这时候，外面已经有人动手杀羊了。

蒙古人杀羊极利索。不用什么利刃，就是一把普通的折刀就行了。一会儿的工夫，一只整羊剔剥出来了，羊皮晾在草地上，羊肉已进了锅。杀了羊，草地上连一滴血都不沾。羊血和内脏喂狗。蒙古狗极高大凶猛，样子怕人，跑起来后爪搭至前爪之前，能追吉普车！

手把羊肉就是白煮的带骨头的大块羊肉。一手攥着，一手用蒙古刀切割着吃，没有什么调料，只有一碗盐水，可以蘸蘸。这样的吃法，要有一点技巧，蒙古人能把一块肉搜剔得非常干净，吃完，只剩下一块雪白的骨头，连一丝肉都不留下。咱们吃了，总要留下一些筋头把脑。蒙古人一看就知道：这不是一个牧民。

吃完手把肉，有时也用羊肉汤煮一点挂面。蒙古人不大吃粮食，他们早午喝奶茶时吃一把炒米，——黄米炒熟了，晚饭有时吃挂面。蒙古人买挂面不是论斤，而是一车一车地买。蒙古人搬家，——转移牧场，总有几辆勒勒车——牛车。牛车上有的装的是毛毯被褥，有的一车装的是整车的挂面。蒙古人有时也吃烙饼，牛奶和的，放一点发酵粉，极香软。

我们在达茂旗吃了一次"羊贝子"，羊贝子即全羊。这是招待贵客才设的，整只的羊，在水里煮四十五分钟就上来了。吃羊贝子有一套规矩。

全羊趴在一个大盘子里，羊蹄剁掉了，羊头切下来放在羊的颈部，先得由尊贵的客人，用刀子切下两条一定部位的肉，斜十字搭在羊的脊背上，然后，羊头撤去，其他客人才能拿起刀来各选自己爱吃的部位片切了吃。我们同去的人中有的对羊贝子不敢领教。因为整只的羊才煮四十五分钟，有的地方一刀切下去，会沁出血来。本人则是"照吃不误"。好吃吗？好吃极了！鲜嫩无比，人间至味。蒙古人认为羊肉煮老了不好吃，也不好消化；带一点生，没有关系。

我在新疆吃过哈萨克族的手把肉，肉块切得较小，和面条同煮，吃时用右手抓了羊肉和面条同时入口，风味与内蒙的不同。

谈羊杂碎

张贤亮

　　每看到骚人墨客介绍自己家乡风味小吃的文章，一面垂涎三尺，一面也暗觉惭愧。我的第二家乡宁夏，可说没有一样具有地方特色的菜肴，而我所偏爱的本地小吃——羊杂碎，似乎是既上不得台面又不能形诸文字的。端到台面上，人们会掩鼻而走，写成文章，徒然引美食家哂笑。然而我一直敝帚自珍，像北京人爱吃臭豆腐一样，嗜吃此物不疲。

　　中国人善吃，对于动物，不仅食肉啃骨，连五脏六腑也要扫得精光。《礼记》中还有古人"茹毛饮血"一说。但毕竟时代不同了，现在血虽然还饮着，毛大约已经没有人去"茹"了。所谓"羊杂碎"，即羊的内脏。心肝肺肚肠，皆切成小块，一齐倒入锅内。煮熟后，浇以羊油炸的辣子，再撒点香菜即可。制作过程极为简单，刀功火候、放入锅内的先后次序以及作料等等，皆无讲究。稍微费事一点的，不过是"吹面肺"。也就是说，要将面粉调成的稀糊灌进羊肺的空隙里。下锅煮熟后，羊肺就成了介乎面食与肉食之间的东西，洁白如玉。用宁夏话说，吃起来很"筋道"。

这当然是种原始的食品，和流行于西北地区的"手抓羊肉"一样，看起来人人都会做。但是，其实这里面大有学问在。最原始的、最简单的、无所谓工艺规则和工艺秘诀的制作过程，而其制作出来的东西，在质量上也有天地之差。怎么会出现这么大的差别呢？我们中国人名之曰"手气"。譬如腌咸菜、泡泡菜、腌鸭蛋之类，它们的制作过程都是极为简单的，而谁都知道，各个人制作出来的味道却因人而异，有的人还搞得一团糟，简直不能入口。我在宁夏各地都吃过羊杂碎，各地各人所做的绝不相同，不像有成套工艺程序的松鼠鳜鱼，在哪个饭馆都是同样味道。这里，起作用的不是别的，就是各个人的"手气"了。"手气"，不同于摸彩和摸牌时那种带有运气意义的手气，也不在于那人是男是女，健康与否，干净与否或长得模样如何。究竟是什么，现在谁也说不清楚。说不清楚的东西，不算学问，却又比学问更高级。譬如，"营养学"、"烹饪学"这些有规律可循的，是学问；"手气"，无规律可循却又实实在在起作用，就属于玄学了。

因为制作简单，全凭"手气"，羊杂碎本身就好像无话可说。但怎样吃却有文章可做。我在宾馆、招待所里吃过羊杂碎，怎么吃怎么不是滋味，觉得不管是哪家小摊上的也比这里好。仔细琢磨以后方知道，吃羊杂碎需得吃它的氛围、食具和本人的打扮。一张油腻腻的桌子，最好是连桌子板凳都没有，蹲在黄土地上，身旁还得围着一两条狗。氛围就有了。捧的是粗糙的蓝边碗，抓着发黑的毛竹筷，就得使用这样的食具。本人呢，最好披着老羊皮袄，如果是夏天，就要穿汗渍的小褂。这样吃，才能真正吃出羊杂碎的味道和制作者的人情味来，你和制作者的"手气"甚至"灵气"就相通了。

当然，这样的行头和氛围，吃苏州的蟹黄包子或广州的凤爪，不仅很不像样子，还会食而不知其味。但对羊杂碎，还非这样吃不可。浅而言之这是"食相"，深而言之就是属于文化中的饮食方式。什么是"风味"呢？风味就在这里！如同苏轼的"大江东去"，不能让二八娇娃持牙板启朱唇来唱，非得请关东大汉引吭高歌，听起来才过瘾。

我怎么爱吃起羊杂碎的呢？其实不过是逼出来的而已。劳改和当农工的年代，肉是没我的份儿的，但凡队上宰了牲畜，我只能分得一点下水。羊牛马驴骡猪骆驼以至于狗等等，好像除了人的下水（这样说有点大不敬的味道），没有我没吃过的。说实话，对汉民来说，比较起来还是猪的下水好吃一点。不过猪的下水属于高级下水，还是没我的份儿。而羊杂碎在回民地区又是一种普遍的小吃，于是，经过一段被迫性接受过程，再逐渐适应，最后竟成为一种嗜好了。这倒和某一个人成为某一种学派的信徒的过程相同。

生活条件变了，环境变了，社会地位不同了（这里所说的不同仅指我也可享受猪的下水而言，并无其他含义），但我还是爱吃羊杂碎。遗憾的是，我再也吃不出那种完全沉浸在杂碎汤中的销魂滋味来了。现在人们爱说文化的断裂，这是不是也算一种文化的断裂在个人身上的体现呢？

这种断裂是挺痛苦的，并经常使我留恋过去的饮食方式。因而造成我在文化上时常出现某种返祖现象，就像过不几天就要跑到小摊上去吃碗羊杂碎一样，尽管那羊杂碎已经不同于过去的羊杂碎，大大地串了味了。

涮羊肉

高洪波

中国文化，博大精深，注家蜂起——但毫无疑问，饮食文化所占比重极大。不敢想象中国人离了一个"吃"字，还有没有更形象、更生动、口感更奇妙的动词？譬如说，"前方吃紧，后方紧吃"，这是抗战时的一句名言。一个"吃"字，涵盖了多大的社会内容？再譬如说，一个人面临法律问题，但他绝不会讲什么诉讼、起诉或原告被告的法律专门语汇，他会无可奈何但又生动万分地说自己"吃官司"。官司都能"吃"的民族，胃口注定是极佳的。

我的胃口曾经（请注意这个词："曾经沧海难为水"的"曾经"）很好，吃过的美食也很多。但不幸应了一句民谣：革命小酒天天醉，喝坏了党风喝坏了胃。又云：当了××长，把胃献给党。总而言之，统而言之，曾经很好的胃口变得很不好，以至于常常感到自己像一条吞了钩的鲤鱼，让命运那只无情的手给遛着玩儿。于是对于吃的享受，只剩下回忆、芳香而垂涎的那种有几分浪漫的回忆。

前面说过我吃过的东西（不一定非得是"美食"）很多，生猛海鲜或山珍美味，进入不了我的视野，我想说的是一种瑶山黑虫。当年我到云南边疆大瑶山中采访，吃过这种有着尖厉鸣声的知了们的伙伴。黑虫很多，孩子们很轻松地便提满一竹筒，一分钱一只，一元钱一百只，一百只四处乱爬翅膀乱颤的黑甲虫，倒在脸盆里略一洗，随后一一扯去翅膀，捏定在案头，一刀劈为两半，手到刀到，手起刀落，刀落时黑虫还蠕动挣扎，刀起时便一分为二。不一会儿，黑虫们便文静地、谦虚地等候在盆里，等待铁锅与菜籽油的烹炒煎炸。大瑶山的妙不可言的炒黑虫，谁吃过？这注定是一道奇特的菜谱。主要作料是盐，还有贫穷和饥饿。

饥饿是最鲜美的味精——十几年前我因病住院，患的是胃肠道疾病，七天内除了输葡萄糖、抗菌素外，只吃一些流食。开头两天尚能坚持，第三天便有几分难耐，再后来饥肠辘辘，读不下任何书，便想起"精神会餐"及曹孟德"望梅止渴"的典故，找一本菜谱来仔细阅读。那是《大众菜谱》，属于工薪阶层或广大工农兵的专利，结果让我反复研究仔细推敲直至刻骨铭心的是涮羊肉。

涮羊肉谁都吃过，近年北京人又引进了红焖羊肉、烤涮两用型的火锅、海鲜火锅直至狗肉汤锅，但万变不离其宗，在我内心里唯一的选择仍是涮羊肉，是具备至少八种调料以上的那种形神兼具滑嫩爽口的涮羊肉。

涮羊肉先备调料。调料一是韭菜花，二是芝麻酱，三是酱豆腐汁。韭菜花最好是用自己买的鲜韭花捣制，芝麻酱则先用冷开水调匀，继而对入精盐，取其秀气。酱豆腐汁鲜红浓郁，一滴滴融入调料中，很富诗意。

"三大件"后，加入虾油、米醋、黄酒、香油及几滴辣椒油，一份液体调料基本制成，随后加入最主要的绿色食品——香菜。香菜不需剁得太细碎，但它与调料的关系相当于茶与水，再好的茶如没有水来滋润浸泡，充其量只是一种半成品，所以涮羊肉调料如果没有香菜，这顿饭你没法吃痛快。香菜放进去，再捏一把剁碎的生葱、放几粒味精，一搅拌，大功告成。

且慢，手头还须放一小碟糖蒜，作为吃涮羊肉中间的一种有滋有味的过渡。如果少了糖蒜的点缀，这顿饭你会感到缺乏节奏，像一篇文章通篇不用标点符号一样，让人读着别扭。

涮羊肉很简单，是从蒙古游牧民族杀伐征战中诞生的一种粗犷的食品，但涮羊肉又很复杂，除了调料之外，还应准备好铜火锅，要膛大火力旺的内蒙古丰镇产的黄铜火锅，十个人围上去涮一气，锅中的水照样欢天喜地地滚开着；要备好讲究的"锅底"，即虾仁儿、香菇和葱姜，虾仁儿要事先用开水发好，香菇须泡出香且软的感觉，切成丝，连浸泡的水一齐倒入锅内……只有这样，才能夹一筷子羊肉片，兴冲冲涮进去，才能寻找到羊们为人类提供的那种最伟大的奉献的精奥之处。

至于羊肉的部位、羊们的产地同样至关重要，但超出了《大众菜谱》所能介绍的范围，所以我的努力只能到此为止。

涮羊肉，天下第一美味。

羊肉泡馍

阎纲

　　"羊肉泡"或曰"羊肉泡馍"，是西安最富传统色彩、最有地方特色的名吃，在全国饮食界独树一帜。"羊肉泡馍"的制作十分精致，从挑羊、宰杀、选肉、配料、炖煮到打馍，形成一套极其严格的操作工艺，是陕西人以至西北人与生俱来的美食。

　　红白相间，肉面浑然，色嫩、汤鲜、馍筋、质滑、味醇，视觉味觉都是高度享受，端的一碗艺术品！

　　你看它又荤又素，又软又硬，又干又稀，又香又辣，又俗又雅，又贱又贵，又有嚼头又好嚼，又能经饱又不撑着，油而不腻，筋而不塞，不管年老年少有牙没牙一概食如甘饴，吃一顿饱一天。家乡传统的饮食文化自小滋润着我艺术审美的胃口。

吃法独具匠心，就餐者与操作者必须配合，馍掰得越小、越细碎，操作起来越拿手，吃将起来才够味。自己掰的自己享用，参与感使你备感亲切。行家吃泡馍，讲究"蚕食"，切忌翻搅，须从碗边选准突破口，逐渐向纵深发展，由点到面，像挖坑一样，一镢头一镢头地刨，一大口一大口地吞，动作快捷而方寸不乱。掰馍可是一种享受啊！三朋四友，七大姑八大姨，大家围坐一起，清茶一杯，边谈边掰，不在匆匆填饱肚皮，只求细细地剖白心迹，亲情、公关、解馋三不误。慢慢地掰着，慢慢地说着，慢慢地喝着，茶逢知己千杯少，碗中珍珠不厌多。席面当间是西安特制的辣子酱（或称酱辣子），另外两盘是糖蒜和芫荽（香菜），手中馍时不时地掰出稍大一块伸手蘸上一疙瘩眼前香喷喷的麻油酱辣子，有滋有味地嚼它两口，然后倒吸一口气，连连"嗯！嗯！"几声表示满意。该说的话最好在掰馍时消消停停地说完。等到泡馍端上来时，各人顾不得斯文，猛虎扑食一般，迫不及待地和那发出刺鼻香味的碗中物激战起来。只见满脸汗珠子一粒粒直往外冒，只听见嘴巴忙忙碌碌呼哧呼哧直喘气，这时候，只有这时候，天大的事你得搁在一边，天塌下来也得把碗打扫干净了再说。

似乎多日来受些风寒头痛脑热的也去了大半。

五十年代，"羊肉泡馍"晋京，在西城新街口开设了家"西安食堂"，那时，你要说西北有美食，其名曰"泡馍"，人家莫名其妙，像是听说洋人除了法国大菜之外还有什么"热狗"一样。1956年秋，10月16日，我在苏联展览馆参观完"日本商品展览会"，边走边叹，觉着"太阳旗飘来飘去太刺激中国人"！走着走着，走进西安食堂，只见一阵慌乱和兴奋。掌柜的是老陕，回民白帽，一口唇音突出的长安话，说毛主席吃泡馍来了，"哎呀，把我吓得，就在这儿……"他惊魂未定，颤巍巍地继续唠叨着，"我没敢叫他亲手掰馍，发动大伙把手洗得净净的，掰得碎碎的，他竟然说好吃，这不刚走！"说来凑巧，也是 10 月 16 日这一天，毛泽东主席到西郊机场送柬埔寨贵宾回来，进西直门，过新街口，突然提出停车，使前行的卫队措手不及。毛主席走进西安食堂，点名要吃泡馍。据说，这是毛主席进北京城以后头一回下馆子，毛主席陕北十三年，今日特意到此，不仅仅为了一顿午餐是吧？伟大领袖光临，惊天动地却秘而不宣，不然的话，消息传开，毛主席是南方人都爱吃泡馍，"羊肉泡"不知要火成什么样子。到了八十年代，不少人开始知道"泡馍"的大名，但不敢问津，觉得那玩意像是野人吃的，"不就是把馍泡到汤里吗？"不幸而言中。

六十年代天灾人祸，我仍到新街口那家馆子解馋，呀，竟成了味精汤泡馍！气得我找来意见簿，上写"质量太差，丢陕西的人！"正宗的"泡馍"哪里是把馍泡到汤里？"馍"其实是特制的饼，经得住大火烩煮，但吃时不觉其硬；"汤"也非一般高汤，汤是关键，千百年来，秘密就在这汤里；"泡"实则为煮，我小时在陕西老家，称它作"羊肉煮馍"，倒也写实，天晓得怎么变成"泡"字。现在好了，北京满处是"西安羊肉泡馍馆"，并且在招待内宾外宾的宴席上"泡馍"成了香饽饽，风味食品中不能少了它。经过一番渲染和品尝，说泡馍坏话的人越来越少。我看时机到了，展开宣传攻势，但也不能强加于人，任你眉飞色舞天花乱坠，言者凿凿而听者渺渺，人家广东人直摇头，奈何？

西安稠酒与泡馍

赵珩

　　古都西安的美食不胜列举，不但味道醇厚，而且大多源远流长，能有许多说道。动辄远溯汉唐，时间最近的，也能追到清末慈禧、光绪西遁长安那一年。像南院门的葫芦头、教场门的饴酪、荤止坡的腊羊肉，以及葫芦鸡、酸汤饺子、玫瑰饼、岐山面、柿子饼、锅盔种种，都是极具特色的。近年来名噪古都的贾二、贾三灌汤包子，虽然历史最短，但颇有后来居上的架势。我曾四次去西安，最近一次是在 1993 年，正是贾家弟兄灌汤包子最负盛名时，当时我住在丈八沟的陕西宾馆，特地坐了一个小时的汽车到钟楼，步行到马家十字，去贾三店中吃牛肉灌汤包子和大麦米的八宝粥。虽已过饭口，楼上楼下仍是座无虚席。贾三汤包果然名不虚传，味道鲜美。后来贾三汤包制成速冻半成品，在许多城市出售，口感和味道就实在不敢恭维了。

在西安的众多美食中，最令我喜欢和回味无穷的，要算是羊肉泡馍和黄桂稠酒了。

西安羊肉泡馍最有名的两家馆子当属同盛祥和"老孙家"。这两家字号都有多年的历史，且以曾因有许多历史人物光顾而负盛名。当地人对两家的特点自有评说，但对我来说却难分轩轾。前几年同盛祥打入北京，在王府井南口开了店，生意极为红火，尤其在秋末冬初，中午和晚间人满为患，要拿号等候，如果是一两个人用餐，往往要与他人合拼一桌。听听四周口音，确有不少陕西乡党，一碗热气腾腾的泡馍端上桌来，会引起那些客居北京的乡党多少思乡之情。

同盛祥与老孙家泡馍馆的牛、羊肉泡馍用料考究，羊肉要选肥嫩新鲜的绵羊，牛肉则要选四岁口的牛，而且只取前半截，这样才能保证肉的质量，煮出的肉肥而不腻，瘦而不柴。煮肉时要先剔净后使肉、骨分离，然后肉骨同入一锅，肉切大块儿，骨头垫底，猛火煮后再经小火煨，肉嫩而不散。作料是各有配制的秘方，装入布袋与肉同煮。泡馍的馍也叫饦饦馍，是用精粉烙制，绝对是无可替代的。

吃泡馍的第一道程序是由顾客自己完成的，也就是自己动手将馍掰碎，过于讲卫生的人往往过不了这一关。在西安任何档次的泡馍馆，很少见有先洗手再掰馍的，一般是落座后服务员送上大海碗和饦饦馍，附带一个有号码的纸条。于是大家动手掰馍，一面山南海北地聊着天。有耐心的能将两个饦饦馍掰上半个时辰，馍被掰得细如米粒。急性子的人往往不到十分钟即掰完两个馍，状如指甲盖儿大小。我曾请教过内行，馍掰成多大最为相宜，人家告诉我可根据个人口味而定，指甲盖儿那么大的块儿是太大了。而小如米粒也不见得就好，一般掰到玉米粒大小正相当。掰好的馍请服务员收走，碗里要放上有号码的纸条，以便入锅时"验明正身"。泡馍馆无论多么忙乱，泡好的馍各就其位是不会错的，绝不会错吃别人掰的馍。

泡馍的工序是用现成的老汤一勺放入炒勺内，对入两倍清水，使老汤化开，大火烧开后，将一碗掰好的馍和几大块羊肉或牛肉倒入炒勺，再加粉丝和作料，将馍翻滚煮透，最后淋入少许腊羊油即成。煮成的馍必盛入原来的碗中，有人曾用红笔在碗的下部做了个记号，看看泡好的馍是否物归原主，结果一点不错。

在西安吃泡馍，可以事先告诉服务员个人的要求，实际也就是汤的多少，可以分为"口汤"、"涝汤"和"水围城"三种。"口汤"的汤最少，一般吃到最后仅剩一口汤。这种泡法就是要时间稍长，让馍将汤大多吃入吸干。"涝汤"是最普通的泡法，吃到最后尚余汤数口。如果事先不嘱咐服务员，大多采取"涝汤"的形式。"水围城"则是先将馍把汤吃透吸干，放入碗内，嗣后另外浇入肉汤，汤是最宽的。此外，也是称为"干爆"的一种，是令馍将汤完全吃透，再另外在炒勺中淋油翻动，反复几次，使之完全无汤。这种吃法稍腻，很少有人问津。

由于馍的品质特殊，加上泡制的技术，任你将馍掰得细如碎米，泡出来也不会糟、不会烂，粒粒可辨，吃起来很筋道。无论汤多汤少，味道香腴可口，瘦中有肥的大块牛羊肉又香又嫩。吃泡馍要配以香菜和辣椒酱，另放在盘中，可以自己添加。糖蒜也是必不可少的，起到爽口和解腻的作用。

无论在同盛祥还是老孙家泡馍馆，吃泡馍的气氛总是热烈的。掰馍时的谈笑，服务员穿梭似的往来，大海碗中冒出的热气，以及弥漫在店堂中的牛羊肉汤和糖蒜的味道，浑然一体。三秦子弟淳朴憨厚，你在桌旁与人搭讪，绝不会遭到冷遇，如果请教泡馍吃法，乡党们更是滔滔不绝，如数家珍。一碗泡馍下肚，大汗淋漓，酣畅至极。

黄桂稠酒也是西安特产，它的起源可以追溯到远古，商周时祭神、祭祖先的醴就是稠酒。《诗经·周颂·丰年》"为酒为醴，烝畀祖妣"中的醴就是此物。后来也作为款待客人的食品，因此《诗经·小雅·吉日》又说："以御宾客，且以酌醴。"醴虽属酒类，醇的含量却很低，大约只有两三度，不会喝酒的人也能喝上一壶。汉代楚元王刘交很敬重大夫穆生、申公等人，经常与他们宴饮，穆生性不嗜酒，因此每到刘交设酒请客，都要为穆生特别安排醴酒，就像今天在宴会上给不会喝酒的人预备可乐或雪碧、果茶一样。后来刘交去世，他的孙子刘戊即位，开始时也为穆生设醴，慢慢地就逐渐淡忘了。穆生感到不妙，说："可以逝矣！醴酒不设，王之意怠，不去，楚人将钳我于市。"后来"醴酒不设"的典故就专指恩宠渐衰的征兆了。

稠酒的味道类似江南的米酒和四川的醪糟，但与之相比，更胜一筹。一是绝无杂质，二是质地醇厚，不似米酒和醪糟那样稀薄。我也是性不嗜酒，但对稠酒却情有独钟。在陕西宾馆开会，每饭必有稠酒，开始每桌置两壶，顷刻即罄，后来关照厨房，撤去一切饮料，只上稠酒，直到大家尽兴。

西安的黄桂稠酒是以桂花为辅料，除了米酒的清醇之外，还有一点淡淡的桂花香气。黄桂稠酒在西安以"徐记"最为出名，但现在各处均以"徐记黄桂稠酒"为招牌，也就真假难分了。真正的好稠酒应该是倒出来质如淡淡的牛奶，乳白色中略显微黄。盛稠酒的器皿最好是锡壶，酒要喝热的，锡器传热快，温起来便利。

　　泡馍与稠酒是我最喜爱的两样西安特产，可惜"鱼与熊掌不能兼得"，想在吃泡馍时佐以黄桂稠酒，在西安几乎是不可能的。因为西安泡馍馆大多是回民所开，西安回民泡馍馆绝不卖稠酒。吃泡馍就稠酒的享受只有过两次，一次是去北京新街口的西安饭庄楼上，泡馍是好的，而稠酒是装在玻璃瓶中，喝一瓶开一瓶，且是冷的。另一次是在西安，因去陕西考古所公务，主人坚持请我吃饭，盛情难却，但我提出绝不去大饭店，只愿去吃羊肉泡馍，无奈只得主随客便，从考古所出来，往大雁塔方向步行，有一泡馍馆，倒也干净，掰馍聊天之余，偶然瞥见墙边有一木架，上面摆列了一排锡壶，有大小两种。试问服务员可有稠酒，答称有现成热稠酒，于是欣喜过望。一大碗油脂羊肉泡馍，一大锡壶黄桂稠酒，吃得大汗淋漓，胜似多少山珍海味。

　　吃泡馍、喝稠酒、听秦腔是去西安的三大乐事。八十年代我第二次去西安时，在钟楼附近的同盛祥楼上吃过优质泡馍（也称油脂泡馍，汤肥肉嫩，价格略高于楼下）之后，又在街角喝上一碗黄桂稠酒，再过马路到钟楼邮局后面的易俗社看一出秦腔《火焰驹》，实实在在地做了一次关中子弟、三秦乡党。

闲话涮羊肉

陈建功

我喜欢"大碗筛酒，大块吃肉"那句话。当然，如果把"大块"改成"大筷"，则更适合于我，因为我喜欢 "涮"。

与写小说的人和写诗的人大概确有别材别趣，对屈原老先生"朝饮木兰之坠露"、"夕餐秋菊之落英"的境界，一直不敢领教。即便东坡先生那句"宁可食无肉，不可居无竹"吧，似乎也不太喜欢。我猜东坡先生其实也并不是真的这么绝对，所以才有"东坡肘子"、"东坡肉"与"大江东去"一道风流千古。跟先贤们较这个"真儿"，实在是太重要了，不然吃起肉来，名不正、言不顺。而我，尤其是"不可一日无肉"的。妻子曾戏我：一日无肉问题多，两日无肉走下坡，三日无肉没法儿活。答曰：知我者妻也。为这"理解万岁"白头偕老，当坚如磐石。

爱吃肉，尤爱吃"涮羊肉"。有批评家何君早已撰文透露，经常光顾舍下的老涮客们称我处为"南来顺"，当然是玩笑。京华首膳，"涮羊肉"最著名的馆子，当推"东来顺"。"东来顺"似乎由一丁姓回民创建于清末。百十年来以选料精，刀工细，佐料全而蜚声中外。据说旧时东来顺只选口外羊进京，进京后还不立时宰杀，而是要入自家羊圈，饲以精料，使之膘足肉厚，才有资格为东来顺献身。上席之肉，还要筛选，唯大小三叉、上脑、黄瓜条等部位而已。刀工之讲究就更不用说了。记得刘中秋先生曾撰文回忆，上个世纪三四十年代，常有一老师傅立于东来顺门外，操刀切肉。桃李不言，下自成蹊。过往人等看那被切得薄如纸片、鲜嫩无比的羊肉片，谁人不想一涮为快？如今的东来顺已经不复保留此种节目。我家住在城南，朋友往来，每以"涮"待之，因得"南来顺"谑称。手艺如何，再说，涮之不断，人人皆知，由此玩笑，可见一斑。

我之爱"涮"，还有以下事实可为佐证：

第一，家中常备紫铜火锅者三。大者，八九宾客共涮；中者，和妻子、女儿三人涮；小者，一杯一箸独涮。既然有买三只火锅的实践，"火锅经"便略知一二。涮羊肉的火锅，务必保证炉膛大、炉算宽，才能使沸水翻滚，这是人所共知的。但挑选者往往顾此失彼，注意了实用，忽略了审美。其实，好的火锅，还应注意造型的典雅：线条流畅而圆润，工艺精致而仪态古拙。当然，还不应忽视配上一个紫铜托盘，就像一件珍贵的古瓶，不可忽视紫檀木的瓶座一样。西人进食，讲究情致：烛光、音乐，直到盛鸡尾酒的每一只酒杯。中国人又何尝不如此？簋、簠以装饭，豆、笾以盛菜，造型何其精美。继承这一传统，我习惯于在点燃了火锅的底火之后，锅中水将开未滚之时，把火锅端上桌。欣赏它红光流溢，炭星飞迸，水雾升腾，亦为一景。我想，大概是这一套连说带练的"火锅经"唬住了朋友们，便招来不少神圣的使命：剧作家刘树纲家的火锅，即由我代买；批评家何志云、张兴劲买火锅，曾找我咨询；美国的法学博士、《中国当代小说选》的译者戴静女士携回美国，引得老外们啧啧羡叹的那只火锅，也是由我代为精心选购的。我家距景泰蓝厂仅一箭之遥，该厂虽不是专产火锅的厂家，却因为有生产工艺品的造型眼光，又有生产铜胎的经验，在我看来，作为他们副产品的紫铜火锅，仍远超他家之上。散步时便踱入其门市部，去完成那神圣的使命。想到同嗜者日多，开心乐意。特别是那些操吴侬软语的江南朋友们，初到我家，谈"涮"色变，经我一通"大碗筛酒大'筷'吃肉"的培训之后，纷纷携火锅和佐料南下，不复"杨柳岸晓风残月"，而是一番"大江东去浪淘尽千古风流人物"气概，真让人觉得痛快！

　　第二，我家中专置一刀，长近二尺，犀利无比，乃购自王麻子刀剪老铺，为切羊肉片而备也。当今北京，店铺街集，卖羊肉片者触目皆是，我独不用之。卫生上的考虑是个原因，更主要的原因是：嫌其肉质未必鲜嫩，筋头未必剔除，刀工更未必如我。我进城一般路过红桥市场，每每携一二绵羊后腿归。休息时剔筋去膜，置之冰室待用。用时取出，钉于一专备案板上，操王麻子老刀，一试锋芒。一刻钟后，肉片如刨花卷曲于案上，持刀四顾，踌躇满志。曾笑与妻曰：待卖文不足以养家时，有此薄技，衣食不愁矣！有作家母国政前来做客，亦"涮"家也，因将老刀示之。国政笑问吾妻：我观此刀，森森然头皮发紧。你与此公朝夕相处，不知有感否？吾妻笑答曰：如履薄冰，战战兢兢。不知无可切时，是否会以我代之。

第三，我涮肉的佐料，必自备之。如今市面上有成袋配好的佐料出售。出于好奇，我曾一试，总觉水准差之太远。我想大概是成本上的考虑：韭菜花、酱豆腐者，多多益善，芝麻酱则惜之若金，此等佐料，不过韭菜花水儿或酱豆腐汤儿而已，焉有可口之理？每念及此，常愤愤然，糟蹋了厂家声誉事小，糟蹋了"涮羊肉"事大。因此，我是绝不再问津的。我自己调佐料，虽然也不外乎老一套：韭菜花、酱豆腐、芝麻酱、虾油、料酒、辣椒油、味精等等，然调配得当，全靠经验，自认为还算五味俱全，咸淡相宜，每次调制，皆以大盆为之，调好后盛入瓶中，置之冰箱内，用时不过举手之劳。

第四，北京人居家吃"涮羊肉"，还是"大约在冬季"。独我馋不择时。北京人在什么季节吃什么，甚至什么日子吃什么，过去是颇讲究的。涮羊肉至少是八月十五吃过螃蟹以后的事。要说高潮，得到冬至。冬至一到，否极泰来，旧京人家开始画消寒图：或勾八十一瓣的梅花枝，或描"亭前垂柳珍重待春风"，一日一笔，八十一笔描完，便是买水萝卜"咬青"、上"河边看杨柳"的日子了。与这雅趣相辉映的，便是"涮"。冬至中午吃馄饨，晚饭的节目，便是"涮羊肉"了，一九一涮，二九一涮，依次下来，九九第一天涮后，还要在九九末一天再涮一次，成了个名副其实的"十全大涮"。不过，真的让我照此实践，待到冬至才开"涮"，又如何打熬得住？我是广西人，南蛮也，只知北京涮羊肉好吃，论习惯该何时开涮，是北京人的事，我辈大可自作主张。反正家中有火锅、大刀、佐料、羊腿侍候，"管他春夏与秋冬"！前年有一南方籍友人赴美留学归来，上京时暂住我家。时值盛夏，赤日炎炎，问其想吃点什么，以使我尽地主之谊。答曰：在大洋彼岸朝思暮想者，北京"涮羊肉"也，惜不逢时。我笑道：你我二人，一人身后置一电扇，围炉而坐，涮它一场，岂不更妙？当其时也当其时也。言罢便意气扬扬，切肉点火。

　　迷狂至此，不知京中有第二人否？

涮羊肉

赵大年

涮羊肉大概是北京人最实惠的美餐了。说它实惠，首先是价廉物美。店家端上桌来的羊肉片，一斤一盘也罢，半斤一盘也罢，数量足不足，是否新鲜，都看得一清二楚，无法掺假欺客。从前有句话：挂羊头卖狗肉。现在大可放心，因为狗肉比羊肉贵得多，没人干这赔本买卖。

汉字很有学问。就说这个鲜字，一边是鱼，一边是羊，可见这两样味道都很鲜美。有一道菜，羊汤炖鱼，十分好吃，本文不作介绍。今天只说涮羊肉。

　　涮，不是煮，更不是炖，是把薄薄的羊肉片夹进火锅滚开的热汤里晃动三五秒钟，刚变成米白色就是熟了；如果多煮几秒钟，肉质变老，则失去了涮肉的特色。有些外地客人把它读作"刷羊肉"，就是不了解涮的奥妙。

　　传说涮羊肉的吃法来自满蒙。这有根据。北京最著名的涮羊肉馆就叫东来顺，还有西来顺，北来顺，又一顺，都来顺，可见这些店家都是从东北和西北迁来的，而且来了之后生意兴隆，发展顺利。即使如此，从蒙族入主中原的元朝算起，或从满族入主中原的清朝计算，涮羊肉的吃法和店家落户北京都有好几百年了。"长安居，大不易"，一家饭馆，一种菜肴，要在京都站住脚，就必须参与京城同行业的竞争，经受见多识广的美食家们的百般挑剔，不断改进，趋于精美，才能变成京都的名菜名店。就像烤鸭来自山东，您看过话剧《天下第一楼》或电影《老店》吗？它把全聚德烤鸭店的发展史表现得淋漓尽致，那也是经过京都美食家的百般挑剔、百年挑剔，不断提高，山东烤鸭才变成北京烤鸭的。有趣的是，我去济南采访，主人请我吃烤鸭，那餐馆的金字招牌上写的却是"北京烤鸭"。现在，涮羊肉餐馆在北京已发展到数百家，而且北京百姓家里大多有火锅，在家涮羊肉，保守的估算也是几十万户吧。这样的规模，足以说明涮羊肉已经姓"京"。几百年的发展提高，这吃法变得相当考究了。

　　首先是精选羊肉。要内蒙古、新疆不带膻味的绵羊，不要冻羊肉，要现宰的活羊。最好的部位是羊后腿，肉厚。其他部位的肉也要把筋、膜、脆骨剔除。东来顺餐馆生财有道，将那些筋骨碎肉大锅熬汤来浇杂面（豆粉面条），贱卖，解放前的人力车夫最喜欢，一听乘客说要下饭馆，就主动推荐东来顺，拉车快跑送来"财神爷"。北京市民消费羊肉片的数量很大，那些"下脚料"也各有销路：白水羊头，酱羊蹄，羊杂碎，羊蝎子，都是传统的风味小吃。

最见功夫的是切羊肉片。鲜肉要用白布摁住，锋利的片儿刀横着肉丝切成薄片，若顺着肉丝切，口感就差了。人说肉薄如纸，略有夸张，但它的确薄到了半透明的程度。然而现在吃涮羊肉的人家太多，哪有这么多切肉片的师傅呢？市场上卖的大多是机器切的速冻羊肉，好在速冻的羊肉不伤营养。

涮羊肉还靠多种作料。最基本的是芝麻酱调红豆腐乳，再加味精、虾油、韭菜花、炸红辣椒油、香菜末和葱末，搅和在小碗里，涮好的羊肉片蘸作料吃。还可以搭配着涮白菜，菠菜，金针菇，豌豆苗，冻豆腐，细粉丝等。此外不可或缺的是糖蒜，借以提味爽口。火锅的"锅底儿"也有讲究，用高汤，加海米、香菇、火腿、鲜姜。如此这般涮到八成饱，这锅汤也变成浓酽的美味了，用它煮一些细挂面当主食，再吃个芝麻烧饼，就算大功告成。

梁实秋　鱼翅

鱼翅通常是酒席上的一道大菜。有红烧的，有清汤的，有垫底的（三丝底），有不垫底的。平平浅浅的一大盘，每人轮上一筷子也就差不多可以见底了。我有一位朋友，笃信海味必须加醋，一见鱼翅就连呼侍者要醋，侍者满脸的不高兴，等到一小碟醋送到桌上，盘里的鱼翅早已不见踪影。我又有一位朋友，他就比较聪明，随身自带一小瓶醋，随时掏出应用。

鱼翅就是鲨鱼（鲛）的鳍，脊鳍、胸鳍、腹鳍、尾鳍。外国人是弃置不用的废物，看见我们视为席上之珍，传为笑谈。尾鳍比较壮大，最为贵重，内行人称之为"黄鱼尾"。抗战期间四川北碚厚德福饭庄分号，中了敌机投下的一弹，店毁人亡，调货狼藉飞散，事后捡回物资包括黄鱼尾二三十块，暂时堆放舍下。我欲取食，无从下手。因为鱼翅是干货，发起来好费手脚。即使发得好，烹制亦非容易，火候不足则不烂，火候足可又怕缩成一团。其中有诀窍，非外行所能为。后来我托人把那二三十块鱼翅带到昆明分号去了。

北平饭庄餐馆鱼翅席上的鱼翅，通常只是虚应故事，选材不佳，火候不到，一根根的脆骨剑拔弩张的样子，吃到嘴里扎扎呼呼。下焉者翅须细小，芡粉太多，外加陪衬的材料喧宾夺主，黏糊糊的像一盘糨糊。远不如到致美斋点一个"砂锅鱼翅"，所用材料虽非上选的排翅，但也不是次货，妙在翅根特厚，味道介乎鱼翅鱼唇之间，下酒下饭，两极其美。东安市场里的润明楼也有"砂锅翅根"，锅较小，翅根较碎，近于平民食物，比我们台湾食摊上的鱼翅羹略胜一筹而已。唐鲁孙先生是饮食名家，在《吃在北平》文里说："北方馆子可以说不会做鱼翅，所以也就没有什么人爱吃鱼翅，但是南方人可就不同了，讲究吃的主儿十有八九爱吃翅子，祯元馆为迎合顾客心理，请了一位南方大师傅擅长烧鱼翅。不久，祯元馆的'红烧翅根'，物美价廉，就大行其道，每天只做五十碗卖完为止。"确是实情。

最会做鱼翅的是广东人，尤其是广东的富户人家所做的鱼翅。谭组庵先生家的厨师曹四做的鱼翅是出了名的，他的这一项手艺还是来自广东。据叶公超先生告诉我，广东的富户几乎家家拥有三房四妾，每位姨太太都有一两手烹调绝技，每逢老爷请客，每位姨太太亲操刀俎，使出浑身解数，精制一两样菜色，凑起来就是一桌上好的酒席，其中少不了鱼翅鲍鱼之类。

他的话不假，因为番禺叶氏就是那样的一个大户人家。北平的"谭家菜"，与谭组庵无关，谭家菜是广东人谭篆青家的菜。谭在平绥路做事。谭家在西单牌楼机织卫，普普通通的住宅房子，院子不大，书房一间算是招待客人的雅座。每天只做两桌菜，约须十天前预订。最奇怪的是每桌要为主人谭君留出次座，表示他不仅是生意人而已，他也要和座上的名流贵宾应酬一番。不过这一规定到了抗战前几年已不再能维持。"谈笑有鸿儒"的场面难得一见了。鱼翅确实是做得出色，大盘子，盛得满，味浓而不见配料，而且煨得酥烂无比。当时的价钱是百元一桌。也是谭家的姨太太下厨。

吃鱼翅于红烧清蒸之外还有干炒的一法，名为"木樨鱼翅"，余一九四九年夏初履台湾，蒙某公司总经理的"便饭"招待，第一道菜就是木樨鱼翅，所谓木樨即鸡蛋之别名。撕鱼翅为细丝，裹以鸡蛋拌匀，入油锅爆炒，炒得松松泡泡，放在盘内堆成高高的一个尖塔，每人盛一两饭盘，像吃蛋炒饭一般而大嚼。我吃过木樨鱼翅，没见过这样大量的供应，所以印象很深。

鱼翅产自广东以及日本印度等处，但是台湾也产鱼翅。大家只知道本省的前镇与茄萣两渔港是捕获乌鱼加工的地方，不知也是鱼翅的加工中心。在那里有大批的煮熟的鱼翅摊在地上晒。大翅一台斤约值五百到一千元。本地菜市出售的发好了的鱼翅都是本地货。

一鱼两吃黄河鲤

姚雪垠

河南开封是历史上的一座名城，如果谈河南饮食，应该以开封为代表。从五代到北宋，开封成了中国的政治中心，城市繁荣，饮食行业发达，促成了肴菜的讲究。同时宫廷豪门，极力享受，也推动了饮食方面的精益求精。北宋以后，设在开封的中央政权毁灭了，在杭州建立了新的朝廷。原在开封的皇亲贵族和富豪大户，或者消灭了，或者逃到南方了，其中多数逃到杭州了。"吃的文化"，在杭州突飞猛进，而在开封却再也不能恢复了。

元朝末年，明军占领开封时，并没有经过恶战，所以开封城市没有受到严重破坏。朱元璋将他的一个儿子封到开封，称为周王。开封和周围地方长期保持比较安定的局面。但是由于它不再是全国的政治中心，也不再是国内有数的商业中心，所以开封的繁荣毕竟是有限的。虽然开封仍通一部分运河，但是像《清明上河图》中所描绘的开封面貌看不见了。在北宋时像樊楼那样的有名酒楼，而在明清之际无名氏所写的《如梦录》中却看不见了。崇祯十五年，一次大水淹了开封，连《如梦录》中所写的繁华也成了陈迹。在整个清代，开封仍不是很重要和繁华的都市。与发达的南方都市相比，开封更加相形见绌，而且也远不如四川的成都。一个地方的"吃的文化"是否发达，发达的程度如何，决定于当地的社会条件，包括它的经济发达情况和政治因素。这大概也算是一个规律。

但是开封毕竟是个有悠久历史的古城，所以也有不少传统名菜。例如开封的黄河鲤鱼，在全国就很有名，而吃法也有特色。当你在馆子中点吃黄河鲤鱼时，堂倌用拇指和食指紧捏着一条鲤鱼的脊鳍来到你的面前，那鲤鱼大约有市尺八寸或一尺长，十分活泼，意思是让你当面验看。堂倌满脸堆笑地问你想怎样吃："焦炸你老？糖醋熘你老？要是两吃，焦炸一半？糖醋熘一半？"一般吃客都喜欢一鱼两吃。当你决定之后，堂倌当着客人的面将鲤鱼向地上一摔，提起半死的鲤鱼退出，立刻送给红案师傅。一般是先吃焦炸的一半，然后吃糖醋熘的一半。最后堂倌将吃剩的鱼骨收走，过一阵端上来一盘盘丝细面，将做好的鱼骨汤向上一浇，发出响声。这叫作鱼骨焙面。细面又脆，又焦，又甜。不但色香味俱全，外加响声。比其他常吃的荤菜，如爆双脆，爆三脆，都有特点。河南菜属于北方类型，不带甜头，给人以特别清爽的感觉。铁锅蛋也是河南名菜，但我不感到特别好吃。我喜欢河南菜的焦炸八块，这恐怕也是大家所喜欢吃的。炸八块须要炸子鸡，又叫拳头鸡，外加椒麻盐，又嫩，又香，外加麻辣。河南山珍中的烧猴头较有名，猴头就产在伏牛山中。总之，河南的名菜也不少，抱歉的是我非"吃家"，不能详细介绍。在几十年前，河南馆子很重视向客人敬汤，每隔不久就敬上一碗汤。汤很清淡，一般是清淡的鸡汤加上味精，带有少许鱿鱼丝或海参丝，或黄瓜丝加点鸡丝，味道很美，又很清爽。现在馆子取消了小费，可能这敬汤的习惯也取消了。

江南一带粽子最出名的是湖州诸老大粽子和嘉兴五芳斋粽子。嘉兴肉粽个头大，肉多肥瘦各半，香糯可口，年轻人吃上去够劲；湖州诸老大粽细巧，吃两只才抵得上一只嘉兴粽，但却风味淳美。要是把嘉兴肉粽比为粽子中的丈夫，那么娟秀的诸老大粽就成了粽子中的美人了。

鸭蛋的吃法，如袁子才所说，带壳切开，是一种，那是席间待客的办法。平常食用，一般都是敲破"空头"用筷子挖着吃。筷子头一扎下去，吱——红油就冒出来了。

自食其食

不知其味也

八十七岁

白石

食之时，盛精米白饭一小碗。一边吃米饭，一边吃鱼。白米亮如珠，鱼肉软似玉，鲜美皆天然。由此可知，一切美味，皆是本味，犹如一切美色，皆是本色。故此鱼之美，胜于一切名师御厨锦绣包装也。

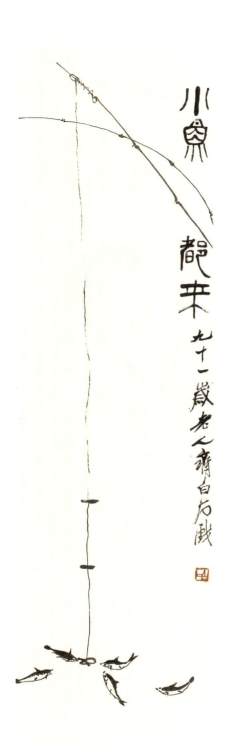

小鱼都来

九十二岁老人齐白石戏

深秋晨时，在水塘边择一幽僻处，取香饵一珠，粘于银钓之尖，悄悄下竿于苇草间。水色深碧，鱼漂明亮，尖头露出水面，显得十分灵通。

从香糟说到『鳜鱼宴』

王世襄

　　世界上有许多国家都用酒来调味，不同的酒味有助于形成各地菜肴的特色。香糟是绍兴黄酒酿后的余滓，用它泡酒调味却是中国的一大发明，妙在糟香不同于酒香，做出菜来有它的特殊风味，绝不是只用酒所能代替的。

　　山东流派的菜最擅长用香糟，各色众多，不下二三十种。由于我是一个老饕，既爱吃，又爱做，遇有学习机会决不肯放过。往年到东兴楼、泰丰楼等处吃饭，总要到灶边转转，和掌勺的师傅们寒暄几句，再请教技艺；亲友家办事请客，更舍不得离开厨房，宁可少吃两道，也要多看几眼，香糟菜就这样学到了几样。

其一是糟熘鱼片，最好用鳜鱼，其次是鲤鱼或梭鱼。鲜鱼去骨切成分许厚片，淀粉蛋清浆好，温油拖过。勺内高汤对用香糟泡的酒烧开，加姜汁、精盐、白糖等作料，下鱼片，勾湿淀粉，淋油使汤汁明亮，出勺倒在木耳垫底的汤盘里。鱼片洁白，木耳黝黑，汤汁晶莹，宛似初雪覆苍苔，淡雅之至。鳜鱼软滑，到口即融，香糟祛其腥而益其鲜，真堪称色、香、味三绝。

又一味是糟煨茭白或冬笋。夏、冬季节不同，用料亦异，做法则基本相似。茭白选用短粗脆嫩者，直向改刀后平刀拍成不规则的碎块。高汤加香糟酒煮开，加姜汁，精盐、白糖等作料，下茭白，开后勾薄芡，一沸即倒入海碗，茭白尽浮汤面。碗未登席，鼻观已开，一啜到口，芬溢齿颊。妙在糟香中有清香，仿佛身在莲塘菰蒲间。论其格调，信是无上逸品。厚味之后，有此一盘，弥觉口爽神怡。糟煨冬笋，笋宜先蒸再改刀拍碎。此二菜虽名曰"煨"，实际上都不宜大煮，很快就可以出勺。

自己做的香糟菜，和当年厨师做的相比，总觉得有些逊色。思考了一下，认识到汤与糟之间，有矛盾又有统一。高汤多糟少则味足而香不浓，高汤少糟多则香浓而味不足。香浓味足是二者矛盾的统一，其要求是高汤要真高，香糟酒要糟浓。当年厨师香糟酒的正规做法是用整坛黄酒泡一二十斤粮，放入布包，挂起来慢慢滤出清汁，加入桂花，澄清后再使用。过去的高汤是用鸡、鸭、肉等在深桶内熬好，再砸烂鸡脯放入桶内把汤吊清，清到一清如水，自己做香糟菜临时用黄酒泡糟，煮个鸡骨架就算高汤，怎能和当年厨师的正规做法相比呢？只好自叹弗如了。

但我也有过一次得意的香糟菜，只有一次，即使当年在东兴楼、泰丰楼也吃不到，那就是在湖北咸宁干校时做的"糟熘鳜鱼白加蒲菜"。

1973 年春夏间，五七干校已进入逍遥时期，不时有战友调回北京。一次饯别宴会，去窑嘴买了十四条约两斤重的鳜鱼，一律选公的，亦中亦西，做了七个菜：炒咖喱鱼片、干烧鳜鱼、炸鳜鱼排（用西式炸猪排法）、糖醋鳜鱼、清蒸鳜鱼、清汤鱼丸和上面讲到的鱼白熘蒲菜，一时被称为"鳜鱼宴"。直到现在还有人说起那次不寻常的宴会。

鳜鱼一律选公的，就是为了要鱼白，十四条凑起来有大半碗。从湖里割来一大捆茭白草，剥出嫩心就成为蒲菜，每根二寸来长，比济南大明湖产的毫无逊色。香糟酒是我从北京带去的。三者合一，做成后鱼白柔软鲜美，腴而不腻，蒲菜脆嫩清香，恍如青玉簪，加上香糟，其妙无比，妙在把糟熘鱼片和糟煨茭白两个菜的妙处汇合到一个菜之中，进餐者吃得眉飞色舞，大快朵颐。相形之下，其他几个菜就显得不过如此了。

其实做这个菜并不难，只是在北京一下子要搞到十四条活蹦乱跳的公鳜鱼和一大捆新割下来的茭白草却是不容易罢了。

吃鲫鱼说

冯骥才

鸡不能吃自家养的，鱼必须吃自己钓的。

前者的缘故是，家禽通人性，吃时下嘴难；后者的缘故是，钓鱼又吃鱼是双倍的乐趣。

深秋晨时，在水塘边择一幽僻处，取香饵一珠，粘于银钩之尖，悄悄下竿于苇草间。水色深碧，鱼漂明亮，尖头露出水面，显得十分灵通。漂儿连着细如发丝一般的敏感的线，再接着埋伏在香饵中锐利的钩儿。少焉，鱼漂忽地一动，通报了水底的鱼讯。这时千千万万沉心屏息，握竿勿动，待这漂儿再动两下，跟着像出水的潜水艇顶上的天线，直挺挺升起来，一直升到根部。一个生活中那种小愉快将临的关键时刻到了。手腕一抖，竿成弯弓，水里一片惊慌奔突的景象。钓者最大的乐趣也就在这短暂时刻里。倘是高手，必然不急于把鱼儿提上来，而是用欲擒故纵之法，把鱼儿在水里拉近放远，直遛得鱼没了力气，泄了气，认了头，翻过雪白的肚子，再拉上岸来。

当然这鱼既不是鲤鱼草鱼，也不是武昌白鲢。唯鲫鱼，秋日里最大最肥，而且吃饵的表现，是一种极优美的"托漂"。不像鲤鱼草鱼，吃食时横扫而过，把鱼饵吞下去一拉就走，鱼漂也被一同拉入水中，这称"黑漂"。黑，就是鱼漂在水面上一下看不见了。鲫鱼吃食要文静优雅得多，它们习惯于垂头吸食，待把鱼饵吸入口中，一抬头，鱼漂便直挺挺浮升上来，就叫作"托漂"。天下渔人，一见托漂便知是鲫鱼；一见鲫鱼心中必大喜。唯鲫鱼之味才鲜美也。

若钓到半斤左右鲫鱼，勿烧勿焖，勿用酱油。鱼见本色，最具鱼味。

我家津沽，处处有水，无水无鱼。鲫鱼是最常见的鱼，多种烹调之法中，首推如下：

先把鱼除鳞去肠，收拾干净。愈是银光透亮模样，则愈诱人生出烹调的快感。然后将收拾好的鱼摆在案板上，反正都用刀背轻轻拍打几下。刚钓到的鱼，尽管已把鳃片取掉，眸子仍旧闪闪发亮，时而还会扭动一下身子，把瘪嘴张成一个圆洞。鱼鲜肉紧，拍打几下，松其肉，烹煮时味道才好出来。拍打过后，放在油锅煎炸，微黄即止，取出晾在一边。

另取一锅烧白水。待水滚沸，投鱼入水煮将起来。待汤水见白，放入葱花，姜末，精盐，茴香豆，以及加饭酒。此中要点有三：一、必须等待汤水变白，再放作料，汤水变白，是鱼被煮透的征象。倘若鱼未煮透，作料的味道不能入鱼便被熬尽，失去作料的意义。二、上述几种作料葱姜盐和料酒必须同时放入。倘若有先有后，先入者则为主，味道则必不能丰富。三、加饭酒必须是绍兴出产，防止假冒，一假全糟。这样，一煮便要十分钟，煮好即成。

煮好的鱼，分做一菜一汤。

先说菜：用一上好青花瓷盘，将鱼摆好，再把汤中的嫩绿葱花摆在银白鱼腹上作为装饰。不需再加任何作料与辅料，只备一小碟老醋在旁，属于蘸用的调料。小碟应与盛鱼的青花盘配套。醋要选用山西或天津独流的老醋为佳，不要加辣，一辣遮百味。

再说汤：锅中鱼汤，盛入小碗，再备瓷勺一只，也应与青花盘配套。若桌布也是青白颜色，则会为这绝好汤菜更添兴味。汤中应加调味品，便是胡椒。

菜以醋调味，汤以胡椒调味，以示区别。然胡椒与醋，都是刺激食欲的开胃品，不败鱼味，反提鱼鲜。

食之时，盛精米白饭一小碗。一边吃米饭，一边吃鱼。白米亮如珠，鱼肉软似玉，鲜美皆天然。由此可知，一切美味，皆是本味，犹如一切美色，皆是本色。故此鱼之美，胜于一切名师御厨锦绣包装也。

饭菜之后，便饮鱼汤。汤宜慢饮，每勺少半，徐徐入口。鱼之精华，尽在汤中。倘能从中品出山水之清纯乃至湖天颜色，不仅是美食家，亦我此汤之知音者也。

我生来心急怕刺，吃鱼不多，唯此样鱼，却是家常喜爱食物。一是鲜美滋味，天下无双，二是自钓自吃，自食其力，自食其果。我人生中最喜欢尝到这种成果。

君若有意，不妨照方一试。但别忘了，不能不钓而吃，而是先钓后吃。自钓自吃，才是此种美食之要义也。

鲇鱼之酌

李耕

　　遇何君于泸溪河畔一古老小镇，便入他开的一爿小酒店。酒店生意清淡，无一客人。酒店木楼傍河，一半伸入河上，我便在靠河的木栅栏边入座。见吊脚楼下，吊有若干半沉浸于水的鱼篓，让人感觉自己若浮于一木船之上，问之，知篓中皆鱼，又以鲇鱼最多。何君曾有"鲇鱼豆腐"之约，今日入何君酒店，似可品尝何君酒店的名肴鲇鱼豆腐了。其实，在江南山乡，鲇鱼何处不有，豆腐何处不有，看这位因喜读诗而与之相识的朋友，于此平常鲇鱼平常豆腐，能做出何样的一种味道来。

约半小时，何君端来鲶鱼豆腐一钵，陶盖未揭，鱼香味已从盖的隙缝随雾气袅袅透出。何君为我斟一盅泸溪白酒，将陶盖揭开，自己并不举箸，而是静坐于侧，看我细细品味起来。与目光相触，青葱黄姜，红椒紫蒜，灰鱼沸汤，加上豆腐的白，五彩缤纷，其色诱人。方形鱼块，方形豆腐，或大或小的方形葱姜椒蒜，既有节奏感，又呈现一种结构美，真也让人因其熨帖而舒服、喜欢，但试箸入口或舀汤而尝之，只觉其味平常，与往日在他处吃过的并无多大异趣。

何君问：如何？

我答：平常！

何君略略一笑，曰：你细嚼之啖之便知，此鲶鱼刚从泸溪活水中取出，泸溪水甜，鲶鱼自然鲜嫩，此乃一味也。豆腐系泸溪河水浸豆泡浆，矿物质多，点浆又用石膏，不老不涩，营养特丰，此又是一味也。其三，姜蒜葱椒，皆用尿粪施培，无化肥农药之虞。料酒是泸溪水酿的，泥钵是泸溪的土烧制的，火炭也是泸溪木炭窑出的，其鱼其水其火其土其配料豆腐，皆出自泸溪乡土，可谓天下之独有也。

我一听，味腺在舌的周边蠢动，味觉骤然勃起，于是，味的情绪味的欲求，全部投入这钵鲶鱼豆腐之中。

酒过三盏，鱼已食半，饱嗝冲喉，似也有了些许醉意。

何君问：如何？

我答：食鱼，比之其他地方的鲶鱼豆腐，大味相同，小味相异；喝汤，比之其他地方的鲶鱼豆腐，大味相同，小味相异。我看，泸溪鲶鱼豆腐之珍且贵，大概就在这"小异"二字上。大同小异，异于异方之味，其异，便在这泸溪之鲇鱼豆腐的鲜也罢，嫩也罢，香也罢，或你说的不腻不重、辛辣而不伤舌也罢，皆在这泸溪鲇鱼豆腐具有泸溪之乡土味也。

何君说：甚是。天时地利人和，取乡土之特色而出其"小异"，圆方默契（后来我才知"圆方默契"为禅家语。圆乃大同，方是小异，默契相融，乾坤祥和），当为人世之幸，也为人世之难为也。

我说：世界级的，都是具有地方特色的，这鲇鱼豆腐，已具备此种品格，若一旦博览于世界，当属名著"红楼"、"梁祝"或茅台酒了。

何君一笑：你，这是在谈文学。

此时，何君将半钵鲇鱼豆腐，加热于泥炉炭火之上，说：这半钵，热后可再嚼些许。

我说：已饱矣醉也，量有限啊！

何君说：此种鲇鱼豆腐又用此种烹焖之法，自汉至今，代代相传，而得真传者，本小酒店也。此物除有独特的色香味形之外，还有一种气韵，内寒者可驱寒，虚火者可泻火。

我说：这药用性能，也算一味了。

何君不语，将沸腾着的半钵鲇鱼豆腐端上，并为之斟酒一盅：其实，有一味不在钵中。

我惊异：不在钵中？

何君说：在木栅栏窗外，可边嚼边看。

我呷了一口酒向木栅外看去，悠悠白云，徘徊且踟蹰，似难舍这蓝山之森森莽莽；又见白鹭一行，洗净人世俗尘，轻盈飞翔，并将自己倩影，印在碧清的泸溪水中；而水上的几只渔舟，或横或竖，无羁无绊，欲醒欲睡；再见河的滩岸的青青草上有二三红衣少女，以蝶的窈窕向渡口走去。

何君问：如何？

我答：此景此画，为吴道子墨线，林风眠彩粉，八大、石涛或李苦禅之水墨，毕加索、赵无极之油彩所难为也。这一味，更是别处的鲇鱼豆腐所无的。似可称之为山水味。

何君说：还有一味。乾隆皇帝微服游访江南，便在这古镇一小酒店品味过泸溪鲇鱼豆腐，且吃后赞不绝口，并题诗一首于酒店墙壁。这是山水味外的又一味也，可名之曰"皇帝味"。这便将泸溪的鲇鱼豆腐，从平民而提升为贵族品位了。

我边听边吃，食欲极佳，不一会儿，连鱼带汤，全倒进了肚皮。

何君问：如何？

我答：你说的，我全信，真还有点"山水味"、"皇帝味"呢。只有"辛辣不伤舌"一句我不信，你看，我的舌已起泡破皮了。

何君一笑：要慢慢嚼而啖之，不可太贪。

离开小酒店时，我已醉意酩酊。

何君问：如何？

我答：老夫我，也要在壁上题诗，让我的诗与泸溪之鲇鱼豆腐，走向世界。

宋嫂鱼羹（节选）

车前子

　　本想写篇《去年在西湖》，脑海中浮出许多美丽的意象。后来忽然记忆起杭州人说话，也就是所谓的"杭州官话"，意象统统跑了。有诗为证：

> 烟光山色淡眼中，千尺浮屠兀倚空。
> 湖上画船归欲尽，孤峰犹带夕阳红。

　　意象虽然像归欲尽的画船，西湖却是与孤峰同样夕阳红的。"西湖"这个名称，最早开始于唐朝。在唐以前，西湖有武林水、明圣湖、金牛湖、龙川、钱源、钱塘湖、上湖等叫法。到了宋朝，苏东坡他诗咏西湖："欲把西湖比西子。"他把西湖比作西施，反正西施也没人见过。西湖又多了"西子湖"的叫法。这不是添乱么。"欲把西湖比西子"，都把我比烦了。我想把杭州比东坡肉。杭州的确肥而不腻。以前的苏州是瘦而不枯。"上有天堂，下有苏杭"，也就是男人心目中的环肥燕瘦。所以西湖还是女人。我在西湖边，觉得西湖是宋嫂。如果香艳加奇幻，我觉得西湖是白素贞。

话说北宋末年，汴梁人宋嫂爱国心切，抛下丈夫，随朝廷南迁来到了西湖，后来小叔找来了，她就和小叔在西湖里捕鱼。鱼捕少了，两人吃；鱼捕多了，卖钱。卖不掉，就做咸鱼。小叔不习惯江南天气，得了重感冒。宋嫂请不起江湖郎中，更进不了杭州第一人民医院，就用椒姜酒醋秘制了一碗鱼羹，小叔才喝一口，病就好了。于是作为民间偏方传入宫中，偏方名为"宋嫂鱼药"。宋高宗头脑还是不错，在他看来鱼羹就是鱼羹，要说药，宋嫂才是药。他说就叫"宋嫂鱼羹"吧，这就有了"宋嫂鱼羹"。宋嫂也随即成了老板娘。"宋嫂鱼羹"从南宋做到今天，少说也有八百年历史，宋嫂借鱼羹不朽和不老，美味使宋嫂没有成为宋姥姥。越国用西施亡了吴国，我身为吴国人已时过境迁，报不了这个仇了，但我还可以想想法子解恨。

我决定把"宋嫂鱼羹"的烧法——这个杭州机密泄漏出来，让杭州人急。宋嫂鱼羹——主料：鳜鱼1条（约重600克）。配料：熟火腿10克，熟笋25克，水发香菇25克，鸡蛋黄3个。调料：葱段25克，姜块5克（拍松），姜丝1克，胡椒粉1克，绍酒30克，酱油25克，精盐2.5克，醋25克，味精3克，清汤250克，湿淀粉30克，熟猪油50克。烹调过程：

一，将鳜鱼剖洗干净，去头，沿脊背片成两片，去掉脊骨及腹腔，将鱼肉皮朝下放在盆中，加入葱段（10克）、姜块、绍酒（15克）、精盐（1克）稍腌渍后，上蒸笼用旺火蒸6分钟取出，拣去葱段、姜块，卤汁滗在碗中。把鱼肉拨碎，除去皮、骨，倒回原卤汁碗中。二，将熟火腿、熟笋、香菇均切成1.5厘米长的细丝，鸡蛋黄打散，待用。三，将炒锅置旺火上，下入熟猪油（15克），投入葱段（15克）煸出香味，舀入清汤煮沸，拣去葱段，加入绍酒（15克）、笋丝、香菇丝。再煮沸后，将鱼肉连同原汁落锅，加入酱油、精盐（1.5克）、味精，烧沸后用湿淀粉勾薄芡，然后，将鸡蛋黄液倒入锅内搅匀，待羹汁再沸时，加入醋，并洒上八成热的熟猪油（35克），起锅装盆，撒上熟火腿丝、姜丝和胡椒粉即成。太复杂了。我觉得是杭州厨师故意卖给我的假情报。现在的小康家庭都到不了这饮食水平，当初宋嫂能这么烹调鱼羹，哪是穷人，完全是地主婆的做派。所幸出价不贵，只花了我几十块钱，杭州人说它的味道赛过螃蟹，我想螃蟹是赛不过的，但话说回来，已经接近螃蜞。

龙门武昌鱼

古清生

有时候做梦，梦中有一条武昌鱼在空中飞，它飞翔的姿态恬静而优雅，鳞光闪闪，宽扁的身体划过湛蓝天空。好多年了，这样的梦反复地做，我以为武昌鱼是一只水中的蝶，它吹起的水泡，像一串珍珠的叹息。那拂摇的绿藻，是柔波的彩裙。

北京的武昌鱼，身份总有些不明，原来的武昌鱼，生态圈是十分的小，便是在湖北鄂州的梁子湖至长江矶口段。秋末时，武昌鱼浩浩荡荡从梁子湖一路下水经矶口入长江越冬，穿越两岸金黄的水稻，春天柳丝吐绿，苦艾青青，武昌鱼逆水而上，到梁子湖繁殖、成长，很抒情的样子度过悠游的夏季，饮着起源通山的高河清凉透彻的水，秋末复返长江。现在，这个生态圈好像有了问题，那便是矾口大闸，它阻止了武昌鱼从湖到江的迁徙路线。鄂州旧时叫武昌，也称吴都，更早时还是鄂国，是山西的鄂国人与长江的扬越人共同经营的地盘。北京的武昌鱼，显然不是梁子湖的武昌鱼了，鄂国不是，楚国也不是。

梁子湖的武昌鱼，是宜于清蒸的，它的鳞是白色的，清秀且有几许调皮的模样，它们其实不知道自己的名字，它们只识得水藻与清冽之水。被渔网追捕的时候，它们选择飞翔，划破晨光中的朝霞，让渔人捕一网霞光。清蒸的武昌鱼，清甜鲜嫩，有葱姜相佐，细的盐末化于肉质之内，可以精细地吃。但是，北京的武昌鱼，都是黑鳞，就有些许侠客的气质。

烹制北京的武昌鱼，选择了多种方式，我觉得最好的形式，仍是醋烹。所谓醋烹，便是热锅，用压榨花生油小火微煎（当今制油工艺分两种，一是物理法的压榨，一是化学浸出法，浸出法制油会有残余溶剂），至武昌鱼两面微黄，大火淋醋烈烹，佐一些致美斋老抽酱油，然后是葱姜蒜盐，可以勾上薄芡，令醋挥发以驱除泥腥。这样烹制的武昌鱼，酸鲜柔嫩，而那挥之不去的泥腥味也就没有了。若是喜欢辛辣味道，热油时搁几粒花椒和一两个干红辣椒。

民以食为天，食以味为先，味以酸为首，酸甜苦辣咸。北京的醋，王致和旗下的龙门米醋为老品牌，是创于 1938 年，以今日之工艺酿制的米醋，是为体态清亮、酸味柔和，以其烹武昌鱼，便是南鱼北味，适合在北京这个地方发生一些品饮事件，故也就取二者之名合而为一，叫作龙门武昌鱼，实际也是武昌鱼亦能跳龙门么，北京这个地方，才是一个真正的龙门呢。但是粗浅地看上去，或者研究鱼类的终极去处，真正的龙门还是人的嘴巴，跳进了多少鲤鱼和多少武昌鱼啊？真是繁不胜数的了，人不知，鱼也不知。

吃蟹（二）

周作人

螃蟹是不是资产阶级的食物，这回答很不大容易。像正阳楼所揭示的胜芳大蟹，的确只有官绅巨贾才吃得起，以前的教书匠们也只能集资聚餐，偶尔去一次而已。可是光绪年间在南京读书的时候，曾经同叔父用了两角小洋买蟹，两个人勉力把蟹炖吃了，剩了半锅的肥大的蟹脚没有办法。现在说来虽然已是古话，这可见又是并不贵了。

吃蟹本是鲜的好，但那醉的腌的也别有味道，很是不坏。醉蟹在都市上虽有出售，乡间只有家里自制，所以比较不易得到，腌蟹则到时候满街满店，有俯拾即是之概，说是某一季的民众副食物也不为过。腌蟹通称淮蟹，译音如此，不知道是哪里来的，形状仍是普通的湖蟹，好的其味不亚于醉蟹，只是没有酒气。俗语云，九月团脐十月尖，这说明那时是团脐蟹的黄或尖脐的膏最好吃，实际上也是这顶好吃，别的肉在其次。腌蟹的这两部分也是美味，而且据我看还可以说超过鲜蟹，这可以下饭，但过酒更好，不知道喝老酒的朋友有没有赞成这话的。腌蟹的缺点是那相貌不好，俨然是一只死蟹，就是拆作一胖一胖的，也还是那灰青的颜色。从前有人说过，最初吃蟹的人胆量可佩服，若是吃腌蟹的，岂不更在其上了么？

蟹 梁实秋

蟹是美味，人人喜爱，无间南北，不分雅俗。当然我说的是河蟹，不是海蟹。在台湾有人专程飞到香港去吃大闸蟹。好多年前我的一位朋友从香港带回了一篓螃蟹，分飨我两只，得膏馋吻。蟹不一定要大闸的，秋高气爽的时节，大陆上任何湖沼溪流，岸边稻米高粱一熟，率多盛产螃蟹。在北平，在上海，小贩担着螃蟹满街吆唤。

七尖八团，七月里吃尖脐（雄），八月里吃团脐（雌），那是蟹正肥的季节。记得小时候在北平，每逢到了这个季节，家里总要大吃几顿，每人两只，一尖一团。照例通知长发送五斤花雕全家共饮。有蟹无酒，那是大煞风景的事。《晋书·毕卓传》："右手持酒杯，左手持蟹螯，拍浮酒船中，便足了一生矣！"我们虽然没有那样狂，也很觉得乐陶陶了。母亲对我们说，她小时候在杭州家里吃螃蟹，要慢条斯理，细吹细打，一点蟹肉都不能糟蹋，食毕要把破碎的蟹壳放在戥子上称一下，看谁的一份分量轻，表示吃得最干净，有奖。我心粗气浮，没有耐心，蟹的小腿部分总是弃而不食，肚子部分囫囵略咬而已。每次食毕，母亲教我们到后院采择艾尖一大把，搓碎了洗手，去腥气。

　　在餐馆里吃"炒蟹肉"，南人称蟹粉，有肉有黄，免得自己剥壳，吃起来痛快，味道就差多了。西餐馆把蟹肉剥出来，填在蟹匡里烤，那种吃法别致，也索然寡味。食蟹而不失原味的唯一方法是放在笼屉里整只地蒸。在北平吃螃蟹唯一好去处是前门外肉市正阳楼。他家的蟹特大而肥，从天津运到北平的大批蟹，到车站开包，正阳楼先下手挑拣其中最肥大者，比普通摆在市场或摊贩手中者可以大一倍有余，我不知道他是怎样获得这一特权的。蟹到店中畜在大缸里，浇鸡蛋白催肥，一两天后才应客。我曾掀开缸盖看过，满缸的蛋白泡沫。食客每人一份小木槌小木垫，黄杨木制，旋床子定制的，小巧合用，敲敲打打，可免牙咬手剥之劳。我们因是老主顾，伙计送了我们好几副这样的工具。这个伙计还有一样绝活，能吃活蟹，请他表演他也不辞。他取来一只活蟹，两指掐住蟹匡，任它双螯乱舞轻轻把脐掰开，咔嚓一声把蟹壳揭开，然后扯碎入口大嚼，看得人无不心惊。据他说味极美，想来也和吃炝活虾差不多。在正阳楼吃蟹，每客一尖一团足矣，然后补上一碟烤羊肉夹烧饼而食之，酒足饭饱。别忘了要一碗氽大甲，这碗汤妙趣无穷，高汤一碗煮沸，投下剥好了的蟹螯七八块，立即起锅注在碗内，撒上芫荽末、胡椒粉，和切碎了的回锅老油条。除了这一味余大甲，没有任何别的羹汤可以压得住这一餐饭的阵脚。以蒸蟹始，以大甲汤终，前后照应，犹如一篇起承转合的文章。

蟹黄蟹肉有许多种吃法，烧白菜，烧鱼唇，烧鱼翅，都可以。蟹黄烧卖则尤其可口，唯必须真有蟹黄蟹肉放在馅内才好，不是一两小块蟹黄摆在外面做样子的。蟹肉可以腌后收藏起来，是为蟹胥，俗名为蟹酱，这是我们古已有之的美味。《周礼·天官·庖人》注："青州之蟹胥。"青州在山东，我在山东住过，却不曾吃过青州蟹胥，但是我有一家在芜湖的同学，他从家乡带了一小坛蟹酱给我。打开坛子，黄澄澄的蟹油一层，香气扑鼻。一碗阳春面，加进一两匙蟹酱，岂止是"清水变鸡汤"？

海蟹虽然味较差，但是个子粗大，肉多。从前我乘船路过烟台威海卫，停泊之后，舢板云集，大半是贩卖螃蟹和大虾的，都是煮熟了的。价钱便宜，买来就可以吃。虽然微有腥气，聊胜于无。生平吃海蟹最满意的一次，是在美国华盛顿州的安哲利斯港的码头附近，买得两只巨蟹，硕大无朋，从冰柜里取出，却十分新鲜，也是煮熟了的，一家人乘等候轮渡之便，在车上分而食之，味甚鲜美，和河蟹相比各有千秋，这一次的享受至今难忘。

陆放翁诗："磊落金盘荐糖蟹。"我不知道螃蟹可以加糖。可是古人记载确有其事。《清异录》："炀帝幸江州，吴中贡糖蟹。"《梦溪笔谈》："大业中，吴郡贡蜜蟹二千头，大抵南人嗜咸，北有嗜甘，鱼蟹加糖蜜，盖便于北俗也。"

　　如今北人没有这种风俗，至少我没有吃过甜螃蟹，我只吃过南人的醉蟹，真咸！螃蟹蘸姜醋，是标准的吃法，常有人在醋里加糖，变成酸甜的味道，怪！

大闸蟹

许淇

中国人吃蟹是一门艺术，其趣在吃的过程。我见日本茶道前前后后摆弄茶具形成一套规矩，中国的吃蟹亦可总结出一套"蟹道"来。

蟹是河蟹好吃，海蟹的滋味差远了。反不如少时经常自捉较蟹为小的螃蜞，因为那时大闸蟹的价格就昂贵，近年沪上蟹价更不得了，非我辈所能问津者。塞北见不到河蟹，海蟹席间有，味同嚼蜡。

记得上个世纪50年代和搞美术的同窗好友，登福州路的王宝和酒楼持螯饮酒。有蟹无酒，委实煞风景。因为吃蟹须慢，若循"蟹道"，佐酒正可延长时间，且不宜白酒，白酒易醉；烫过的陈年花雕最佳，浅斟慢酌，精剥细嚼；不可无诗，不可无菊。其时有操北地口音的卖唱老掀帘而入，老者携京胡，女儿素妆，着蓝布衫，恰如《燕京杂咏》中有句形容："茶茶小妹色尤殊，练椎似漆头绳紫。"老者展纸折请点唱。我的朋友正是关良先生入室弟子，善京剧，尤喜杨宝森的髯生韵味，遂令老者操琴，自歌一曲《李陵碑》。

又有一次南归，正值国庆节前后，研究《文心雕龙》的马白教授来沪上舍间一聚。家父买得一串阳澄湖大闸蟹，只只吐纳泡沫，先置放铅桶，到处乱爬，齐动手捉之以绳索捆绑，入锅隔水蒸熟，色同朱磦。明代散文家张岱的《陶庵梦忆》卷八记蟹会道："河蟹至十月与稻粱俱肥，壳如盘大，坟起，而紫螯巨如拳，小脚肉出，油油如蝘蜓。掀其壳，膏腻堆积如玉脂珀屑，团结不散，甘腴虽八珍不及。"吃的时候，"恐冷腥，迭番煮之"。这段文字正是那次我吃蟹的体会。

《随园食单》中写道："蟹宜独食，不宜搭配他物，最好以淡盐汤煮熟，自剥自食为妙，蒸者味虽全而失之太淡。"然我家蒸蟹，蘸姜醋食，并不觉味淡。

塞外虽不见河蟹，燕赵则盛产，尤其旧京都城，明代南方的京官作《忆京都词》咏蟹："忆京都，秋早快持螯。大嚼尖团随意足，开筵赏菊兴尤豪，不似此间同此物，尖者病虚团病实。"这位南方人大大夸赞北京的蟹，说："南蟹硬而无味，远不逮也。"（《北京风俗杂咏》）

北京吃蟹讲究"七尖八团"，农历七月尖脐雄蟹螯大，八月团脐雌蟹黄肥，凡中秋至重阳节，河北胜芳镇和任丘县的赵北口，盛产河蟹。待"高粱红，豆花开",谚云:"大豆开花,垄沟摸蟹。"此时蟹必离河爬到高粱地大豆棵下栖身,于是捕捉者在高粱地挖宽不足尺、深一米左右的坑,清除坑边积土而铺上高粱叶,将风雨灯悬坑中,入夜,果然高粱叶簌簌发响,趋光扑亮的蟹群陷入坑里,互相钳制,不得脱身,待坑满后,捕捉者坐守其成,每盈篓盈筐。于是运往京都,过去是朝廷贡品,后来前门外正阳楼抢先订购,年年时鲜,供应一尖一团,马蓬草捆扎,食客各一套小木槌、小镊子、小木墩作为吃蟹工具。

津门产紫蟹,极小,俗称"灯笼子",用酒呛死,撒花椒及盐水浸泡,和南方醉蟹同。食时配韭菜、葱白、芫荽。

四季味道

元宵细语

唐鲁孙

刚过农历新年，一眨眼就是元宵节了，元宵节吃元宵，宋朝时就颇为盛行，不过当时不叫元宵而叫"浮圆子"，后来才改叫元宵的。中国各省大部分都吃元宵，可是名称做法就互有差异了。北方叫它元宵，南方有些地方叫汤圆，还有叫汤团、圆子的。南北叫的名称不同，做的方法也就两样。拿北平来说吧，不时不食是北平的老规矩，要到正月初七准备初八顺星上供才有元宵卖。至于冬季寒夜朔风刺骨，挑了担子吆喝卖桂花元宵的，虽然不能说没有，可是多半在宣南一带，沾染了南方的习俗，西北城的冬夜，是很难听见这种市声的。

北平不像上海、南京、汉口有专卖元宵的店铺，而且附带消夜小吃，北平的元宵都是饽饽铺、茶汤铺在铺子门前临时设摊，现摇现卖。馅儿分山楂、枣泥、豆沙、黑白芝麻的几种，先把馅儿做好冻起来，截成大骰子块儿，把馅儿用大笊篱盛着往水里一蘸，放在盛有糯米粉的大筛子里摇，等馅儿沾满糯米粉，倒在笊篱里蘸水再摇，往复三两次。不同的元宵馅儿，点上红点、梅花、卍字等记号来识别，就算大功告成啦。这种元宵优点是吃到嘴里筋道不裂缝，缺点是馅粗粉糙，因为干粉，煮出来还有点糊汤。

南方元宵是先擀好了皮儿，放上馅儿然后包起来搓圆，所以北方叫摇元宵，南方叫包元宵，其道理在此。

南方的元宵，不但馅儿精致滑香，糯米粉也磨得柔滑细润，而且北方元宵只有甜的一种，南方元宵则甜咸具备，菜肉齐全。抗战期间，凡是到过大后方的人，大概都吃过赖汤圆，比北平兰英斋、敏美斋的手摇元宵，那可高明太多了。

在宣统未出宫以前，每逢元宵节，御膳房做的一种枣泥奶油馅儿元宵，上方玉食，自然加工特制，其味甜糯，奶香蕴存。据说做馅儿所用的奶油，是西藏活佛或蒙古王公精选贡品，所以香醇味厚，塞上金浆，这种元宵当然是个中隽品。

上海乔家栅的汤圆，也是远近知名的，他家的甜汤圆细糯甘沁，人人争夸，姑且不谈；他家最妙的是咸味汤圆，肉馅儿的选肉精纯，肥瘦适当，切剁如糜，绝不腻口。有一种荠菜馅儿的，更是碧玉溶浆，令人品味回甘，别有一种菜根香风味。另外有一种擂沙圆子，更是只此一家。后来他在辣斐德路开了一处分店，小楼三楹，周瘦鹃、郑逸梅给它取名"鸳鸯小阁"，不但情侣双双趋之若鹜，就是文人墨客也乐意在小楼一角雅叙谈心呢！近来也有这类汤圆应市，滋味如何不谈，当年花光酒气、蔼然如春的情调，往事如烟，现在已经渺不可得了。

洪宪时期还有一段吃元宵的笑谈。袁项城谋士中的闵尔昌，在袁幕府中是以爱吃元宵出名的，时常拿吃元宵的多寡跟同僚们斗胜赌酒。有一天，闵跟几位同仁谈说前朝吃元宵的故事，正谈得眉飞色舞兴高采烈，想不到项城一脚踏进签押房，听到连着几声"袁消"，这下犯了袁皇帝的忌讳，又碰巧日本人处处找他的别扭，心里正不愉快，想整整闵尔昌，拿他出气。幸亏内史杨云史看出苗头不对，他花言巧语三弯两转，于是袁下了一道手令，把元宵改叫汤圆。北平人叫惯了元宵，一朝改叫汤圆，觉着不习惯也不顺口。前门大街正明斋的少东家，元宵节柜上买卖忙，帮着柜台照应生意，顺口说了一句"元宵"，偏偏碰上买元宵的是袁项城手下大红人雷震春，挨了两嘴巴不算，另外还赔了二百枚元宵。等洪宪驾崩，第二年灯节，正明斋门口，一边挂着一块斗大红纸黑字的牌子，写着"本铺特制什锦元宵"八个大字，"元宵"两字写得特别大，听说就是那位少东的杰作呢！

北平梨园行丑行有两位最爱作弄人的朋友，殷斌奎（艺名小奎官）、朱斌仙，他们两位都是俞振庭所办斌庆科班同科师兄弟。有一天他们师兄弟正好碰上富连成的许盛奎、全盛福哥俩儿也在前门大街摊上吃元宵。朱斌仙知道外号"大老黑"的许盛奎能吃量宏，又是草鸡大王脾气，他一冒坏，可就跟师兄说山啦。他说："人家都说咱们北方人饭量大，其实也不尽然，就拿吃元宵来说吧，人家小王虎辰，虽然是唱武生的，可是细臂膊腊腿的，怎么也看不出他食量惊人。我在郑福斋亲眼看见他一口气吃了四碗（每碗四枚）黑芝麻元宵，另外还找补两个山楂馅儿的，一共是十八只元宵，让咱们哥俩儿吃，也吃不下去呀！"说完还冲"大老黑"一龇牙。在毛世来出科应聘到上海演出时，许盛奎给他当后台管事，对于小王虎辰，许盛奎并不陌生。这一较劲不要紧，一碗跟一碗，一会儿五碗元宵下肚，比王虎辰还多吃两只，可是一回家就一会儿跑一次茅房，足足折腾了一夜。第二天园子里《胭脂虎》里的庞宣只好告假了，后来是毛世来偷偷告诉了记者吴宗佑，这个故事才传扬出来。

在光绪末年做过直隶总督、袁项城的亲信杨士骧，四五岁的时候，有一年元宵节，全家团聚一起吃元宵。小孩贪食，积滞不消，由小病转为大病，后来医治无效，及至奄奄一息，只好由奶妈抱到外客厅，等小孩一咽气，就抱出去埋了。碰巧这时候有一个送煤的煤黑子从客厅走过，问知原委，他说他可以治治看，死了别恼，好了别笑。奶妈知道小孩已经没救，姑且死马当活马医，便让他试试看。煤黑子要了一只生得旺旺的煤球炉子，从怀里掏出有八寸长一根大针来，针鼻儿上还缀着一朵红绒球，红颜色几乎变成黑颜色了。他脱下两只老棉布鞋，鞋底向火烤热，把针在鞋底上蹭了两下，就冲小少爷的胸口剟下，告诉奶妈注意只要瞧见绒球一颤动，马上告诉他。他说完话，就倒坐在门槛上，吧嗒吧嗒抽起旱烟来。约有一袋烟的工夫，绒球忽然动了一下，过了几分钟绒球抖颤不停。他估摸是时候了，于是把小孩扶得半起半坐，在后脑勺子上拍了一巴掌，跟着在胸口上一阵揉搓，小孩哇的一声哭出一口浓痰，立刻还醒过来，接着大小解齐下，小命从此就捡回来了。这是开府东三省杨士骧幼年吃元宵几乎送命的一段事实。

　　杨家是美食世家，杨府也是清末民初煊赫一时的名庖，后来他到玉华台当头府，据他说，杨府最忌讳人家送元宵，每年元宵节杨家都是吃春卷而不吃元宵的。后来杨毓珣娶了袁皇帝的三公主，夫妇二人都不吃元宵，大概是其来有因的。

　　北平是元明清三代的国都，一切讲求体制，所以也养成了吃必以时、不时不食的习惯。不到重阳不卖花糕，不到立秋烤涮不上市，所以上元灯节正月十八一落灯，不但正式点心铺不卖元宵，就是大街上的元宵摊子也寥若晨星啦。一进二月门你想吃元宵，那只好明年见了。虽然北平一过正月就没有卖元宵的了，可是也有例外。德胜门有座尼姑庵叫三圣庵，庵里的素斋清新淳爽，是众所称道的，尤其是正二月到庵里进香随喜，她们都会奉上一盂什锦粲团款待施主的。名为粲团，实际就是什锦素馅儿元宵，吃到嘴里藕香淑郁，苣若椒风，比起一般甜咸元宵，别有一番滋味。当年八方风雨会中州的吴子玉的夫人，就是三圣庵的大施主，只要在正月里到什锦花园吴玉帅府上拜年，跟玉帅手谈两局，大概三圣庵的什锦元宵就会拿出来飨客了。来到台湾二三十年，每年元宵节前后，大街小巷，到处都是卖元宵的，足证民丰物阜，想吃什么有什么。

上元灯节尝元宵

洪丕谟

　　按照道教陈规，一年四季有"三元"：正月十五上元节，七月十五中元节，十月十五下元节。

　　"一年明月打头圆"，正月十五是一年开始的第一个月圆之夜，古代人称"夜"为"宵"，于是"上元节"便惯常称之为"元宵节"了。元宵夜看灯，是中华民族传统节日里最为热闹的一个景致，因为灯节以后，标志着新年的结束，从此便将投入新一年的紧张工作了。宋朝孟元老《东京梦华录》"元宵"条说："正月十五元宵……开封府绞缚山棚，立木正对宣德楼。游人已集御街两廊下，奇术异能，歌舞百戏。"

看灯之外，上元节的另一档重要节目，就是全家团圆吃元宵。《红楼梦》第五十三回，大观园在元宵节张灯结彩，放烟火，乃至家宴、吃元宵等一连串庆祝活动，形成了一道钟鸣鼎食富贵人家过元宵节的绝佳风景线。

元宵节吃元宵，是我们中华民族的传统习惯，据说这个习惯和嫦娥奔月的传说有关。元朝伊士珍撰《嫏嬛记》，书里引用《三元帖》的文字说："嫦娥奔月之后，羿昼夜思惟成疾。正月十四夜忽有童子诣宫求见，曰：'臣，夫人之使也。夫人知君怀思，无从得降，明日乃月圆之候，君宜用米粉作丸，团团如月，置室西北方，叫夫人之名，三夕可降耳。'如期果降，复为夫妇如初。"有了传说，色彩就更加瑰丽了。所谓"元宵"，就是"米粉作丸"的汤圆。南方一带最享盛名的是宁波猪油汤团，一颗颗小小圆圆的，糯米粉搓成，中裹馅心，犹如新鲜龙眼，晶莹半透明的皮子里透出核心的幽褐，未曾品味，先自饱了眼福。北方人吃的元宵要比南方人来得大，里面也裹有各种甜咸馅心。

元宵的馅心有甜有咸，甜的有豆沙、芝麻、枣泥、核桃、百果、花生、杏仁、山楂等等，咸的有肉糜、火腿、虾米、酸菜、笋丁、豆干、蓬蒿菜等。要紧的是元宵的皮子，要用水磨糯米粉，这样入口便见细腻、滋润。把做好的甜咸馅心，包进薄薄的皮子，就是所说的包元宵了。

元宵不仅可包，亦且可摇。何谓"摇元宵"呢？过去沿街店面摇元宵，先把馅心捏成馅核，再把馅核一颗颗放进盛有干糯米粉的大竹匾里，接下来就是摇动竹匾，让馅核在大匾里的糯米粉上滚来滚去，粘满米粉，然后把粘满糯米粉的馅团捞起蘸水，再下匾摇滚，这样摇动箩筐一次又一次，馅核粘粉一层又一层。这种店铺伙计摇元宵的场面，饶有节奏，好比演出，往往引来好多顾客，驻足欣赏。由于现做现卖，所以到了元宵节，生意就更加火爆，让围看的各位大爷小姐不得不乖乖掏钱买几盒带回家里，共享一番围桌吃元宵的天伦乐趣。

元宵不仅可以放进水里煮着吃，并且还可煎着或炸着吃。香港外省馆子有所谓"芝麻炸汤圆"，一只只似核桃大，面上沾满了芝麻，里面则裹着各种甜馅，炸好后金灿灿的，咬上去又香又糯，这也是一种吃法。关于煎汤圆，潮州馆子有卖，煎好后上面撒一点花生碎与芝麻、椰丝，也别有风味。

关于元宵的品牌，清朝初年北京宫廷制作的"八宝元宵"，名气很大，后来制法渐渐流传到社会上，当时京城出了个善制元宵的名手马思远，他制作的滴粉元宵走俏皇都，店堂里生意兴隆，几乎座无虚席。符曾《上元竹枝词》曾提到他制作的元宵道：

> 桂花香馅裹胡桃，江米如珠井水淘。
> 见说马家滴粉好，试灯风里卖元宵。

个人家里吃元宵，分明记得 70 年代末、80 年代初过元宵节，那时和妈咪、凤妹、洪蔚、洪运，在长宁区工人文化馆人潮中看灯，又给孩子买回兔子灯玩，回家后吃凤妹做的芝麻汤圆的情景。以后又与玉珍、洪蔚、洪运一起吃过几回元宵汤圆，玉珍巧手，也以芝麻、豆沙为主，咸汤圆在我们家里似乎并不太受欢迎。接下来是洪蔚远嫁，儿子出国，妈咪到澳洲探亲，只我和玉珍两人留守家中，于是乎在冷冷清清中，做汤团闹元宵的兴致便大不如前，有时索性买现成的酒酿小圆子，作为应景"文章"。往事历历，十几年来人事全非，在回忆中讨生活，想来也是无奈中的人生一乐。因思当年袁世凯做皇帝梦，听见北京街头小贩叫卖"元宵"，忽然心惊肉跳，听出了"袁消"两字，于是一身冷汗之中，下令街头禁喊"元宵"，比起我辈的清冷，又反而感到平民百姓的轻松自由了。其实，清冷也是一种人生享受，相比之下，袁世凯的称帝喧闹，倒却是受罪了。当时曾经有人作打油诗道：

诗吟圆子溯前朝，蒸化熟时水上漂。

洪宪当年传禁令，沿街不许喊元宵。

粽子与艾草

李汉荣

农历五月初五是诗人屈原的祭日，所谓的端阳节，其实是诗人节。这个民族是以过分的重实际而少幻想著称于世的。这可是个例外：这个重实际的民族终于把一年三百六十五天中的一天专门留给了一位诗人。据说诗人是在这一天死去的，诗人也在这一天复活，复活在广袤大地所有飘着炊烟和新麦芳香的地方。

吃粽子是这个日子里的固有习俗。据说这是诗人投江之后，悲痛欲绝的两岸人民为让江水永远收藏诗人完整的身体和灵魂而采取的保护措施，将粽子投入河中喂鱼，这样，鱼就不会伤害诗人的身体，相反，鱼儿会感动于岸上人们的慷慨，知恩必报的鱼就会护送诗人遨游于江河湖海。这想法和做法，是如此幼稚、单纯，又是如此深挚而美丽。一个美好坚贞的诗人去了，获得了一群人美好坚贞的热爱。明知这样的挽留终归徒劳，但人们仍固执地挽留他。面对滔滔逝水，人们能想到的最好办法，只能是把诗人永远保留在记忆中。记忆，一群人的记忆，那也是一条不息的长河。吃粽子，就这样成为祭奠仪式。一种近乎于宗教般深挚崇高的怀念，却以"吃"的形式使之普及化、大众化、日常化，我以为这是我们这个不乏缺点的民族的不凡之处可爱之处，以如此感性、世俗的方式表达和绵延一种心灵的敬仰，把"诗"与"吃"联系起来，把精神性和世俗性联系起来，把心灵渴望和身体需要联系起来，粽子，已成为有几分神性的图腾了。千年前我们这样一边吃粽子一边议论一位诗人，千年后人们仍这样一边吃粽子一边议论一位诗人。粽子不朽，诗人不朽。

　　也是在这一天，家家门前都要挂一束艾草。艾，是一种高挑挺拔的植物，散发着清新高洁的苦涩的芳香，也是屈原诗篇中多次赞美过的植物，即"美人香草"中香草之一种。门上挂艾草，有驱虫避邪之意，我想，它实用的成分并不多，主要还是用大自然中永恒的绿色和芳香，传达内心的怀念之情，同时也是节日的标志，它恰到好处地祭奠了诗人又装饰了生活。而它实用的成分，因为同一位诗人有关，也就有了超实用的意味：这是诗人复活的日子，艾草的苦香缭绕着门户，渗透了生活，即使生活中有驱不完的虫避不了的邪，但灵魂中缭绕的那缕高洁的苦香，永不会散去……

端午难忘端午粽

洪丕谟

　　端午吃粽子，和元宵吃汤圆、中秋吃月饼一样，多少年来，早已成了中华民族影响最大覆盖面最广的民间饮食习俗了。

　　从小听说，端午吃粽子习俗的来源，原是为了纪念屈原大夫在农历五月初五，悲愤地跳进汨罗江，自沉而死。人们把粽子丢进江里，怕是我们这位忧国忧民的大诗人沉江挨饿，可见老百姓们的善良心地，好人总是有人惦着的。然而，端午吃粽子起源的事实到底怎样，又有好多其他说法。这样时间一长，各说各的，于是人们也就莫衷一是了。好在不管事实怎样，把吃粽子和纪念屈原联系在一起，人们总是高兴乐意的，要是一旦考证出来吃粽子和纪念屈原无关，又该是一件多么煞风景的事呢！

我国人民大概在东汉时期，就开始做粽子和吃粽子了。最早的粽子叫"角黍"，样子有点像牛角。西晋周处《风土记》说："古人以菰叶裹黍米煮成，尖角，如棕榈叶心之形。"当时夏至、端午两个节日都吃粽子，夏至还可用粽子来祭祀祖先。又有《酉阳杂俎》说，唐朝长安的痩家粽子，白莹如玉，享有很大的名气。宋朝之时，四川一带的粽子也很出名，叫作"粢筒"，曾经吃得大诗人陆游叫好不止。

包粽子南方多用箬叶，别地方也有用菰叶、芦叶，甚至笋叶的。每当端午临近，菜场上出现青青箬叶，这时没包粽子，眼睛先已一清。记得和凤妹在一起的那些岁月，住江苏路忆庭村 21 号二楼，自己包粽子吃。家里摊一张匾，当一只只由纤纤玉手、嘴咬米线包扎出来的赤豆棕、红枣粽、肉粽渐渐放满匾子时，便顿时来了节日的气氛。糯米做的生粽，等到放在大锅里烧熟，照例要好半天时间，否则就会米生不熟。后来凤妹跨鹤西归，我在伤悼之余，曾经有诗惦念及此：

　　　榴花似火景清和，一年一度端午过。

　　　记得穿梭忙扎线，箬青米白裹来多。

又如张春华《沪城岁时衢歌》咏新芦箬粽说：

　　二月春风送嫩寒，尝新角黍早登盘。

　　摘来半户青芦叶，香里晶莹玉一团。

　　吃自己包的粽子，箬壳清香，青青映眼，吃的就是那份情味。后来玉珍嫁我，也曾包过几年粽子。此后是孩子、老娘出国，家里就我们两人，生活简单，渐渐也就省事不包，到时买几只点缀节令便可。

　　江南一带粽子最出名的是湖州诸老大粽子和嘉兴五芳斋粽子。嘉兴肉粽个头大，肉多肥瘦各半，香糯可口，年轻人吃上去够劲；湖州诸老大粽细巧，吃两只才抵得上一只嘉兴粽，但却风味淳美。要是把嘉兴肉粽比为粽子中的丈夫，那么娟秀的诸老大粽就成了粽子中的美人了。

　　平时，由于弟子高宝平居住湖州，每当他来沪看我，总会捎上一些当地土产如丁莲舫千张包、诸老大豆沙粽、肉粽等，所以平时吃湖州粽的机会，远较嘉兴粽子为多。诸老大的豆沙粽，沙细馅多，滋而不腻，没有太多的糖，所以把爱吃豆沙的玉珍逗得什么似的，竟至冷落了同时送来的诸老大肉粽，惹得肉粽大生其气，说什么下次再也不愿上百尺楼了。

　　不过，在商品经济大潮冲击下，在供不应求的繁忙下，诸老大粽子的质量，有时偶尔也会大打折扣，比如豆沙炒焦，猪肉选择欠佳等等。然而较之嘉兴马路边上买来的粽子，却依旧要好多了。那回应莫干山周忠朗主任邀约，回沪途中，护送我们回沪的工作人员在路过嘉兴时，还特意停车为我们买了一筐粽子。结果咬开一看，肉小得让人简直不相信，虽然这是路边个体户的"杰作"，可是却在很大程度上影响了嘉兴肉粽的声誉。

　　由于粽子方便人民生活，所以吃粽子已经不仅仅限于端午节了，这比起仅在中秋节风光一时的月饼来，简直成了两个天地。上海街头饮食店，除了经营有名的嘉兴肉粽、乔家栅粽子，近来还有什么台湾粽子大行其道。台湾粽我没尝过，据说还有其他什么豆瓣粽之类，或许将来也会有机会一尝的。

在粽子家族里，还有一种宴席中当点心的小粽子，粽子包得像麻将牌那么小的一只，那就只好算是粽子当中的十八代孙子了。孙子粽的原意并不在于让人吃饱，而是让人在席上多一次品味，多一分情趣。做大人的逗小孙子玩，不就很有趣吗？

端午节的鸭蛋

汪曾祺

　　家乡的端午，很多风俗和外地一样。系百索子。五色的丝线拧成小绳，系在手腕上。丝线是掉色的，洗脸时沾了水，手腕上就印得红一道绿一道的。做香角子。丝线缠成小粽子，里头装了香面，一个一个串起来，挂在帐钩上。贴五毒。红纸剪成五毒，贴在门槛上。贴符。这符是城隍庙送来的。城隍庙的老道士还是我的寄名干爹，他每年端午节前就派小道士送符来，还有两把小纸扇。符送来了，就贴在堂屋的门楣上。一尺来长的黄色、蓝色的纸条，上面用朱笔画些莫名其妙的道道，这就能辟邪吗？喝雄黄酒。用酒和的雄黄在孩子的额头上画一个王字，这是很多地方都有的。有一个风俗不知别处有不：放黄烟子。黄烟子是大小如北方的麻雷子的炮仗，只是里面灌的不是硝药，而是雄黄。点着后不响，只是冒出一股黄烟，能冒好一会儿。把点着的黄烟子丢在橱柜下面，说是可以熏五毒。小孩子点了黄烟子，常把它的一头抵在板壁上写虎字。写黄烟虎字笔画不能断，所以我们那里的孩子都会写草书的"一笔虎"。还有一个风俗，是端午节的午饭要吃"十二红"，就是十二道红颜色的菜。十二红里我只记得有炒红苋菜、油爆虾、咸鸭蛋，其余的都记不清，数不出了。也许十二红只是一个名目，不一定真凑足十二样。不过午饭的菜都是红的，这一点是我没有记错的，而且，苋菜、虾、鸭蛋，一定是有的。这三样，在我的家乡，都不贵，多数人家是吃得起的。

我的家乡是水乡。出鸭。高邮大麻鸭是著名的鸭种。鸭多，鸭蛋也多。高邮人也善于腌鸭蛋。高邮咸鸭蛋于是出了名。我在苏南、浙江，每逢有人问起我的籍贯，回答之后，对方就会肃然起敬："哦！你们那里出咸鸭蛋！"上海的卖腌腊的店铺里也卖咸鸭蛋，必用纸条特别标明："高邮咸蛋"。高邮还出双黄鸭蛋。别处鸭蛋有偶有双黄的，但不如高邮的多，可以成批输出。双黄鸭蛋味道其实无特别处。还不就是个鸭蛋！只是切开之后，里面圆圆的两个黄，使人惊奇不已。我对异乡人称道高邮鸭蛋，是不大高兴的，好像我们那穷地方就出鸭蛋似的！不过高邮的咸鸭蛋，确实是好，我走的地方不少，所食鸭蛋多矣，但和我家乡的完全不能相比！曾经沧海难为水，他乡咸鸭蛋，我实在瞧不上。袁枚的《随园食单·小菜单》有"腌蛋"一条。袁子才这个人我不喜欢，他的《食单》好些菜的做法是听来的，他自己并不会做菜。但是《腌蛋》这一条我看后却觉得很亲切，而且"与有荣焉"。文不长，录如下："腌蛋以高邮为佳，颜色细而油多，高文端公最喜食之。席间，先夹取以敬客，放盘中。总宜切开带壳，黄白兼用；不可存黄去白，使味不全，油亦走散。"

高邮咸蛋的特点是质细而油多。蛋白柔嫩，不似别处的发干、发粉，入口如嚼石灰。油多尤为别处所不及。鸭蛋的吃法，如袁子才所说，带壳切开，是一种，那是席间待客的办法。平常食用，一般都是敲破"空头"用筷子挖着吃。筷子头一扎下去，吱——红油就冒出来了。高邮咸蛋的黄是通红的。苏北有一道名菜，叫做"朱砂豆腐"，就是用高邮鸭蛋黄炒的豆腐。我在北京吃的咸鸭蛋，蛋黄是浅黄色的，这叫什么咸鸭蛋呢！端午节，我们那里的孩子兴挂"鸭蛋络子"。头一天，就由姑姑或姐姐用彩色丝线打好了络子。端午一早，鸭蛋煮熟了，由孩子自己去挑一个，鸭蛋有什么可挑的呢！有！一要挑淡青壳的。鸭蛋壳有白的和淡青的两种。二要挑形状好看的。别说鸭蛋都是一样的，细看却不同。有的样子蠢，有的秀气。挑好了，装在络子里，挂在大襟的纽扣上。这有什么好看呢？然而它是孩子心爱的饰物。鸭蛋络子挂了多半天，什么时候孩子一高兴，就把络子里的鸭蛋掏出来，吃了。端午的鸭蛋，新腌不久，只有一点淡淡的咸味，白嘴吃也可以。

孩子吃鸭蛋是很小心的，除了敲去空头，不把蛋壳碰破。蛋黄蛋白吃光了，用清水把鸭蛋里面洗净，晚上捉了萤火虫来，装在蛋壳里，空头的地方糊一层薄罗。萤火虫在鸭蛋壳里一闪一闪地亮，好看极了！

小时读囊萤映雪故事，觉得东晋的车胤用练囊盛了几十只萤火虫，照了读书，还不如用鸭蛋壳来装萤火虫。不过用萤火虫照亮来读书，而且一夜读到天亮，这能行吗？车胤读的是手写的卷子，字大，若是读现在的新五号字，大概是不行的。

八月中秋品月饼

洪丕谟

中秋是个闹猛的季节，迎赛神会、祭月、赏月、看桂花、吃月饼，生命的喜悦，在这个秋高气爽的雅致节日里，得到了又一次的证验。

无疑中秋节最最重要的一档节目，就是吃月饼，在圆圆的月饼里，寄托了亲人团圆的美好祝愿。明朝田汝成《西湖游览志余》第二十卷说："八月十五谓之中秋，民间以月饼相馈，取团圆之意。"然而，世人用意虽好，冷酷的社会现实使得人却未必团圆美好，此苏东坡所以高唱"但愿人长久，千里共婵娟"者也。联想到我们兄弟、儿女，海内海外，天各一方，也就更加是人到中秋，"每逢佳节倍思亲"，既思高堂老母，又思兄弟、儿女了。

关于中国人吃月饼的风俗习惯，不知起于何时。有人认为早在唐朝，就已经有月饼可吃了。到了宋朝，月饼进一步普及。元明之后，月饼的名气吹进千家万户，成为节令中的必吃之品。清人所著《燕京岁时记》记载："每届中秋，府第朱门皆以月饼果品相馈赠。至十五月圆时，陈瓜果于庭以供月，并祀以毛豆、鸡冠花。是时皓魄当空，彩云初散，传杯洗盏，儿女喧哗，真所为佳节也。"清朝京城中秋的风情和闹猛，在这里可以看出一个大概。

古代人吃月饼，大户有钱人家，总是有着相当的讲究。《红楼梦》第七十六回贾母中秋赏月吃月饼，聆听呜呜咽咽、解除烦虑的悠扬笛声，便将自己吃的一只内造瓜仁油松瓤月饼，又命斟一大杯热酒，送给吹笛之人，让吹笛人慢慢吃了再细细地吹一套来。

贾母自吃和赏赐吹笛人的瓜仁油松瓤月饼，由于出自"内造"，所以非常讲究。关于这种月饼的情况，袁枚《随园食单》"刘方伯月饼"条曾经介绍做法道："用山东飞面作酥为皮，中用松仁、核桃仁、瓜子仁为细末，微加冰糖和猪油作馅。"评价是："食之不觉甚甜，香松柔腻，迥异寻常。"

到了民国年间，月饼的品种一时大大增加。1927 年出版的《民俗》周刊第三十二期载文，当时有人调查，仅广州六大茶楼展出的月饼，就多达八十多种，其中极为名贵的有唐皇燕月、七星伴月、西施酥月等；其他著名的如五仁罗汉月、金花香腿月、宝鸭穿莲月、莲蓉蛋黄月、西湖燕窝月、银河映秋月，就更加多得数不过来了。

　　从产地、做法和吃口上看，月饼的品种除了广式，还有苏式、潮式、宁式、滇式、京式等等。至于饼馅的作料，莲蓉、豆蓉、枣泥、椒盐、苔条、冬瓜、五仁、百果、豆沙、玫瑰、火腿、香肠、蛋黄，争奇斗异，各极其致，近年来更有扩大发展之势，就益发难以穷尽了。

　　我吃月饼，小时候喜欢广式，因为广式月饼大而且甜，并且饼皮不像苏式那样，一碰就会一层层散落下来，弄得不可收拾。后来渐渐感到广式太甜，还是苏式千层饼皮，酥香玲珑，吃起来只要稍稍当心一点便得，然而要命的是依旧不减其甜。近年以来，生意人为了更大地追求利润，月饼里的糖更加有放得越来越多的趋势，因为白糖便宜，月饼里糖加多了，便可挤占其他馅料的比例，有时买回来一口咬下去，竟然有成块成块的糖团，未曾化开，这就难怪人家拼命排队，也要买杏花楼、新雅等名牌产品了。名牌产品保质保量，看来，在市场经济你死我活的残酷竞争中，若要立于不败之地，归根到底，质量终究是第一位的。

　　苏式、广式之外，潮式月饼口味淡雅，无论是老婆月饼，还是冬瓜月饼，都是我之所爱。加上潮式月饼饼皮比广式稍薄，较苏式而尤佳，优点明显，质量上乘，并且注意卫生，在月饼外面包上一层漂亮的半透明薄纸，上面印有商标，不像苏式、广式月饼赤裸上阵，没有外包装，容易遭到污染。

　　无可否认，随着年龄的逐岁增长，近年以来，对于中秋吃月饼的兴致，确实是大不如前，每况愈下了。孩提时对什么都感兴趣，对什么都感新鲜，小时候每逢八月中秋，有月饼吃，真是件又蹦又跳的高兴事。这几年年过知命，近逼耳顺，马齿徒增，阅历加深，才深感人生的兴趣积极性，原是活力和青春的象征，像我这样对于天下事物兴趣年复一年、渐渐消减的人，看上去虽然潇洒解脱，好一个陶渊明式的隐逸人物，然而毕竟是暮气到来，逼近黄昏了。唉，"夕阳无限好"，是说人到暮年，光阴不多，得更加抓紧时间，趁着有限的黄昏时光，多做点事，多享受点人生才行。

中秋话月饼

赵珩

报载，中秋节前夕，上海杏花楼月饼的制作配方经过郑重的仪式，核验封存后送往银行保险箱存放。沿途除配方由专人保护乘一专车外，并由数辆摩托车骑警护卫左右。这种兴师动众、招摇过市的举动，其规模大有迎送国家元首的派头，而目的不过是广告效应的噱头。不过报上没有讲清的是，这个神秘的配方是月饼皮的制作配方，还是月饼馅的制作配方？因为一块月饼无非由这两部分组成，再有就是烘制工艺，那就谈不到配方了。

且不说杏花楼月饼配方的实际价值，现代社会的知识产权和专利权保护意识倒是大大增强了，但一纸月饼制作配方有无必要藏之金匮石室，也实在令人不解。杏花楼是历史悠久的老店，月饼也做了近百年，未闻有配方失窃的事，或因泄密而致杏花楼的经济利益遭到损失，不知是出于什么考虑，今年这样如临大敌。

杏花楼的月饼倒也确实做得好，前些年在上海的亲戚每到中秋前夕，必寄来两盒杏花楼的中秋月饼。月饼是用铁盒子装的，盒子很传统，是嫦娥奔月的图案，左下角有"杏花楼"三个字，很像上海二十年代的年画，今天已经很少见到这样的包装了。大概杏花楼是为了保持传统，才多年不变地使用同一设计的包装，在日趋华丽的模仿港台包装风格的时尚下，更显得别开生面。杏花楼月饼皮薄馅大，也属广式月饼一路，馅子很细致，用料纯正，最大的一个特点是用糖适度，甜而不腻。杏花楼的铁盒子我家有许多，看来是吃了不少杏花楼的月饼，一旦"人去楼空"，铁盒子也派了装干冬菇、干海米的用场。

月饼起于何时，众说纷纭。作为中秋节象征团圆的饼饵，早在周密《武林旧事》卷六"蒸作从食"中已见记载。因列在"蒸作从食"一类，曾有人写文章说在南宋时节月饼是蒸出来的，这完全是误解。"蒸作"与"从食"是两个概念，同所记其他如烧饼、肉油酥、炙焦、胡饼等皆属"从食"之类，都是烘烤出来的，与"蒸食"无涉。南宋时月饼是什么样子，已不可考，就是几十年前月饼有哪些品种，今天的年轻人也不一定都知道，这是因为近些年来月饼的形制已成为广式制法的一统天下，似乎只有广式月饼才算得月饼。

广式月饼的制法是将包好馅子的面团先放入花色模子中压平，再磕将出来，成为一个个表面图案清楚凸起的半成品，入炉烘烤半熟，拉出铁屉，在上面刷一层糖油，继续推入烘炉烘制。这样做出的月饼美观整齐，表面色泽晶亮，令人喜爱。广式月饼的馅子品类很多，不拘传统，时时推陈出新，其中最有代表性的当属莲蓉双黄或单黄月饼，莲蓉即塘荷莲子细研而成。莲子在广东以肇庆的为最好，肇庆古称端州，盛产莲子已有千百年的历史。这种莲蓉蛋黄的月饼对北方人来说并不十分欣赏，稍失于过分甜腻。此外，椰丝、奶皇、甜肉这类，也有同样的问题，但在岭南及港澳、台湾，却大有市场。过去广东月饼以广州酒家、陶陶居、大三元、大同酒家诸家最好，近年新招牌与合资企业也不少，相互竞争，难分伯仲。

上海早年流行苏式月饼，后来也让广式月饼占了上风，杏花楼、新雅、老大昌的广式月饼都很出名，各具特色。形制上与广式月饼无异，但在馅子上却也有上海风格。

苏式月饼是酥皮月饼，苏州人讲究吃刚出炉的，现做现卖，中秋前后经过做月饼的点心店，总是香气扑鼻。刚出炉的月饼托在手中，余温炙手可热，一口咬下去，松软绵香，最为适口。苏式月饼的馅子也是丰富多彩，除了与其他地域差不多的豆沙、枣泥、玫瑰、桃仁之外，咸馅儿的还有猪肉、咖喱牛肉、火腿、萝卜丝、冬笋雪菜等等。吴中苏式月饼不止卖中秋一时，一年四季都可以作为点心。但因这种月饼过于"娇气"，不便携带馈赠，固不以中秋当令的象征而出现。北京稻香春过去的月饼柜台上，苏式月饼也有一席之地，但非刚出炉的。时间久了，酥皮发硬，又易松散，已经很少上市了。说到苏式月饼，想起旧时北京的一家老店，现在知者已经甚少，那就是著名的南味老铺"森春阳"。近日偶然翻阅清人梁绍壬的笔记《两般秋雨盦随笔》，看到关于"森春阳"的记载，才记起这家很有特色的南货店。那家店一直维持到五十年代中期，后来就无声无息了，确实很可惜。"森春阳"的苏式月饼做得很好，此外还有茶腿（一种类似金华火腿而又不似火腿的茶食）和自制的瓜子，都很出名。

山西人善做面食，三晋的中秋月饼我没有品尝过。但我家有一邻居是山西人，每到中秋自制月饼，我不敢说是不是正宗，但确实做得很好。以油和面为皮，烘后起酥，个头比广式月饼大，但要薄些，有点像小个儿的馅饼。馅不大，也不太甜，多以果仁、桂花、白糖混合为之，诚为佳饵。

香港的月饼完全因袭广州的金牌产品，同出一脉。而近年台湾的月饼却多有革新，老店"郭之益"创出名为"人间情月"的茶馅儿月饼，有抹茶、乌龙茶、茉莉花茶、柠檬红茶、桂花红茶数种，以茶精与红、绿豆沙相伴为伍，清香异常。

云南月饼也算独具一格，最有代表性的要算是云腿月饼。云南宣威火腿较金华火腿质软，也要细腻些，但味道的隽永和淳厚却略逊一筹，炖汤蒸菜的鲜香不如金华火腿入味，但用来做月饼，不失为上乘选材。云腿月饼外形并不精美，色呈红褐，有些像北京传统的"自来红"，皮子看似坚硬，实则松软，是烘制时鼓吹起来的。馅中的火腿是实实在在，绝非点缀，佐以白糖、松子，甜中有咸，咸中有甜，极富特色。过去买到的云南月饼有自云南运来的，做得并不甚好。倒是近年由云南省驻京办事处经营的云腾宾馆中自制的云腿月饼，堪称佳品。

北京人的口福不浅，各种风格、流派的月饼多汇集京城，供应丰富。

但近些年也出现了广式月饼大一统的局面。外来异军不算，就是老字号稻香春、稻春村和桂香村，以及做芝麻酱糖火烧著称的大顺斋，一时都做起了广式月饼，真可以说是"法门不二"。其实北京早年也有自己的特色，除了"自来红"、"自来白"之外，尚有浆皮月饼（也称提浆月饼）、赖皮月饼、改良月饼多种。改良月饼皮厚馅小，以黄油和面，比广东月饼厚不少，其馅以枣泥的为最佳，外面包一层油纸，个个如是。这种月饼有些西点的味道，不太甜，馅也不腻，故称改良月饼。赖皮月饼以当年东四头条西口聚庆斋的为最好，其貌不扬，表皮斑驳凸凹不光，故称赖皮。浆皮月饼是类同"自来红"、"自来白"的一种最大众化的月饼，皮油少而硬，虽也由花色模子磕出，确是无法与广式月饼抗衡的。

　　京式月饼中最佳者，应属东四八条西口瑞芳斋的翻毛月饼了。

　　近人崇彝《道咸以来朝野杂记》载："内外城糕点铺……当年以东四南大街合芳楼为最佳。此店始于道光中，至光绪庚子后歇业。全部工人及货色，皆移于东四北瑞芳斋，东城惟此独胜。"瑞芳斋创建于同光时期，后得并入合芳楼的人员和技艺，克臻其盛，是北京最传统的糕点铺。这家店经营到五十年代末。我印象最深的是其卷酥、重阳花糕和翻毛月饼。卷酥是咸味的，白面酥皮，大为不喜甜点的人钟爱。花糕多卖重阳前后一季，枣泥为馅，大多三层，每层的四周嵌以青梅、金糕和葡萄干，甜酥香软，备受顾客青睐。此外，像蜜供、大小酥皮八件等一般糕点的质量也很优秀。翻毛月饼是瑞芳斋最有代表性的糕点，不止卖中秋一季。其大小如现在的玫瑰饼，周身通白，层层起酥，薄如粉笺，细如绵纸，从外到内可以完全剥离开来，松软无比，绝无起酥不透的硬结。馅子是枣泥的，炒得丝毫没有煳味儿，且甜淡相宜。翻毛月饼的皮子是淡而无味的，但与枣泥馅子同嚼，枣香与面香混为一体，糯软香甜至极。它虽属酥皮点心一类，但上下皆无烘烤过的痕迹，其工艺的讲究是值得发掘和研究的。

自从六十年代瑞芳斋歇业，翻毛月饼也就随之绝迹了。

粥   梁实秋

　　我不爱吃粥。小时候一生病就被迫喝粥。因此非常怕生病。平素早点总是烧饼、油条、馒头、包子，非干物生噎不饱。抗战时在外做客，偶寓友人家，早餐是一锅稀饭，四色小菜大家分享。一小块酱豆腐在碟子中央孤立，一小撮花生米疏疏落落地撒在盘子中，一根油条斩做许多碎块堆在碟中成一小丘，一个完整的皮蛋在酱油碟里晃来晃去。不能说是不丰盛了，但是干噎惯了的人就觉得委屈，如果不算是虐待。

　　也有例外。我母亲若是亲自熬一小薄铫儿的

粥，分半碗给我吃，我甘之如饴。薄铫儿即是有柄有盖的小砂锅，最多能煮两小碗粥，在小白炉子的火口边上煮。不用剩饭煮。用生米淘净慢煨。水一次加足，不半途添水。始终不加搅和，任它翻滚。这样煮出来的粥，黏合，烂，而颗颗米粒是完整的，香。再佐以笋尖火腿糟豆腐之类，其味甚佳。

一说起粥，就不免想起从前北方的粥厂，那是慈善机关或好心人士施舍救济的地方。每逢冬天就有不少鹑衣百结的人排队领粥。"饘粥不继"就是形容连粥都没得喝的人。"饘"是稠粥，粥指稀粥，喝粥暂时装满肚皮，不能经久。喝粥聊胜于喝西北风。

不过我们也必须承认，某些粥还是蛮好喝的。北方人家熬粥熟，有时加上去大把的白菜心，俟菜烂再撒上一些盐和麻油，别有风味。名为"菜粥"。若是粥煮好后取嫩荷叶洗净铺在粥上，粥变成淡淡的绿色，有一股荷叶的清香渗入粥内，是为"荷叶粥"。从前北平有所谓粥铺，清晨卖"甜浆粥"，是用一种碎米熬成的稀米汤，有一种奇特的风味，佐以特制的螺丝转儿炸麻花儿，是很别致的平民化早点，但是不知何故被淘汰了。还有所谓大麦粥，是沿街叫卖的平民食物，有异香，也不见了。

台湾消夜所谓"清粥小菜"，粥里经常羼有红薯，味亦不恶。小菜真正是小盘小碗，荤素俱备。白日正餐大鱼大肉，消夜啜粥甚宜。

腊八粥是粥类中的综艺节目。北平雍和宫煮腊八粥，据《旧京风俗志》，是由内务府主办，惊师动众，这一顿粥要耗十万两银子！煮好先恭呈御用，然后分别赏赐王公大臣，这不是喝粥，这是招摇。然而煮腊八粥的风俗深入民间至今弗辍。我小时候喝腊八粥是一件大事。午夜才过，我的二舅爹爹（我父亲的二舅父）就开始作业，搬出擦得锃光大亮的大小铜锅两个，大的高一尺开外，口径约一尺。然后把预先分别泡过的五谷杂粮如小米、红豆、老鸡头、薏仁米，以及粥果如白果、栗子、胡桃、红枣、桂圆肉之类，开始熬煮，不住地用长柄大勺搅动，防粘锅底。两锅内容不太一样。大的粗糙些，小的细致些，以粥果多少为别。此外尚有额外精致粥果另装一盘，如瓜子仁、杏仁、葡萄干、红丝青丝、松子、蜜饯之类，准备临时放在粥面上的。等到腊八早晨，每人一大碗，尽量加红糖，稀里呼噜地喝个尽兴。家家熬粥，家家送粥给亲友，东一碗来，西一碗去，真是多此一举。剩下的粥，倒在大绿釉瓦盆里，自然凝冻，留到年底也不会坏。自从丧乱，年年过腊八，年年有粥喝，兴致未减，材料难求，因陋就简，虚应故事而已。

腊
八
粥

冰
心

　　从我能记事的日子起，我就记得每年农历
十二月初八，母亲给我们煮腊八粥。

　　这腊八粥是用糯米、红糖和十八种干果掺在
一起煮成的。干果里大的有红枣、桂圆、核桃、
白果、杏仁、栗子、花生、葡萄干等等，小的有
各种豆子和芝麻之类，吃起来十分香甜可口。母
亲每年都是煮一大锅，不但合家大小都吃到了，
有多的还分送给邻居和亲友。

　　母亲说：这腊八粥本来是佛教寺煮来供佛
的——十八种干果象征着十八罗汉，后来这风俗

便在民间通行，因为借此机会，清理橱柜，把这些剩余杂果，煮给孩子吃，也是节约的好办法。最后，她叹一口气说："我的母亲是腊八这一天逝世的，那时我只有十四岁。我伏在她身上痛哭之后，赶忙到厨房去给父亲和哥哥做早饭，还看见灶上摆着一小锅她昨天煮好的腊八粥，现在我每年还煮这腊八粥，不是为了供佛，而是为了纪念我的母亲。"

我的母亲是一九三〇年一月七日逝世的，正巧那天也是农历腊八！那时我已有了自己的家，为了纪念我的母亲，我也每年在这一天煮腊八粥。虽然我凑不上十八种干果，但是孩子们也还是爱吃的。抗战后南北迁徙，有时还在国外，尤其是最近的十年，我们几乎连个"家"都没有，也就把"腊八"这个日子淡忘了。

今年"腊八"这一天早晨，我偶然看见我的第三代几个孩子，围在桌旁边，在洗红枣，剥花生，看见我来了，都抬起头来说："姥姥，以后我们每年还煮腊八粥吃吧！妈妈说这腊八粥可好吃啦。您从前是每年都煮的。"我笑了，心想这些孩子们真馋。我说："那是你妈妈们小时候的事情了。在抗战的时候，难得吃到一点甜食，吃腊八粥就成了大典。现在为什么还找这个麻烦？"

他们彼此对看了一下，低下头去，一个孩子轻轻地说："妈妈和姨妈说，您母亲为了纪念她的母亲，就每年煮腊八粥，您为了纪念您的母亲，也每年煮腊八粥。现在我们为了纪念我们敬爱的周总理，周爷爷，我们也要每年煮腊八粥！这些红枣、花生、栗子和我们能凑来的各种豆子，不是代表十八罗汉，而是象征着我们这一代准备走上各条战线的中国少年，大家紧紧地、融洽地、甜甜蜜蜜地团结在一起……"他一面从口袋里掏出一小张叠得很平整的小日历纸，在一九七六年一月八日的下面，印着"农历乙卯年十二月八日"字样。他把这张小纸送到我眼前说："您看，这是妈妈保留下来的。周爷爷的忌辰，就是腊八！"

　　我没有说什么，只泫然地低下头去，和他们一同剥起花生来。

　　　　　　　　　　　　　　　一九七九年二月三日凌晨

记腊八粥

周绍良

　　在农历腊月里，全国各地都有吃"腊八粥"这一习惯，几乎可以说是全民的风俗。到现在在北京，一逢进了农历腊月，各粮食店就开始供应各种豆米混合在一起的称为"粥米"。

　　腊八粥的起源开始于佛教徒，他们在腊月初八佛成道日这天，寺庙里僧众把斋粮煮成粥来供佛。斋粮是募化来的，各方施舍包括各种米粮杂豆，所以煮起来就混在一起，于是流传到民间，也仿效这个样子。

　　为什么这天供佛一定要用粥？其故事是这

样，据萧梁释僧佑撰《释迦谱》卷一载：

> 尔时太子（即佛）心自念言："我今日食一麻一米，乃至七日食一麻米，身形消瘦，有若枯木。修于苦行，垂满六年，不得解脱，故知非道。"……时彼林外有一牧牛女人，名难陀波罗。时净居天来下劝言："太子今者在于林中，汝可供养。"女人闻已，心大欢喜。于时地中自然而生千叶莲花，上有乳糜。女人见此，生奇特心，即取乳糜至太子所，头面礼足而以奉上。……太子即复作如是言："我为成熟一切众生，故食此食。"咒愿讫已，即受食之，身体光悦，气力充足，堪受菩提。——出《因果经》

"糜"就是粥，僧徒们为什么要烧粥供佛这是师法牧牛女人用乳糜供佛的故事。但这是由中国僧徒创始的呢？还是沿袭来自印度，这就无从考证了。根据中国记载，最早是宋代，见宋孟元老《东京梦华录》卷十《十二月》条：

> 十二月……初八日，街巷中有僧尼三五人作队念佛，以银铜沙罗或好盆器，坐一金铜或木佛像，漫以香水，杨枝洒浴，排门教化。诸大寺作浴佛会，并送七宝五味粥与门徒，谓之"腊八粥"。都人是日各家亦以果子杂料煮粥而食也。

可见腊八粥在宋代已经普遍流行，所以其起源当更早。至于俗谓"腊八粥"就是"七宝五味粥"，只说是用"果子杂料煮粥"，但内容究竟是一些什么？《东京梦华录》中并没有说得清楚，周密《武林旧事》卷三上却记得很明白：

> 八日，则寺院及家人用胡桃、松子、乳蕈、柿、栗之类作粥，谓之"腊八粥"。

当然这些东西混在一起并不能煮成粥，主要用米却没有写进去。但可见这腊八粥是相当精细的。

元代人吃腊八粥的记载还没有找到，不过可以相信也大致差不多。传到明代，据明刘若愚《明宫史》火集《十二月》条：

> 初八日，吃腊八粥，先期数日，将红枣捶破泡汤，至初八日，加粳米、白果、核桃仁、栗子、菱米煮粥。供佛圣前；户牖、园树、井灶之上，各分布之。举家皆吃，或亦互相馈送，夸精美也。

《明宫史》所记虽宫廷内部情况，不单"供佛圣前"，连"户牖、园树、井灶之上，各分布之"。记得幼年时，曾见乡间老太太用腊八粥抹在自己家里的梨树、枣树的树杈上，嘱愿它来年多结果子，也把腊八粥抹在灶门口上，这大概是给灶王爷吃的。这也说明从明代至今在民间习俗上，大致相差无几。

清代情形，见清富察敦崇《燕京岁时记·腊八粥》条：

　　"腊八粥"者，用黄米、白米、江米、小米、菱角米、栗子、花生、去皮枣泥等，合水煮熟，外用染红桃仁、杏仁、瓜子、花生、榛穰、松子及白糖、红糖、琐琐葡萄以作点染。

　　这比《明宫史》所叙又加一些品种，但总的仍是宋周密《武林旧事》说的范围。所以从历史看，吃腊八粥这一习惯，历宋、元、明、清迄今而未变，真可算是传统习惯了。

　　我也吃过不少人家的腊八粥，自己家里也煮腊八粥，总不外用各种杂豆和大米、小米混起来煮之而已。不过老太太总是考究一点，算一算所用原料是不是已经够了八样，这样才够标准。

　　只有一次，却是一位朋友约我去他家吃腊八粥，他说只有他的做法，才够得上《东京梦华录》上的"七宝五味粥"，也才配称"腊八粥"。后来吃了，的确是花了一些功夫，据说他煮这粥，就花了两天时间。他用了菱米、栗子、白果、莲子、杏仁、红枣、桂圆肉，这是七宝；加上白豆、绿豆、赤豆、芸豆、扁豆，这算五味；更用江米、黄米、粳米、小米、薏仁米、高粱、大麦仁、芡实（鸡头米）以符腊"八"之意。有些不同火候的豆米，都得分别下锅，最后总合而煮成一大锅腊八粥，谓以糖水而成。这真是腊八粥中第一品了。可是收集这些东西，如果不是有心人，随时收集起来，临时是怎么样也找不齐的。

　　当然，民间一般吃腊八粥只是风俗习惯，谁还想它是来源于佛教，有的地方，只认为吃了腊八粥，也就是说春节将临，农事已完，带有庆丰收的意思。江苏有的地方，用白果、花生、莲子、红枣、板栗诸般果实，和上姜桂调味品，掺在米中煮成，谓其温暖滋补，可以祛寒。扬州地方，在腊八这天，除了烧煮甜腊八粥外，还有用青菜、胡萝卜、豆腐、雪里蕻、黄花、木耳切丝炒熟，合于白米煮成了的粥中，谓之咸腊八粥。

腊八粥只是一味食品，细究之，它关系到宗教学、民俗学、社会学等学科，并不简单。孤立起来看，是没有什么可谈的。

稀粥南北味

张抗抗

稀粥在中国，犹如长江黄河，源远流长。

可惜我辈才疏学浅，暂无从考证稀粥的历史。只能从自己幼年至今喝粥的经历，体察到稀粥这玩意，历经岁月沧桑朝代更迭而始终长盛不衰的种种魅力。甚至可以绝不夸张地说，稀粥对于许多中国人，亦如生命之源泉，一锅一勺一点一滴，从中生长出精血气力、聪明才智，还有顺便喝出来的许多陈规和积习。

少年时代在杭州。江浙地方的人爱吃泡饭。所谓泡饭，其实最简单不过，就是把剩下的大米饭搅松，然后用水烧开了，就是泡饭。泡饭里有锅底的饭锅巴，所以吃起来很香。一般用来作早餐，或是夏季的晚饭。佐以酱瓜、腐乳和油炸蚕豆瓣，最好有几块油煎咸带鱼，就是普通人家价廉物美的享受了。对于江南一带的人来说，泡饭也就是稀饭，家家离不开泡饭，与北方人爱喝稀粥的习性并无二致。

我的外婆住在杭嘉湖平原的一个小镇上，那是江南腹地旱涝保收的鱼米之乡。所以外婆家爱喝白米粥，而且煮粥必须粳米。用粳米烧的粥又黏又稠，开了锅，厨房里便雾气蒙蒙地飘起阵阵甜丝丝的粥香，听着灶上锅里咕嘟咕嘟白米翻滚的声音，像是有人唱歌一样。熄火后的粥是不能马上就喝的，微微地焖上一阵，待粥锅四边翘起了一圈薄薄的白膜，粥面上结成一层白亮白亮的薄壳，粥米已变得极其柔软几乎融化，粥才成其为粥。那样的白米粥，天然地清爽可口，就像是白芍药加百合再加莲子熬出来的汁。温热地喝下去，似乎五脏六腑都被清洗了一遍。

我母亲在这样一个美好的白米粥的环境下长大，自然是极爱喝粥甚至是嗜粥如命的。她自称“粥罐”——平日不过一小碗米饭的量，而喝粥却能一口气吃上三大碗。只要外婆一来杭州小住，往日匆匆忙忙炮制的杭式方便快餐泡饭，就立即被外婆改换成天底下顶顶温柔的白米粥。外婆每天很早就起床烧粥，烧好了粥再去买菜；下午早早地就开始烧粥，烧好了粥再去烧菜。于是我们家早也喝粥，晚也喝粥，而且总是见锅见底地一抢而空。南方人喝粥就是喝粥，不像北方人那样，还就着馒头烙饼什么的。因此喝粥就有些单调。粥对于我来说，自然是别无选择，我的喝粥多半出于家传的习惯。那个时候，想必稀粥尚未成为我生活的某种需要，所以偶尔也抱怨早上喝粥肚子容易饿,晚上喝粥总要起夜。而每当我对喝粥稍有不满时,外婆就皱着眉头,用筷子轻轻敲着碗边说:"小孩子真是不懂事了,早十几年,一户人家吃三年粥,就可买上一亩田呢。你外公家的房产地产,还不是这样省吃俭用挣下来的……"

舅舅补充说:"一粥一饭当思来之不易。"

于是我就从粥碗上抬起头来,疑惑地看着我的外婆。外婆喝粥有一个奇怪的习惯,她喝饱了以后,放下筷子,必得用舌头把粘在粥碗四边的粥汤舔干净,干净得就像一只没用过的碗,那时外婆的粥才算是真正喝完。我想外婆并不是穷人,她这样喝粥样子可不太好看。那么难道外公家的产业真是这样喝粥喝出来的吗?人如果一辈子都喝粥,是不是就会有很多很多钱呢?看来粥真是一种奇妙的东西。

然而,外婆的白米粥却和我少女时代的梦,一同扔在了江南。

当我在寒冷的北大荒原野上啃着冻窝头、掰着黑面馒头时,我开始思念外婆的白米粥。白米粥在东北称作大米粥,连队的食堂极偶然才炮制一回,通常是作为病号饭,必须经过分场大夫和连首长的批准,才能得此优待。有顽皮男生,千方百计把自己的体温弄得"高烧"了,批下条子来,就为骗一碗大米粥喝,是相互间公开的秘密。后来我有了一个小家,便在后院的菜园子里,种过些豌豆。豌豆成熟时剥出一粒粒翡翠般的新鲜豆子,再向农场的老职工讨些大米,熬上一锅粥,待粥快熟时,把豌豆掺进去,又加上不知从哪弄来的一点白糖,便成了江南一带著名的豌豆糖粥。一时馋倒连队的杭州老乡,纷纷如蝗虫拥入我的茅屋,一锅粥顿时告罄,只是碍于面子,就差没像我外婆那样把锅舔净了。

豌豆糖粥是关于粥的记忆中比较幸福的一回。在当时年年吃返销粮的北大荒，大米粥毕竟不可多得。南方人的"大米情结"，不得不在窝头包米面发糕小米饭之间渐渐淡忘或暂时压抑。万般无奈中，却慢慢发现，所有以粗粮制作的主食里，唯有粥，还是可以接受并且较为容易适应的——这就是大碴子粥和小米粥。

最初弄懂"大碴子"这三字，很费了一番口舌。后来才知道，所谓大碴子，其实就是把玉米粒轧成几瓣约如绿豆大小的干玉米碎粒。用一口大锅把玉米碴子添上水，急火煮开锅了，便改为文火焖。焖的时间似乎越长越好，时间越长，就熬得越烂，越烂吃起来就越香。等到粥香四溢，开锅揭盖，眼前金光灿烂，一派辉煌，盛在碗里，如捧着个金碗，很新奇也很庄严。

大碴子粥的口感与大米粥很不相同。它的米粒饱满又实沉，咬下去富有弹性和韧劲，嚼起来挺过瘾。从每一粒碴子里熬出的黏稠浆汁，散发着秋天的田野上成熟的庄稼的气息，洋溢着北方汉子的那种粗犷和力量。

煮大碴子粥最关键的是，必须在碴子下锅的同时，放上一种长粒的饭豆。那种豆子比一般的小豆绿豆要大得多，紫色粉色白色还有带花纹的，五光十色令人眼花缭乱。五彩的豆子在锅里微微胀裂，沉浮在金色的粥汤里，如玉盘上镶嵌的宝石。

小米粥比之大碴子粥，喝起来感觉要温柔些细腻些。且有极高的营养价值，又容易被人体吸收，所以北方的妇女用其作为生小孩坐月子和哺乳期的最佳食品。我在北大荒农场的土炕上生下我的儿子时，就有农场职工的家属，送来一袋小米。靠着这袋小米，我度过了那一段艰难的日子。每天每天，几乎每一餐每一顿，我喝的都是小米粥。在挂满白霜的土屋里，冰凉的手捧起一碗黄澄澄冒着热气的小米粥，我觉得自己还有足够的力量活下去。热粥一滴滴温热我的身体烤干我的眼泪暖透我的心，我不再害怕不再畏惧，我第一次发现，原来稀粥远非仅仅具有外婆赋予它的功能，它可以承载人生可以疏导痛苦甚至可以影响一个人的命运。

也许正是从那个时候开始，我摈弃了远方白米粥的梦想，进入了一个实实在在的小米粥的情境；我无可依傍唯有依傍来自大地的慰藉，我用纯洁的白色换回了收获季节遍地的金黄。至今我依然崇敬小米粥，很多年前它就化作了我闯荡世界的精气。

然而，白色和金色的粥，并未穷尽我关于稀粥的故事。

喝小米粥的日子过去很多年以后，我和父母去广东老家探亲，在广州小住几日，稀粥竟以我从未见过的丰富绚丽，以其五彩斑斓的颜色和别具风味的种类，呈现在我面前。街头巷尾到处都有粥摊或粥挑子，燃得旺旺的炉火上，熬得稀烂的薄薄的粥汤正咕咕冒泡，一边摆放整齐的粥碗里，分别码着新鲜的生鱼片、生鸡片或生肉片，任顾客自己选用。确定了某一种，摊主便从锅里舀起一勺滚烫的薄粥，对着碗里的生鱼片浇下去，借着沸腾的稀粥的热量，生鱼片很快烫熟，再加少许精盐、胡椒粉和味精，用筷子翻动搅拌一会儿，一碗美味的鱼生粥就炮制而成。

鱼生粥其味鲜美无比。其粥入口便化，回味无穷；其鱼片鲜嫩可口，滑而不腻。一碗粥喝下去，周身通达舒畅，与世无争，别无他求。我在广州吃过烧鹅乳猪蛇羹野味，却独独忘不了这几角钱一碗的鱼生粥或鸡丝粥。

从新会老家回到广州，因为等机票，全家三人住在父亲的亲戚家中。那家有个姑娘，比我略小几岁，名叫阿嫦。阿嫦每天晚上临睡前，都要为我们煲粥，作为第二天的早餐。她有一只陶罐，口窄底深，形状就像一只水壶。她把淘好的米放在罐子里，加上适量的水，再把罐子放在封好底火的炉子上，便放心地去睡。据说后半夜炉火渐渐复燃。粥罐里的米自然就被焖个透烂。到早晨起床，只需将准备好的青菜碎丁、松花蛋、海米丁，还有少量肉末，一起放入罐内，加上些作料——真正具有广东地方家庭特色的粥，就煲好了。

阿嫂的早粥不但味道清香爽口，让人喝了一碗还想再喝，每天早晨都喝得肚子溜圆才肯作罢，而且内容丰富，色泽鲜艳——绿的菜叶红的肉丁黑褐色带花纹的松花蛋和金黄色的海米，衬以米粒雪白的底色，真像是一幅点彩派的斑斓绘画。

广东之行使我大开稀粥眼界，从此由白而黄的稀粥"初级阶段"，跃入五彩缤纷的"中级阶段"。稀粥的功能也从一般聊以糊口、解决温饱的实用性，开始迈向对稀粥的审美、欣赏，以及精神享受的"高度"。那时再重读《红楼梦》，才确信有五千年文明史的中华民族，原来真有悠远的粥文化。

便尝试喝八宝莲子粥，喝红枣紫米粥，喝腊八粥，喝在这块土地上所能喝到的或精致或粗糙或富丽或简朴的各式各样的粥。去湖南娄底，在涟源钢铁厂食堂喝到一种据说是"舂"出来的米粥。粥已近糊状，但极有韧性，糊而不散，稠而光洁，闻其香甜，便知其本色。

却有几位外国朋友，一听稀粥，闻粥色变，发表意见说，为人一世，最不喜欢吃的就是稀粥，并且永远不能理解中国人对于粥的爱好。

我想我们并非是天生就热爱粥的。如果有人探究粥的渊源、粥的延伸、粥的本质，也许只有一个简单的原因，那就是贫穷。粮食的匮乏加之人口众多，结果就产生稀粥这种颇具中国特色的食物，覆盖了大江南北几百万平方公里的土地，一喝几千年。

如今我们已不会因为粮食不够吃而喝粥；也不会因为没有钱买粮而喝粥；我们喝粥是因为祖先遗传的粥的基因。粥的基因是否同人体血脂的黏液质形成有关？为什么一个喝粥民族就有些如同稀粥一般黏黏糊糊、汤汤水水的脾性？以此为缺口，研究生命科学的学者们便会找到重大突破也说不定。

可作为主妇的我，如今却很少熬粥。我们家不熬粥的原因很简单，我想许多家庭逐渐淡化了粥，也是出于同一个原因：没有时间。粥是贫穷的产物，也是时间的产物。粮食和资金勉强具备，但如果不具备时间，同样也喝不成粥。我们的早餐早已代之以面包和袋奶，晚餐有面条；还有偷工减料的食粥奥秘——回归泡饭。

所以如今一旦喝粥，便喝得郑重其事，喝得不同凡响；要提前买好小米配上黑米再加点红枣和莲子，像是一个隆重的仪式。听说市场已经推出一种速成的粥米，那么再过些日子，连这仪式也成了一个象征。当时间的压力更多地降临的时候，稀粥是否终会爱莫能助地渐渐远去？我似乎觉得下一代人，对稀粥已没有那么深厚的感情和浓烈的兴趣了，你若问孩子晚饭想喝粥吗，他准保回答：随便。

仔细想想孩子的话，你突然觉得所有这些关于稀粥的话题，其实都是无事生非。

声　明

　　《舌尖上的中国》是一本很有意义的书，也是编务繁重、工作难度很大的一本书。在编选时，为尊重文化名家的作品原貌，对于 1949 年以前作品中的部分字词，保留原样，未按当前的规范用法进行统一。特此说明。

　　经过选编者、本书责任编辑的努力，已经和入选本书的绝大部分作者和家属取得了联系。为免遗珠之憾，未能联系上作者或家属的几篇作品，不忍割爱，我们也选入书中。因此，敬请未联系上的作者或家属予以谅解，并及时与中国青年出版社联系，以便支付稿酬、寄发样书。

图书在版编目（CIP）数据

舌尖上的中国：文化名家说名吃／马明博，肖瑶选编．
—北京：中国青年出版社，2012.6（2025.8重印）
（文化名家系列）
ISBN 978-7-5153-0830-2

Ⅰ.①舌… Ⅱ.①马… ②肖… Ⅲ.①散文集—中国—当代
Ⅳ.①Ⅰ 267

中国版本图书馆 CIP 数据核字（2012）第 117690 号

责任编辑：贺则宇
装帧设计：瞿中华

出版发行：中国青年出版社
社　　址：北京市东城区东四十二条 21 号
邮政编码：100708
网　　址：www.cyp.com.cn
编辑中心：010-57350527
营销中心：010-57350370
经　　销：新华书店
印　　刷：北京科信印刷有限公司
规　　格：700mm×1000mm　1/16
印　　张：25
插　　页：8
字　　数：220 千字
版　　次：2012 年 6 月北京第 1 版
印　　次：2025 年 8 月北京第 12 次印刷
定　　价：55.00 元

本图书如有印装质量问题，请凭购书发票与质检部联系调换
联系电话：010-57350337